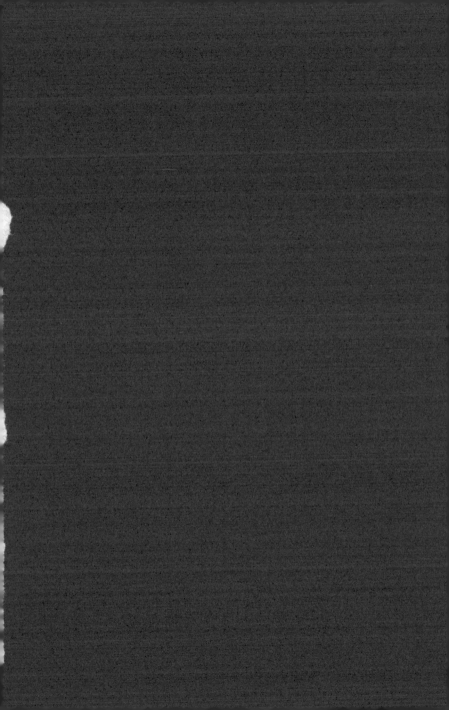

嘘つきだらけの誘惑トリガー

目次

嘘つきだらけの誘惑トリガー

Ｄａｙ　０

「街で見知らぬイケメンと知り合って、その場のノリでベッドインできる？　もしくは恋人でもない同僚や知人となんとなくそういう雰囲気になって、ホテルに行くってアリ？」

とんでもない質問をしてきたのは、私、柚木仁菜《ゆのきにな》の学生時代からの友人である、峰《みね》まゆりだ。

ときは金曜の夜、仕事帰りに女ふたりで居酒屋で食べて飲んだ後のことである。

飲み足りなかった私たちは、目についたバーに入ることにした。駅から徒歩三分のその店は、金曜日になるとジャズバーになるらしい。生演奏を聞きながらおいしいお酒が飲めるとは、素敵じゃないか。

——なんて思っていたのだが、考えがあまかった。カウンターに座り、出てきたマティーニに口をつけた途端の質問がこれだ。明け透《す》けに話し合える長年の友人は、黙っていれば和風美女なのだが、口を開くと残念である。

「いや、無理でしょ。行きずりの人もあり得ないけど、恋愛対象として見ていない知人とも、無理。たとえアルコールが入っていたとしても、その場のノリでホテルに行くことだって断固拒否っていうか、そんな準備が万端な女に見える？　私」

「だよね。ドラマや小説でよくある、ムードに流されちゃってシャワーも浴びずにそのまま……って、リアルじゃあり得ないわ」

フィクションは、私にとってはファンタジーだ。ドラマの世界はドラマの中だけのお話で、現実である私の身には起こり得ない。

女も三十間近になれば、いろいろと身体に変化が出てくる。「お肌の曲がり角は二十五歳」という子供の頃に聞いた言葉が、最近頻繁《ひんぱん》に脳裏《のうり》をよぎる。

「若い頃のように化粧を落とさずに寝ちゃうのも、この歳になると恐ろしくてできない」

現実感溢《あふ》れるセリフが口から出た。

「若さって無防備だよね。まあ、うちらには予定外のアバンチュールなんて起こらないから、ある意味安心かな」

まゆりの言葉に頷き、ふたり同時にお酒を呷《あお》る。

柚木仁菜、二十九歳と数か月。

もう二十代最後の十二月だ。クリスマスが近づくにつれ、カップルがやたら視界に入ってくるけど、数年前と違いなんの苛立ちも感じなくなっている。もうそんな時期か、としか思わなくなった。

私に最後に彼氏らしき人物がいたのって、何年前だ？　相手の顔も覚えてもいない。

「そんな望まないアバンチュールより、旅行きたい、海外旅行。エステとかネイルとか、そういった細々とした女子力アップじゃなくって」

「わかる。現実逃避で海見ながらぼーっとしたいわ。南の島でヴァカンスとか」

私はひとりで海外に行くことに、なんの抵抗もないタイプだ。まゆりも私と同じ感覚をしている。美容にかけるお金があるなら、それを旅行の費用にあてたいというのがふたりの共通見解だ。近場の温泉でプチ旅行、もしくは頑張って貯金して、年に一度は海外へ、とか。自分への贅沢《ぜいたく》なご褒美《ほうび》といえる。

身軽に自由に動きたい派である私たちは、お互い旅行好きであっても、一緒に行くことはあまりない。お互いの好きな場所も違うから、基本ひとり旅だ。誰かと行く旅行もそれなりに楽しいが、ひとり旅はすべて自分の好きにプランを組めるため、贅沢《ぜいたく》な時間を過ごせる。そんな自由な旅行なんて、彼氏や家庭ができたらなかなか味わえないだろう。

お店の隅っこでひそひそと話す内容は、三十路《みそじ》直前の身に北風のごとく刺さる。でも、気を張らなくていい友人との会話だから、よしとしよう。

すぐ近くにほかの客はいない。ジャズの生演奏もろくに聞かずに話し込んでしまって、ちょっと申し訳ないとも思うけれど、その演奏のおかげでほかの客の邪魔にならずに、ある意味安心してこんな話題に花を咲かせられるのだ。

「なんとなく最近、女性ホルモンが低下してる気がする。お肌の潤《うるお》いが足りてないというか」

「保湿に気を配ってても、どこか乾《かわ》いている気がするんだよね」

さすが親友。わかっている。

「だからといって、恋愛をすれば潤《うるお》うとも思えないんだけど」

「ないね」

バッサリと切ったまゆりと、ため息をつく。

大好きな人のためにオシャレを頑張る時期はとっくに過ぎた。今は恋愛について考えても、疲れしか感じない。

――ダメだ。やはり私たちには、一夜の過《あやま》ちなんて起こり得ない。絶対に理性が勝つから、ブレーキがかかってしまう。

ああ、まったくふたり揃って残念すぎる。

ふと、先日職場の後輩が言っていたことを思い出した。

「この間さ、彼氏と同棲中の後輩と、実家暮らしの子と話してて、彼女らにひとり暮らしって寂しくないんですか？　って訊かれたんだよ。私には無理です～、って。思わず真顔で〝なんで？めっちゃ自由だよ？〟と答えちゃった」

「趣味に走れるし時間も自由に使えるし、正直楽《らく》よね。家事は全部しないといけないけど。私の場合、いきなり男がきたら部屋がヤバい」

「同じく。私も無理だ」

歳を重ねるにつれ、見られちゃいけないものだけは増えていく。趣味の漫画や乙女系エロ小説なんて、恋人のいないひとり暮らしの今だから、保管場所に困らないのだ。彼氏ができたらどこに隠せばいいの。

同棲なんてもっと無理。プライバシーがなくなる。

こんなんじゃ結婚なんてできないのではと思われそうだが、そんなの、自分が一番わかってる。

というかもう、私は一生おひとり様で構わない。おいしいお酒を飲みつつ、好きなものに囲まれて日々を楽しく過ごせれば、文句なんてないのだ。

「正直、寂しさなんてここ数年感じてないんだけど。これもヤバいの？」

「仁菜もか。どうだろうね、世間的にはダメかも。でも私も、強がりとかじゃなくて、まったく寂しくないんだよね～。むしろ今の生活が快適すぎて、崩せない」

「いずれ寂しいって感じるのかなぁ。人と暮らせる気がしないから、そのときはペットでも飼えばいいよね」

「私、老後はスイスに住もうかと思ってる。なにかのランキングで、スイスが一番老後生活を送りやすいってあってさ」

「スイスってチーズ料理しか思い浮かばないなぁ。確か公用語が四つくらいなかったっけ？」

「英語は問題ないし、フランス語も多少話せるからいける」

見た目が純日本人のまゆりは、語学が得意だ。仕事は大企業の秘書。ちなみに私は、親戚の弁護士事務所で法律事務員として働いている。弁護士ではなく、いわゆる弁護士のアシスタントだ。最近ではパラリーガルと言われることも多い。

「老後か……。どうしよう、私も将来を見据えたビジョンを持たないとまずいね。三十代半ばになったらマンションでも買おうかと思ってたけど、そろそろ現実的に考えるべきなのかも」

「仁菜のご両親は見合いしろとか言わないの？　あんたちゃんと頑張ればそれなりにモテるのに。私はもう諦められてるけど」

「やだよ、頑張りたくない。モテるって言ったって、一部のマニアにだからね。背が低くて胸があるだけで寄ってくる男なんか、いらないわ。それに、見合いなんて嫌。うちは兄貴が結婚してて、もう孫もいるから、両親はうるさく言わないよ。そのうち地方にでも引っ越して、スローライフを送るのもいいなー。ほら、ネットさえ繋がれば、できる仕事はいくらでもあるし」

「転職か……。悩みは尽きないなぁ」

師走《しわす》だからだろうか。カップルを見てもなんとも思わないというのに、人生については妙な焦燥感に駆られる。感傷的な気持ちにもなるし、「今年一年早かった」なんて、去年と同じセリフを呟いてみたりもしてしまう。

進歩ないな……。そもそも私は成長どころか退化しているんじゃないだろうか。

目尻の皺《しわ》はまだ目立たないけれど、ほうれい線は気になってきた。笑うと、リキッドファンデを塗ったところにほうれい線が浮かぶのだ。目の下の色素沈着も気になる。

なんだかな～もう……と思うことが多すぎる。一日が三十時間にならないかなーとか、そろそろここらへんで体内時計が止まってくれないかなぁなど、支離滅裂《しりめつれつ》でとりとめもないことを考えてしまう。

「二十代最後の熱い思い出を作る気力すら起きないんだけど」

「私は毎日おいしいお酒が飲めればいいわ。たまにこうやって仁菜《あんた》と愚痴《ぐち》ったりして」

「私も、まゆりとこうしてお酒飲んでお喋《しゃべ》りできれば毎日楽しいよ」

私が望むのはきっと、平凡な日常なのだ。

感情が乱されるような変化はいらない。だって疲れるじゃない。

二杯目のお酒をバーテンダーに頼んで、それを飲んだら帰るかと話していたときだった。入り口の扉が開く小さな音を、何故か耳が拾う。

何気なく顔を向ければ、ふたり組の男性が入ってくるところだった。見るからに人目を惹《ひ》く容姿の、欧米人と思われる外見。ふたりとも、モデルか外国人タレントかもしれない。

周りの視線をあびすぎてまともに街を歩けなさそう、なんて感想を抱いていたら、ふたりのうちのひとりが、チラリと私たちへ視線を向けた。

正面から見ても、美形は美形だった。

しかし私たちは、整った容姿の男に興味はない。

「顔のいい男は観賞用で十分だわ」

視線をカウンターのグラスに戻し、ぼそりと呟いたまゆりに同意する。

目の保養にはいいが、お近づきにはなりたくない。だって面倒くさそうだから。

彼らに興味が失《う》せ、再び会話の花を咲かせはじめた私たちは、近づいて来る足音に気づくのが一拍遅れた。

「ここ、いいですか?」

背後から声をかけられて、振り返る。先ほど入り口にいた美形ふたりが、いつの間にやら私たちの隣の席を指差して、たずねていた。

「どうぞ」

まゆりが答える。彼女に微笑んだのは、金髪に碧眼《へきがん》の、見るからに王子様な男性だ。年齢不詳で、若いのか年上なのか、白人の実年齢は外見からじゃわからない。

「ありがとう」と彼の連れの、黒髪の男性がお礼を告げた。

別にお礼を言われても私たちがキープしている席じゃないし、なんて思いつつも曖昧《あいまい》に笑って流すつもりでいたのに――ガタンと椅子が引かれたのは、両隣の席。

ん？　と思ったときには、何故か私たちは、美形ふたり組に挟まれていた。

「(え、ちょっと待って。なんで私たち、囲まれてるの？)」

「(知らないわよ。まゆりの隣が二席空いてるんだからそっちに座ればいいのに、私の横にまでくる意味がわからない)」

見事なまでのアイコンタクトで会話をした私たちは、瞬時にバーテンダーを探した。頼んだお酒をさっさと飲んで、微妙な空間になったここから抜け出そう。

しかし忙しいのか、カクテルが届くまでは時間がかかりそうだ。妙なプレッシャーを感じて、落ち着かない気分になる。

カウンターの上に置いていた手帳を、バッグの中へしまった。

「金曜日にレディふたりでジャズバーなんて、オシャレですね」

金髪碧眼《へきがん》の美形が、爽《さわ》やかな笑顔で言う。人好きする笑みに癒《い》やされる女性は多いだろう。

「本当にふたりだけなのか？　恋人と待ち合わせしている可能性もあるだろう」

私の隣に座る黒髪の男が、質問してきた。よく見るとこの人は、どことなくアジア人の血がまじっていそうだ。

ふたりともイントネーションに多少の外国語訛《なま》りがあるけれど、かなり日本語が上手い。旅行者には見えないから、日本に住んでいるのかもしれない。

「ええ、ふたりだけですよ。でも今頼んでいるのを飲んだら帰るところですが」

完璧な外面《そとづら》笑顔で社交的に答えるまゆりは、役員秘書っぽい。言葉遣いも先ほどまでとは違って丁寧で、口調も落ち着いている。

まゆりの隣に座る王子が、「こんなに美しい人たちを放っておくなんて、信じられません」とお世辞を言った。

「でもそのおかげで、こうしてお知り合いになれたことに感謝します。私の名前はデイビッド、彼はジェイ。あなたたちのお名前を訊いてもよろしいですか?」

やたら丁寧で、キラキラした笑顔をふりまかれた。

薄暗い店内だからか余計に眩《まぶ》しくて目がつぶれそう……

美形は観賞用であって、近づきたくはない。だって顔のいい男の傍《そば》って、余計な気を遣うじゃないの。

私の理想は、変な気を遣わなくていい楽な男だ。

これだけ顔がよければ入れ食い状態だろうに、何故私たちに声をかけるのか。理解に苦しむ。

名前をたずねられたまゆりは、にっこり微笑んだまま「A子です」と、堂々と偽名を名乗った。

「エイコさんですか。はじめまして。ではそちらのあなたは?」

え、私？

Ｂ子じゃ偽名だとバレるだろう。咄嗟《とっさ》に名前にも使えそうなアルファベットを思い浮かべて、口から出たのは「Ｋ子」だった。

「エイコとケイコか。ラストネームは？」

妙に尾骶骨《びていこつ》に響く艶《つや》っぽい美声で、私の隣の黒髪が囁《ささや》く。

バーカウンターの椅子はスツールで、隣との距離が近い。そこにさらに身をのりだしてくるのだから、パーソナルスペースに明らかに侵入されている。しかしぐっとこらえて、今度は私から名乗った。

「佐藤です」

「鈴木です」

日本人に多い苗字。もちろん、私たちの本名とはまったく違う。

誰だよ、佐藤Ｋ子さん。思いっきり偽名にしか聞こえない。

しかしながら、さして不審に思われることなく、彼らはそのまま私たちを「エイコ」に「ケイコ」と呼んだ。

ようやく待ちわびた飲み物が届いたタイミングで、彼らもお酒を頼む。バーボンは、私たちの目の前ですぐに作られた。バーテンダーさん、なんで彼らには対応早いの。納得がいかない。

「カンパイ」

「か、乾杯……」

気づけば、グラスを合わせて初対面の外国人と飲み合っているこの状況に、激しく困惑する。

親友はといえば、金髪王子と親しげに談笑していた。順応力が高いまゆりの心配はしていないが、私はどうしたらいいのだろう。

居心地の悪さを感じながら、サングリアをぐいっと飲む。フルーツの酸味がほどよくきいていて、おいしい。

さっさとグラスを空けて、ここから退散しよう。

この男たちとは深く関わってはいけないと、私の本能が訴えている。美形だからというだけじゃない。それ以上に隙のなさが怖いというか、とにかく落ち着かないのだ。

「ケイコはお酒に強いのか？」

「まあ、それなりに」

じっと見つめてくるから、こちらもまゆりを見習って外面《そとづら》笑顔を貼りつける。

少し癖のある濃い色の髪の毛。若干タレ目だが瞳の奥は鋭くて、凛々《りり》しい眉が男らしい。柔らかい印象が強いデイビッドより、このジェイという男のほうが圧倒的に精悍《せいかん》だ。同じくらい曲者《くせもの》の気配がするけれど。

「お酒で酔いつぶれたことはないわ」

「それはすごいな。ここで長く飲んでいるのか？」

「ここではこれが二杯目よ。その前にご飯を食べて、そこでビールを飲んできたけど」

バーボンのグラスを掴むジェイの手に、自然と視線が吸い寄せられた。骨ばった大きな手に、不覚にも胸が甘くときめく。

男らしい手の甲の骨のラインに、節くれだった指。グラスを掴むその仕草は、理想的で涎《よだれ》ものだ。

私がパーツフェチであることを、まゆりだけは知っている。私は手から手首にかけてのラインと、肘《ひじ》から肩にかけての筋肉が好きなのだ。

あまり理想のパーツを持っている男性っていないんだよね、なんて思いながら、私もワイングラスに入ったサングリアを半分ほど飲み干した。

いくら手が理想的でも、お近づきになりたいとは思わないから、無難な話題で適当に会話を切り上げよう。

すると、デイビッドがまゆりと私に向かって言った。

「おふたりは、普段なにされてるんですか？」

「私もK子も会社員よ」

振り返った友人が私に目で同意を求めてきたので、とりあえず頷いておく。

「おふたりは仕事で日本に？」

「はい、そうです」

「一週間ほどで帰国するが」

と、最後に補足したのがジェイ。どうやら彼らは出張で日本にきているようだ。

仕事の詳しい話に興味もなければ、相手のことを深く知りたいとも思わない。同じ気持ちのまゆりと適当な相槌《あいづち》を打ち「大変ですね～」と締めくくれば、何故か男どもの笑みが深まった気がした。

違和感に首をかしげるよりも早く、カウンターに置いていた手をジェイに握られてギョッとする。

「寂しがってはくれないのか？」

「はい？」

ぎゅっと握られた手に力が込められ、口許《くちもと》が引きつる。彼は、そのまま私の手を顔に近づけた。

指先が、ジェイの唇に触れる。

「……っ！」

はっきりと聞こえたリップ音と、柔らかな感触に、頭が一瞬真っ白く染まる。

気のせいだろうか。じっと見つめてくる目が濡れている気がする。茶色の双眸《そうぼう》に潜《ひそ》んでいる熱の正体に気づいてはまずいと、私の脳が危険信号を発信した。

「さあ、寂しがるもなにも、出会ってまだ数分だし。わからないわ」

「そうか。なら俺を思い出してくれるように、今のうちに君に刻《きざ》めばいいんだな？」

どこの小説に出てくるヒーローよ！　と言いたくなるセリフを恥ずかし気もなく紡《つむ》いだ男は、今度は私の手の甲にしっかりと唇を押し当てた。

僅《わず》かに濡れた生々しい感触に、肌が粟立《あわだ》ちそうになる。

……ヤバい。どういうつもりなのかまったくわからないが、とにかくこれは、本気でさっさと逃げたほうがいい。

ちらりとまゆりを見れば、彼女は王子様を適当にあしらっているようだ。

ああ、もう。一体なんなのだ、今夜は。

妖《あや》しげな熱のこもった眼差しに気づかないふりをして、空いている手でグイッとサングリアを飲み干した。トン、とグラスを置いたのと、まゆりが身じろぎした気配を感じたのは同時だった。

ふたりして艶《あで》やかに、この見目麗《うるわ》しい男どもに微笑んでみせる。

「ごめんなさい、私たち、ハンサムな男性は恋愛対象にならないの。火遊びのつもりならほかの若くて可愛い女の子に声をかけてみては？　ふたりとも素敵な男性だから、簡単に手に入るわよ」

「俺が気に入ったのはケイコなんだが」

そんなセリフは聞かなかったことにし、スツールから立ち上がってバッグを手にする。

「今夜はあなたたちのおかげでおいしく飲めたわ。ありがとう」

まゆりがお礼を告げ、請求書を持って来たバーテンダーと会計をすませた。払うと言いだした男たちにきっぱりお断りをして、自分の分を支払う。

「せめて、連絡先を教えてくれないか」

精悍《せいかん》さに色気がまじった空気を纏《まと》うジェイが、腰に響く美声で懇願《こんがん》する。

その声だけでお腹いっぱい。いや、彼の色香にあてられて、この一晩で女性ホルモンが少し活性化された気がする。

ありがとう、でもこれ以上傍《そば》にいるのは危険を感じるから逃げよう。

「どこかで偶然もう一度会えたら、そのときは教えてあげてもいいわ」

なんとも上から目線な断り文句を口にして、ふたりで出口へと向かう。私たちはそのまま振り返ることなく、お店を後にした。

「いや～面白い夜だったねー」

「まゆりがいきなりA子なんて名乗るから、焦ったじゃないの。ずるい、自分だけ簡単な名前を見つけて」

「あんたもB子じゃおかしいからK子にしたんでしょ？　よく咄嗟《とっさ》に思いついたわねー。でもKの前にIもあるから、アイコでもありだったけど」

そうか、I子もありだったか。思いつかなかった。

「昨今《さっこん》は物騒だから、そう簡単に個人情報なんて教えないわよね」

まゆりがさらっと言った。

やっぱり私たちは、その場の勢いで身体の関係を持つなんてあり得ないな。

終電間近の駅に到着し、一緒に電車に乗る。まゆりが降りる前に、少しだけジェイのパーツに惹《ひ》かれたことを白状した。

「そういえば仁菜って、手フェチだったっけ。結構よかったの？」

「正直いいパーツしてると思った。手首の骨とか腕時計のバランスとか、もろもろ。腕まくりしてほしいくらい」

手を握られたときは、あまりにも理想的な手だったから目が釘づけになった。けれど、いくら好みでも、初対面の怪しい男の手をいきなり撫で回したいとは思わない。

「二次元だけかと思ってたら、三次元でああいう美形がいるんだね」

「外見があれで、声も手もかっこいいとか！　スペック高すぎて別次元だわ。まあ、暫《しばら》くあの店の周辺に行くこともないだろうし、あのふたりに会うことはもうないね」

「そういえば仁菜、年末は忘年会とか入ってるんじゃないの？　今度また空いてる日があったら教えて」

「わかった。まゆりのほうが忙しそうだから、そっちもまたスケジュール教えてね」

先に降りた彼女を見送り、私も数駅先で電車を降りた。

帰宅後シャワーを浴びてしっかり化粧水と保湿クリームを塗りたくってから、私はぬくぬくとベッドの中に潜《もぐ》りこんだのだった。

Ｄａｙ　１　――Ｍｏｎｄａｙ――

週明けの月曜日。

金曜日の非日常的な夜のことなどすっかり忘れ、仕事に没頭した後のことだ。勤め先の法律事務所を出た途端、ぐいっと誰かに腕を掴まれた。

「え？」

振り返ると、黒いコートを着込んだ男が立っている。先日の外国人、ジェイだった。

「見つけたぞ、ケイコ……いや、ニナ・ユノキ」

「……は、げえっ⁉」

僅《わず》かに柳眉《りゅうび》を寄せた美形は、「俺は禿《は》げじゃない」と返す。

いや、そこはどうでもいい。あなたの毛髪事情に興味はない。

「なんで、ここに？　っていうか、名前も」

「ふたりして偽名を使うなんてやってくれるな？　おかげで探し出すのに少々手間取った」

「なにそれ、ストーカー？　怖いんですけどっ」

肘《ひじ》を掴まれたままジェイを見上げる。そういえば座った体勢でしか喋《しゃべ》っていなかったから、彼の身長がどのくらいあるのかわからなかった。

小柄な私が見上げる位置に顔がある。恐らく一九〇センチ近い。均整の取れた身体は鍛《きた》えられているようで、立っているだけで隙がない。

引きつり顔の私に、男が若干ムッとして訂正する。

「逆だ。俺たちは取り締まる側だ」

「え、それって……」

ダメだ仁菜、考えちゃいけない。知ってしまったら後戻りできない気がする。

冷や汗を流して硬直する私に、男は妖《あや》しく微笑んだ。道行く人たちに、ちらちら見られている。

だが、その緊迫感は、スマホの着信音によって壊された。腕の自由を取り戻しスマホを確認すると、テンパったメールがまゆりから届いていた。

『この間の二次元生物が会社の前に！』

たったこれだけで、あちらでもなにが起こっているのかを察する。

「……デイビッドも彼女のところに？」

「デイビッド……ああ、そうだ」

微妙な間が気になった。訝《いぶか》しむ私の表情に気づいたのだろう。ジェイがニヤリと笑った。

「"D"avid, "J"ay. 君たちのA、Kと同じく、俺たちの名前もアルファベットから取った仮の名前だ」

「なっ……」

DとJって！　じゃあ本名はなんなの！

咄嗟《とっさ》に口から出そうになったが、お口チャック。

いけない、これ以上踏み込むのは危険だ。私は彼に興味なんて持っていないのだから。

「なんで彼女の――まゆりのこともわかったの」

「そんなの俺たちには簡単なことだ」

「それって職権乱用じゃ……」

「さて、難しい日本語はわからん」

ご都合主義だな！

「君が俺に興味がないから、会いたくなった」

さらりと意味不明な問題発言をした彼は、その魅惑的な手でギュッと私の手首を握る。

逃がさないように、逃げられないように。

強固な檻《おり》をちらつかせ、本名不明の偽名男は、私に色気のまじった声で問いかけた。

「出張はちょうど一週間後、来週の月曜までだ。帰国が迫っているから好きなのを選んでいい。一、今すぐ既成事実を作るか、二、俺の国にきてじっくり口説《くど》かれるか、三、連絡先を教えて暫《しばら》く遠距離恋愛を楽しむか」

「……はあ？」

思わず、ポカンと口を開けてしまう。しかしいつの間にやら腰に手を回していた男は、さらに私の耳元で囁《ささや》いた。

「俺としては一がオススメだが？　君に損はさせない。たっぷり愛してやる」

「冗談……、っ⁉」

選べと迫ったその口で、彼は答えを聞くよりも早く、私の唇を塞いだ。

◇◆◇

子供の頃は、大人になれば当然のように恋人ができるものだと思っていた。

オシャレしてデートを楽しむ大人の女性たちが、キラキラと輝いて見えたのを覚えている。

けれど大人になるにつれて、理想は理想にすぎなくて、現実は容赦がないことを学んだ。

誰もが一度は夢見るシチュエーションなどこないまま、時間だけが無情に過ぎていく。

私は過去、彼氏ができても、両想いの期間は短かった。理想と現実は噛み合わない。人生とはつくづくままならないものなのだ。

とはいえ、別に恋愛だけが人生の醍醐味《だいごみ》ではない。

頑張って働いて、おいしいものを食べて、趣味にお金を使って、ひとりで快適に過ごしていく。両親が健康なうちに親孝行して、たまに家族旅行に連れて行けるだけの蓄《たくわ》えがあれば十分だろう。そんな未来もそれはそれで楽しいはずだ。とっくに寂しいという感情をどこかに置き忘れてしまった私なら、余裕で好きに生きていける。

でもお金は多ければ多いほどいいから、キャリアアップのための資格を取るか、いっそ転職でもしてしまおうか――

そんな人生プランをぼんやりと立てていたタイミングでの厄介そうな異性問題は、はっきり言って迷惑でしかない。ぽっと出の美形に見初《みそ》められるとか望んでいないから、速《すみ》やかにお引き取り願いたい。

そもそも顔がいい男は恋愛対象外だって告げたはずなのに。恋愛する気力も体力もない私に、この状況は到底楽しめるものではないのだ。

ここは和と仏のフュージョンのような創作料理の店。私は目の前に座る、不遜《ふそん》な笑顔で少しタレ目の、国籍不明、年齢不詳、おまけに名前は偽名の不審者を、じろりと見据える。

この男、人の唇を出会いがしらに奪ったのだ。決して油断も隙も見せてはいけない。

「警戒心バリバリの猫のようだな」

低くて甘く、そしてからかいの滲《にじ》んだ声で楽しそうに言う。スーツ姿の外国人男性――J《ジェイ》に連れられ、私は現在彼と向かい合って食事をしている。職場の目の前で堂々と唇を奪うような男から逃れる術《すべ》を思いつかず、渋々一緒に夕食を食べることになったのだが……。私の思考は、さっきから永遠ループだ。逃げる手段を考えついては、それは無理だと冷静な部分で判断する。もう、どうやって逃げればいいの。

「バーで一度話しただけで職場と名前を調べて、同意もなくキスしてくるような男を警戒しない女は、ただのバカでしょ」

和牛のリゾットを口に運びながら言う。

赤ワインとも合うけど、これ日本酒でもいけそう。

値段が書かれていないメニューの中から好きに食べて飲んで、お腹はそれなりに満たされてきている。

大人のフェロモンをまき散らす迷惑男は、苦笑気味にワイングラスを傾けた。

「そうだな。俺以外の男になら全力で抵抗しろ」

「なんで自分だけ例外なのよ。私にとって一番の危険人物はあなたでしょう」

「確かに。しかし警戒してもっと意識してくれるなら、それもいい」

さらりと危険な発言を聞いた気がする。こいつの思考回路が少々怖い。

食後のデザートが運ばれてきて、コーヒーとともに味わっていると、Jがジャケットの胸ポケットから手帳を取り出した。

「ユノキニナ。六月三十日生まれ。家族構成は父、母、兄がひとりと、兄嫁に甥《おい》。祖父母はすでに他界。有名私立大学の法学部を卒業後、母親の兄である伯父が経営する法律事務所に勤務。現在恋人はなし。なにか間違いは？」

「……よく短時間でそこまで調べたわね、個人情報」

どんな情報網を使ったのやら。

一般人には入手困難な個人情報を短時間で調べるって、これは本格的に只者《ただもの》じゃない。

身元不明の怪しい男は信用できないと抗議したら、彼は欧州の警察関係者だと言った。現在は各国の警察が集まって開催されている、国際テロ組織のサイバー犯罪対策セミナーに参加しているんだとか。

嘘か本当かはわからないけど……こんな手の込んだ嘘をつく意味はない気がする。

「警察庁の人間に聞けば証明してくれるぞ」

スマホを取り出した男を、慌てて制する。大事《おおごと》にされたら困るじゃない。

クリームブリュレを食べる手を止め、口に広がるほろ苦いカラメルとカスタードの甘さを中和させるように、熱々のブラックコーヒーを一口啜《すす》った。

ほぼ初対面の男に自分のことを知られているのは、ドン引くというか、慄《おのの》いてしまう。犯罪者でもないのに警察関係者の調査対象になっているって、どんな状況よ。

この調子じゃ自宅のアパートまで知られているんだろうな……

年齢まで言わないのはせめてものフェミニズムだろうか。

じっとりした視線を隠すことなく目の前の美形に向ければ、見た目によらず甘党らしい男はチョコレートケーキを食べる手を止めて、余裕の笑みを返した。

テーブルに置かれた黒い手帳にはなにが書かれているのやら。気になるけど、奴の職業上の秘密に触れる気はなかった。一度知ってしまえば、本当に逃げられないと私の本能が告げる。

そろそろ二十時近いし、今日はさっさと帰ろう。熱いお風呂に浸《つ》かって、冷えた身体とこの非日常的な空気を洗い流せばいい。

よし、と、思考を切り替えた直後のことだった。

「俺と結婚しよう、ニナ」

「…………は？」

今なんて言った？

「バカなの？」

「心外だな」

「出会って二度目、しかも一方的に素性《すじょう》を調べられているだけで、こっちは本名すら知らないっていうのに。そんな相手と結婚する気になんてなるわけないでしょう。文化の違いだかなんだかわからないけど、常識と価値観が合わない人とは交際にだって発展しないわよ。怪しすぎるっつーの」

もしくは結婚詐欺《さぎ》なんじゃない？

最近街でナンパされても、まずは宗教の勧誘か詐欺《さぎ》を疑ってしまう。

「なんだ、俺のことにまったく関心がないのかと思っていたら、気になっていたのか。名前は――」

「やめて、なにも言わないで。あなたの名前も年齢も素性《すじょう》も、興味も関心もないから。私に余計な情報を与えて巻き込まないで」

聞いたら最後、後戻りできない事態なんて全力で回避だ。

クリームブリュレの最後の一口をスプーンですくって、コーヒーで流し込む。この場からさっさと去るつもりで、はっきり告げる。

「私は結婚なんてしたくないの。束縛されるのは嫌だし、好きに楽しく過ごしたいの。一体なにを思ってプロポーズなんてしたのかわからないけど、ほかをあたってちょうだい。まあ、あなたが帰国したら会わなくなるだろうけど」

「いや、会えるようにすればいいんだろう？　年末のバケーションはいつからだ。国《うち》に招待しよう」

「お生憎《あいにく》様、既に予定が入っているわ。今年の冬休みはマチュピチュに行く予定だし」

毎年、あるいは二年に一度、私は海外旅行に行っている。それを楽しみに毎日仕事に励んでいると言っても過言ではない。

世界遺産を巡るひとり旅が、自分自身への贅沢《ぜいたく》なご褒美《ほうび》だ。ひとり旅とはいえツアーに入って団体行動で動くから、そこまで危なくはない。治安が不安な国や地域には気をつけているし。

Ｊの眉が僅《わず》かにひそめられた。無表情の不機嫌顔で黙られると、途端に威圧感がすごくなるので居心地が悪い。微笑むと甘さのあるタレ目が印象的な色男なのに、なんだろうこの差は。やはり職業柄か。

「誰と行くんだ、その旅行は」

「ひとり旅ですがなにか」

「ダメだ、危険だ。今すぐキャンセルしろ」

あんたは私のお父さんか。

ちなみに家族は、年末の娘の旅行には慣れっこだ。旅先で購入したお土産《みやげ》を毎回楽しみにしている。行先が観光地だから、彼らもそこまで心配していないのだろう。

「ツアーに参加するんだから危険じゃないわよ。そりゃ自由行動くらいはあるけれど」

「君みたいな小さなレディがひとりで歩いていたら、すぐに襲われる。これだから日本人は平和ボケしていると言われるんだ」

「成人女性に向かって誰が小さなレディよ。失礼ね」

「小柄だと言っている。君くらい、男ひとりで簡単に攫《さら》えるぞ」

「攫《さら》われたことなんてないもの。危険な目にだって遭《あ》ったことないし、防犯ブザーも携帯しているわよ」

このとき、私は少々苛立っていた。だからこそ、多少の売り言葉に買い言葉となっていたことは認めよう。

だって人が折角楽しみにしている旅行をキャンセルしろって言われたら、そりゃ腹も立つ。あなた全然関係ないじゃない。私の身内でもあるまいし。

「なるほど。では物陰から突然襲いかかられても君は咄嗟《とっさ》に反撃できるほど、武道を嗜《たしな》んでいるとでも？　一瞬で気絶させられたらどうする。なにか起こってからじゃ遅いというのに、危機管理ができていない」

「私を無理やり食事に誘って連れてきたあなたに言われたくないわね。どうせここにきた時点で、私の危機管理能力を疑っているんでしょう」

「正解だ。だが俺相手には警戒心を緩《ゆる》めていいと言ったはずだ」

「だからあなたが一番危険人物だって、私も言ったはずだけど？」

話が堂々巡りだ。苛立ちがおさまらない。

確かになにか起こってから後悔するのは遅いけれど、危ないかもしれないから外に出ないなんて、ナンセンスでしょ。

思えば、このときの私は意地になっていたんだと思う。ほぼ初対面の男に、年末の楽しみを否定されて。

「人目がある場所でそう簡単に人攫《さら》いには遭《あ》わないわよ」

「そうか。なら試してみるか」

「え？」

椅子から立ち上がったJが私の腕をグイッと引っ張り上げた。急に立たされたせいで、立ちくらみしそうになった。直後、膝裏にさっと腕が通されて——気づけばあっという間に、横抱きに抱えあげられていた。

「わっ、ちょっと⁉」

「暴れたら落とすぞ」

「下ろして人攫《さら》いっ」

「なんだ、肩に担がれたほうがいいのか。食後だしそれはやめておいたんだが」

肩に担がれるとか冗談ではない。最悪なことにここは半個室になっている。

人の視線を遮《さえぎ》る壁があり、先ほどまで視界の中にいたカップルはしばらく前に去ってしまった。

少し歩けば広々としたフロアに出るけれど、この男は何故か入り口とは逆の方向に歩みを進める。

いつでも去れる準備をと思っていたから、バッグを腕にかけていた。それが幸いなのか不幸なのか……

「待って、どこに行くの。それに支払いは」

「部屋につけてあるから問題ない」

「なにそれ、どういうこと」

手足をばたつかせて暴れる私を見て、ニヤリと笑った不埒《ふらち》な男はあろうことか「あんまり暴れるとパンツ見えるぞ」と、デリカシーのない発言をかました。

「……～～ッ！」

「俺だってまだ見ていないのにほかの男に見せるな」

「わけわかんないこと言わないでくれる？」

ああもう、下ろしてよ！

すれ違う店員は頭を下げて、「ありがとうございました」と言っている。何故誰もこの状況に慌てないの。バカップルのイチャイチャとでも思っているのだろうか。

裏口の通路を出ると、すぐにエレベーターが現れた。ずらりと並んだフロアボタンの三十階を押している。どうやらここはホテルの隣のビルで、ホテルのＶＩＰ滞在者向けの連絡通路があり、限られた人物だけにそこの通行許可が出るらしい。

そんな裏情報、このタイミングで知りたくなかった。

「ほんっきで殴るわよ」

「君に殴られたところで痛くも痒《かゆ》くもない」

お腹の上に載せたバッグを手で押さえているので、殴るとしても片腕しか使えない。

それでも力の限り暴れる私を、Ｊはようやく下ろした。しかし、バッグをひょいっと奪っていく。

「あ、ちょっと……っ、！」

抗議の声は、彼の唇に吸い込まれた。

一日で数年ぶりのキスを二回も体験するとか、厄日だ。

「ふ、ぁッ……んんっ」

身長差で、首が苦しい。しかも微妙に爪先が浮いている。首を振ろうとしても後頭部は反対の手で押さえられていて、されるがままだ。

気づけば腰の手が移動して、お尻触られてるし！

許可なくレディの唇を奪うだけでは飽き足らず、お尻まで触るなんて！　コイツの出身地が紳士の国じゃないことだけは明らかだ。

チン、とエレベーターの到着音が響く。振動をほとんど感じさせない動きで止まったこの箱から一歩出れば、足音を吸収するふかふかのカーペットに出迎えられた。

「やめ――っ」

「大人しくついてくるならやめてやる」

Jは唾液で濡れた私の唇を舐めて、チュッと再び吸いつくようなキスを降らせる。至近距離で強い眼差しに射貫かれて、私ははじめて被食者の心境というものに陥《おちい》った。

――あ、ヤバいこれ。

せめてもの抵抗をしようと、声を上げる。

「一一〇番！　お巡りさん、こいつ人攫《さら》いです！」

「なんだ、呼んだか」

この犯罪者じみた男が犯罪者を取り締まる側なんて、世も末過ぎる！

爽《さわ》やかなヒーローが現れることなく、私は奴の滞在先であろうホテルの一室に連れ込まれた。

口づけをされたまま部屋に運ばれて、気づけばソファに押し倒されていた。

「待った待った！」

なんとか、覆い被さってくる奴を押しのける。

ようやく見回すことができたそこは、ひとりで滞在するには贅沢《ぜいたく》な広さの高級感のある部屋だった。

一介の公務員が泊まれるとは思えない豪華さに、唖然とする。

「なにを？」

「ソファに人を押し倒しておいて〝なにを？〟じゃないわ！」

首筋に顔を埋《うず》め、あまつさえ肌に吸いついてくるこの男は、心底油断ならないケダモノだ。

絶賛襲われ中の私は、力いっぱい手足をバタつかせた。

「レイプ！　これレイプだから！　自覚あるの⁉」

「同意を得れば問題ないだろう」

「誰も同意してないしっ」

「俺ははじめに一がオススメだと言ったはずだが？　同意していなかったのか？」

あのわけのわからない選択のことか。あんなのどれを選んでも行きつく先は同じじゃないの。私に逃げる権利がない。それにそもそも、返事をしていないはず。

思わずため息をつく。

「冗談はその顔だけにしてよ。私言ったわよね？　顔のいい男に興味がないって。それとも嫌よ嫌よも好きの内とか本気で思ってるの？〝ただしイケメンに限る〟っていうのは、〝二次元に限る〟って言葉ともれなくセットなのよ。三次元じゃ普通に犯罪だから」

あれか、女の子にモテすぎて振られた経験がないから、多少強引でも結局は私が折れると思っているのか。

そんなの冗談ではない。

先日まゆりと話していた通り、私はこんなドキドキなハプニングとは無縁な生活を送ってきたし、当然今後も、予定外のお泊まりなんて断固拒否する。

許可なく強引にキスマークをつけた男を睨《にら》みつけて、「がっつきすぎる男ってカッコ悪い」と言ってやれば、多少こたえたのだろう。Jはムッと柳眉《りゅうび》を寄せつつ、私の隣に腰をおろす。

「いきなりキスとかキスマークつけるとか、サイテー」

ボソリととどめを呟くと、さらにばつが悪くなったらしく、男はソファに座って服の乱れを整える私に一言、

「……悪かった」

と、案外素直に謝った。

「謝ってすむなら警察はいらないんじゃない？」

じっとりと見上げると、彼が視線を逸らす。

警察関係者の不祥事はまずかろう。しかも外国からやって来たとなればなおさらまずいはず。

しかし、早くも開き直った彼は、小さく嘆息して私を見下ろした。

「確かに同意もなくキスしたことは謝ろう。すまなかった。だがニナも悪い。そもそも君がひとりで海外旅行に行くと言うから、こうやって俺が試すことになったんだ」

「はあ？　なによそれ。私が攫《さら》われたことなんてないって言ったから、実際に攫《さら》ってみたって言うの？　……ちょっと歯食いしばりなさいよ。一発殴らせろ」

はぁ～と拳《こぶし》に息を吹きかけて温めていると、「何故グーなんだ」とすかさず突っ込みが入った。

「そんな非力な力じゃグーで殴っても手が痛いだけだろう。やめなさい、君の手が傷つく」

「殴られることをした自覚がないようね？　別にいいわよ、なら、真っ赤な手形をほっぺたにつけ

てあげる。今日はまだ月曜日だし、明日も仕事でしょう。周りに笑われても自業自得よね」

「土日が休みというわけではないが……。とにかく、これでわかっただろう。君くらい簡単に攫《さら》えると」

今回は恋人のフリをして攫《さら》ったが、人目につかなければもっと大胆な方法で攫《さら》うこともできる。

それこそ薬を嗅《か》がされたら抵抗なんてできないだろう。

そんなことを話しだした彼に、気づけば説教されていた。

なにそれ、なんで私がそんなこと言われなきゃいけないのだ。

実際簡単だっただろうと言われれば、確かに否定できない。隙をついて担ぎ上げられたら、拉致《らち》なんてあっという間だそうだ。

悪意のある人間がいない世界なんてない。どこで危険な事件に巻き込まれるかわからないから、せめて誰か同行者を連れて行けとJはのたまった。

「同行者なんて、急には無理だし。それにもう行くのは数週間後だよ？　今からキャンセルするにしたって、キャンセル料も発生するし嫌」

「それは俺が払う。やめろと言ってるのは俺なんだから、それが筋だろう」

「やめてよ、そんな筋合いないわよ。そもそも、借りを作りたくない」

「そんなことで借りだなんて思わなくていい。忘れたのか。俺は君にプロポーズをしたんだが」

「え……」

あれって本気だったの？

すっかり忘れていた話題を持ち出され、私の思考と身体がフリーズした。真剣な眼差しで見つめてくる男が足元に跪《ひざまず》き、断りもなく私の手を持ち上げる。

「この前も思ったが、小さい手だな。白くて滑《なめ》らかで、可愛い手だ」

褒めているのかいまいちわからないセリフをはいて、キュッと握りしめる。その手は、困ったことにやっぱり私好みで、不覚にもドクンと心臓が鳴った。

男の人の、骨ばった大きな手。手の甲に浮かんだ骨に筋。ごつごつした指も少し硬めの皮膚も、なにもかもがバランスのいい理想的な手だ。

そこから伸びる手首と腕のラインも、きっと涎《よだれ》が出るほど好物だろう。

自分とは正反対のものに憧れるのかわからないが、昔から男性の手が好きだった。手の甲から手首の骨にかけてのライン、腕時計をつけている手首、そして上腕二頭筋までの筋肉と筋《すじ》。男性に魅力を感じるポイントは人それぞれだと思うけど、私は断トツで手なのだ。

彼の、服の下に隠れたものを想像して小さく唾《つば》を呑む。ざわざわと胸の奥が落ち着かない。

私が密かなトキメキを感じていることに、彼は気づいていないだろう。

握りしめた私の手の甲をそっと親指でなでてから、Ｊは指先に唇を落とした。

……チュッ。

リップ音と柔らかな皮膚の感触に、肌が粟立《あわだ》つ。

見た目だけは極上の男が跪《ひざまず》いて私の指にキスをするとか、まるで現実味がない。

映画のワンシーンのようで、眩暈《めまい》を感じた。

「ニナ、結婚を前提に俺と付き合ってほしい」

見つめる眼差しが熱い。手からじんわりとJの体温がうつり、私の身体が落ち着かなくなる。

ダメだ、このままじゃいけない。おかしな雰囲気に酔ってしまう。

きっとここが、非日常的なホテルの一室というのもいけない理由のひとつなのだろう。目の前の美形が日本語を流暢《りゅうちょう》に操っていることも、よく考えれば違和感ありまくりだ。

実は闇の組織の一員で、私をなにかの事件に巻き込むために詐欺《さぎ》を仕掛けていると考えると納得がいく。私の利用価値はさっぱりわからんが。

――とりあえず逃げよう。

これ以上真面目に考えてはダメだ。

握られていた手を取り戻して、すっくと立ち上がる。バーカウンターの上に置かれていたショルダーバッグを掴み、ダッシュでドアまで走ったのだが……。コンパスの長さが違うため、あっさり奴に腕を掴まれた。

「どこに行くんだ？」

尾骶骨《びていこつ》に響くバリトンを聞いて、全身の産毛《うぶげ》が総毛立った。過激なフェロモンを吸い込んでしまったような錯覚を感じ、片手で鼻を押さえる。

恋とか愛とか、そんなものと長らく距離を置いていた私には、彼の色香に耐えるだけの免疫《めんえき》がない。ぞわぞわしたなにかが足元から這《は》い上がる前に、反射的にバッグをJめがけて叩きつけた。

「美形ならなにしても許されるわけじゃないんだから！」

彼に大したダメージはないようだが、すこし手が緩《ゆる》んだ。その隙に、扉を開ける。

背後でなにか聞こえた気もするが、そんなのにかまっていられない。

ホテルを飛び出し電車に乗ったところで、私はようやく安堵のため息をついた。

ああ、なんという厄日……。外国人の美形怖い、恐ろしい。

文化の違いなのかなんなのか。出会ってすぐにプロポーズなんてあり得ないだろう。

押し倒された瞬間、貞操《ていそう》の心配よりも、まったく準備していなかった下着を心配したのも女子的におかしい気がするが――

しかし悔しいけれど、奴に言われた通り、危機感というものが薄れていたのかもしれない。

誰も私なんかに女としての魅力を感じないし、危険な目に遭《あ》うのは溢《あふ》れんばかりの女子力オーラがある子だけ、という油断があったのは事実だ。

蓼《たで》食う虫も好き好き、という言葉も世の中にはあることを思い出した。

もやもやした思いを抱えたまま電車に揺れて、自宅のアパートに帰宅する。

が、ここにきてトラブル発生。

「……ない。鍵がないっ！」

ちょっと待って。嘘でしょう？

玄関扉の前で鞄をひっくり返す勢いで探してみたが、いくら漁《あさ》っても鍵だけが見当たらない。途方に暮れたまま、数駅離れた親友のまゆりのアパートへ向かうことにした。

一晩泊めてもらい、翌朝大家さんへ連絡しよう。どこで落としたのかはなんとなくわかっている。

十中八九、さっきJに鞄をぶつけたときだろう。

「あの男……、一体私になんの恨みがあるの。とことん問題ばかり増やしてくれて……」

明日出勤するのも気が重い。職場の誰かに今日のキスシーンを見られていたら最悪だ。なにせあそこは、親戚が経営する法律事務所なのだ。家族に知れ渡るのも時間の問題……

ぶるりと身体に悪寒《おかん》が走る。思わずコートの襟《えり》に首を埋《うず》めて、コンビニに駆け込んだ。

ビールを数缶買って、まゆりのアパートに奇襲をかける。メールしても返信はなかったけど、それは結構いつものことだったりする。家にいるときは、そんなに携帯チェックをしないのは私もまゆりも同じだ。

頻繁《ひんぱん》にきているため、ためらいなく呼び鈴を鳴らしたのだが……ドアを開けて現れたのは、まさかの金髪碧眼《へきがん》の王子様だった。コンビニで買ったビールが、袋の中で鈍い音を立てる。

「あれ、君はケイコ……じゃなかった、ニナ？」

「なんであなたにまで本名バレてるんですか」

シャツとスラックス姿の彼が、何故まゆりの部屋にいる――

額《ひたい》にじんわりと汗が浮かんだ。

にっこり微笑んだ彼は、「中に入って」と自分の家のようにすすめたが、私はその場で辞退した。

「遠慮します。はい、ビール！」

袋をそのまま彼に押しつけて、ダッシュで駅に逆戻りした。彼がなにか言おうとしたことも、お礼をかろうじて聞けたこともどうでもよくて。全身の悪寒《おかん》と汗が止まらない。

まゆりー！　もう食べられちゃったのか……！

親友が王子様の餌食《えじき》になってしまった。心の中で合掌《がっしょう》する。

ご愁傷《しゅうしょう》さま、という言葉しか思い浮かばなかった私は、しかし駅に着いてから途方に暮れた。

「どうするよこれから……」

ダメ元で大家さんに電話をしようとしたが、そういえば先週末に連絡があったのを思い出した。一週間ほど不在にするから、その間になにかあったら息子さんに連絡するようにと言われていたのだ。

人がいい大家さんは、七十歳を過ぎた老夫婦で、五階建てのこの単身者向けのアパートを管理している。

今の時刻は夜の十時半。鞄を漁《あさ》ってみるが、案の定その息子さんの連絡先が書いてあった紙は、部屋の中だ。確か、冷蔵庫にマグネットで貼ったはず。

「どうしよう。鍵屋を呼ぶにしても、旅行前だから無駄な出費は痛い」

それに今すぐきてくれるとは限らない。もう夜も遅いのに、業者を外で待っていなければいけないなんて、考えるだけでげんなりした。

仕方がない――鍵を取り戻そう。

私は啖呵《たんか》を切った相手のいるホテルに戻り、連れ込まれたときと同じくＶＩＰ用のエレベーターに乗り込んで、三十階を押す。無駄に記憶力がいいのを嘆けばいいのか感謝すればいいのか。Ｊが滞在している部屋の前まできて、私は嫌々ノックした。

ガチャリと開いた扉の向こうにいるJの右手には、私の鍵。

目の高さにまで持ち上げたそれを見せつけるようにチャリチャリンと音を鳴らし、彼が一言放った。

「お帰り、ニナ」

ニヤリと勝利を確信した美形は、殴りたいほど憎らしかった。

気力も体力も限界の私は、もはや渋面を隠す気もない。

「……鍵、返せバカ野郎」

「勝手に落としたくせに、返せ？　俺が盗んだみたいな言い方だな」

「…………返してください、お願いします」

すべての元凶は自分のくせに！

そう思いつつも、頭を下げるこの屈辱《くつじょく》。どこかで晴らさねば気がすまない。

Jは、扉の前に突っ立っていた私の腕を引っ張り、再び部屋に連れ込んだ。そして無抵抗の私をあっさり抱きかかえて、悪魔の微笑を浮かべる。

「落とし物の拾い主は、一定の謝礼を要求する権利があるんだったよな？」

「……ッ！」

つくづく今日は厄日だと思わずにはいられなかった。

大人になると恋をしにくくなるのは何故だろう？

単純に出会いだけの問題じゃなくて、精神的な面でもどこかにブレーキがかかってしまう。

一度異性がいない生活に慣れてしまうと、とても楽だった。自分が好きなものを、好きなように選んで決めて。結果私のファッションもヘアメイクも、基本は機能性重視に落ち着いた。

いまさら自分を偽ってまで近づきたい人なんていないし、そんな気力がこの先わいてくるとも思えない。

オフの期間が長すぎたら、そう簡単にスイッチはオンには切り替わらない。

乙女センサーも恋愛スイッチも、恐らくさびついて使いものにならないっていうのに……

まるでマフィアに目をつけられた気分で、私は再び敵の根城に居座っていた。

「飲み物はなにがいい？」

「いらないから鍵返してくれる？」

「断る。なんでもいいなら適当に出すぞ」

「……じゃあビール」

ホテルに備えつけの冷蔵庫からビールを出して、Ｊは私に手渡した。それを見て、さっきまゆりと飲もうと思って買ったことを思い出し、顔をしかめる。

ちょっと奮発していいビール買ったのに、もったいない。

いや、ビールなんかより親友のほうが重要だが。

心の中でまゆりの無事を祈ってから、頭を切り替えて自分の問題に集中する。

ビールをぐびっと飲んで、目の前のソファに座る男を見つめた。

時刻はもう二十三時を過ぎている。そろそろ寝ないと、明日起きられない。

だけど鍵は返してもらってない。となれば、私は帰ることができないわけで……

「いつ返してくれるつもりなの」

「俺が帰国する日の朝だな」

「一週間後だっけ？」

「ああ、次の月曜の予定だ」

「それまで私にどうしろと？」

「君もここに滞在すればいい」

正気か。こんなところで、見知らぬ男と一緒に住めと？

今までの彼の言動から、この提案が冗談でないことはわかる。だからこそ、頷けない。本気で彼に捕まってしまったら、今まで築き上げてきた平穏な暮らしとおさらばしなくてはならないじゃないか。

嫌だそんなの。いきなり面倒事を背負いたくない。それにいくら警察関係者だとしても、こんなに胡散《うさん》臭い男と一緒に住むとか、常識的にあり得ない。

「あのさ、無理でしょ。着替えもちゃんとしたメイク道具も、なにも持っていないんだけど。明日も仕事なのに、仕事用の服だってないし。冷蔵庫の中だって腐るし。どうしてくれるの」

呆れた眼差しで睨《にら》む。本当、観賞用ならピッタリだけど、三次元で顔のいい男はお断りだ。服は重要だが、冷蔵庫事情は今適当に思いついた。実のところ、普段から腐らせているので、本当はあまり気にしていないのだけれど。

「仕事は九時から六時までだったか。明日の朝七時に受付《レセプション》に頼んで服を持ってきてもらうことになっているから、とりあえず明日の分は問題ない。残りは俺が揃えよう」

「ちょっと、まさか買うつもり？　私をここに泊まらせるためだけに、服も化粧品も全部買うっていうの？　無駄遣い過ぎる！」

なんとなく、見た目からエリート臭は漂《ただよ》っていたけれど。こいつ、エリートなだけじゃなくてセレブだったのか。余計関わりたくない。

ここで彼の申し出を受けて、全部受け取ってしまったら絶対に終わりだ。私の意志に関係なく、外堀を埋められてしまう。

Ｊが手の中で弄《もてあそ》んでいる鍵を見て、たまらず呻《うめ》いた。

「っていうか、おかしいよね。謝礼としてこの部屋に滞在しろって、どういうことよ。元はと言えばあなたが勝手に私を連れ込んだのが原因じゃない。困った相手を助けるフリして、困らせてるのは自分だって自覚あるの？」

「俺は利用できるものはすべて利用する性質《たち》なんだ。諦めろ」

「はあ？　いいから鍵、返してよ」

「嫌だ。今返したらニナはもう二度と会ってくれなくなるだろう？」

「そんなの当たり前じゃない。なに言ってるの」

「それなら余計にこれは返せない」

Ｊがズボンのポケットに鍵を押し込めたのを見て、「ああ！」と思わず声をあげた。

怒りと苛立ちでわなわな震える私に、彼はとびっきり甘い美声を響かせる。

「君が今すぐ俺と婚約するなら、返してやってもいいが？」

「……その微妙に上から目線がムカつくわ」

睨《にら》めば睨《にら》むほど、奴の笑みが深まった。うっとりと私を見つめる眼差しまで、甘さを帯びている。

目尻を和らげると余計タレ目が艶《つや》っぽくなるから、やめてほしい。公害だ。

「私には、あなたが私をほしがる理由がわからない。信用できない相手と交際どころか婚約なんてあり得ないでしょう。それに一言も私が好きだなんて言っていないじゃない」

「好きだ、ニナ」

「……嘘くさ」

軽すぎる。そんな言葉に騙《だま》されてたら、ここまでこじれていない。

「嘘じゃないんだが。まあ、確かに今のはタイミングが悪かった。しかし君が好きなのは事実だ。あの夜俺はケイコに一目惚れした。じゃなかったらここまで強引な真似《まね》はしない」

強引だという自覚はあったのか。

だが私の胡乱《うろん》な眼差しは変わらない。

「ただ惚れっぽいだけなんじゃないの？　っていうか、あの夜のどこに一目惚れされる要素があったのかわからない。今だってそう。こんな地味で可愛げのない女のどこがいいの。趣味悪いと思う」

彼の言葉をほいほい信じられるほど、私の頭はおめでたくない。

あと五歳若かったら、少しはときめいたかもしれない。けれど、もう三十路《みそじ》間近だ。正体不明の美形外国人――しかも出張中――と簡単に恋に落ちるようなバカにはなれない。

若気の至りというやつは、言葉通り若いうちにしかできない過《あやま》ちだ。今やったら、過《あやま》ちだけじゃなくて大火傷《おおやけど》を負うのは明らかだろう。しかもどう考えたって、女の私のほうが被害が甚大《じんだい》。

ごくごくとビールを喉に流し込んでいたら、半分以上減った缶を取り上げられた。私の隣に腰を下ろし、Ｊは人のビールを奪ったたままじっと私を見つめてくる。

「自分に自信がないなら教えてやる。君はとても面白い。目が離せないほど表情が豊かだ。気になったきっかけは第一印象と外見だが、話せば話すほどほしくなった」

「……なんで」

「俺に興味がなかったから」

「自分に関心がない女の子なら誰でも好きになるの？」

「そんなわけないだろう。現に俺は君の友人ではなく、ニナを選んだ。言っただろう、一目惚れだったと」

「大したオシャレしてなかったけど」

あの日の服装を思い出して首をかしげたら、隙を突かれて、腕を引っ張られた。

そしてあっという間に背中に腕が回されて――気づけばソファの上で抱きしめられていた。

あれ、なにこの状況。

鼻腔《びこう》をくすぐる彼の香りに先ほど二度もキスされた記憶が甦《よみがえ》り、おさまっていた胸のざわめきが再び近づいてくる。

「小さくて、コロコロ表情が変わるニナはとても可愛い。言葉に嘘が感じられない。大人しそうに見えるのにはっきり言うところも、一筋縄じゃいかないところも、一緒にいて飽きないし楽しい。インスピレーションでこの子だと思った直感が正しかったことを、今日確信した。やっぱりニナがいい。ニナがほしい」

「ちょ……、なにいきなり……っ」

意地悪な俺様だと思っていたのに、直球で口説《くど》かれ私の体温が上昇した。

やめてよ、外国産美形に褒められるとか、そんなドッキリいらないから！

低く掠《かす》れた声で、甘いセリフをはかないでほしい。可愛いなんて言葉、異性に言われ慣れていない私には、この程度の言葉で限界だ。

「君と離れたくない。だから離れられないようにしたい。仕事で滞在している今しか口説《くど》けないから、帰国するまでに君の心を奪いたい」

「〜〜〜ッ！」

耳元で囁《ささや》きながら、Ｊが耳たぶを優しく舐めた。

ぞわぞわっと震えが全身に走る。淫靡《いんび》なリップ音を響かせて、彼の唇が首筋に移動する。ゆっくり肌を味わわれ、暴《あば》かれる感覚。

ダメだ、流されそうになる。この官能的な空気に酔いしれて、久しぶりの快楽を期待しそうになってしまう。

そんなの冗談じゃない！　それなのに、Ｊの口説《くど》きは終わらない。

「すぐに本気になれとは言っていない。だけど俺には時間がない。俺は君に決めたから、君も早く俺に落ちればいい」

「早くって、落ちるつもりはないけど……！」

「俺も逃がすつもりがないから、こうやって全力で口説《くど》いている」

「ひゃっ！」

チュッ、と瞼《まぶた》の上にキスを落とされた。

額《ひたい》、頬、鼻の上と、次々にキスの嵐に襲われる。

肝心の唇を奪わないのは、先ほど私が怒ったことを覚えているのだろう。だがそれも時間の問題のような気がしてならない。

「身体から籠絡《ろうらく》してしまおうと思ったのに、君はなかなか強情だ」

ぽそりと呟かれた言葉に、ぞっとする。籠絡《ろうらく》なんて難しい日本語をなんで知ってるんだとか、そんな突っ込みはどうでもいい。この調子で攻められ続けたら、大した経験がない私は、いつしか首を縦に振ってしまいそうだ。

なにか、なにか対策を打たねば――！

「コ、コンビニに行きたい！」

「コンビニ？」

「そう、ほら、ここに泊まるなら必要なものもあるし。化粧水とかお泊まりセットとかいろいろ」

「なるほど、ようやく諦めてここにいる気になったのか。それなら俺が買ってこよう。夜遅くに君を出歩かせたくない」

「え……いや、それも悪いし」

咄嗟《とっさ》に断ったものの、よく考えれば悪くない提案かも。元凶はJなんだから、奴に行ってもらってもいい気がする。

鞄の中から手帳を取り出し、パパッとメモを書いて紙を四つに折りたたんだ。それをJに渡し、「店員さんに渡して」と告げる。

あまり難しい漢字は得意じゃないだろう。メモを渡しておけば確実だ。

すぐにコートを羽織って、彼は出て行った。ちなみに一番近いコンビニは、ホテルのすぐ隣にある。

頭に思い浮かんだものを書きだしたのだが、我ながら知恵が回るものよと内心ほくそ笑んだ。

十五分後、戻って来たJから買い物袋を受け取り中身を確認する。

中には定番のお泊まりセットや歯ブラシなどのほかに、マスクとアイマスク、そして生理用品。

「ありがとう」と受け取った私に、彼は小さく「悪かった」と謝罪した。そんなものを買って来させて！　と恥ずかしがるとか怒るのではなく、ちゃんと謝るのであれば、彼はそんなに悪い奴ではないのだろう。

「はじめに女性の体調を気遣うべきだった」

「まあ、うん。気をつけてね」

「薬も買ってきた。辛かったら飲むといい」

「ありがとう」

本当、出会ってまもないふたりの会話とは思えないな……お互いに。

先にお風呂を使わせてもらうことにして、洗面所にこもる。ガサゴソと袋を開けると、頼んだ下着は店員さんが気をきかせたのか、サニタリーショーツだった。

「あちゃ〜……いや、正しいチョイスなんだろうけど、参ったな」

実は生理は先週末に終わっている。つまり、今はお肌も体調もよく、こういったものは不要なのだ。

いくら私好みの手を持っていると言っても、勢いや流れで肉体関係を持つわけにはいかない。そのための保険だったのだが……

「ま、いっか」

出勤前に新しいパンツを買えばいい。この新品のサニタリーショーツはバッグに入れて持って帰るとして、一晩くらい同じパンツでも我慢できる。

豪華なバスタブにお湯を張って、メイクを落として身体を洗う。チャプンと温かいお湯に浸《つ》かれば、疲労感が癒《い》やされていくようだ。

ああ、本当。一晩でいろいろとあり過ぎて疲れた……

二十分ほどお湯に浸《つ》かり、ホテルのパジャマに着替える。髪を乾《かわ》かして歯を磨くと、寝る準備は万端だ。

がさごそと再び袋を漁《あさ》り、取り出したのはマスク。喉《のど》の乾燥を防ぐためなどいくらでも言い訳はできるが、一番の理由はスッピンを見られたくないから。

社会人も数年目を迎えれば、メイクの技術は上がる。主に、隠す方向で。

素肌なんて、よっぽどのことがない限り見られたくないわよ。毛穴の開きに小鼻の黒ずみとか、至近距離で見られたら恥ずかしすぎる。

――そしてこの日の夜。

私は自分に求婚する名前も知らない男と、はじめての同衾《どうきん》を迎えた。

「……これは、なにかおかしくないか」

「言ったでしょ。古来から日本では、男女がはじめてひとつの寝具で寝るとき、お互いの顔を見せてはいけないという決まりがあるの。最低でも三日は顔を隠して寝るのよ。ちなみに指一本触れてはいけないわ」

「それは、奥ゆかしいにもほどがあるだろう」

ベッドの上にやたらたくさんある枕のうちの二個を、キングサイズのベッドの真ん中に置いて、訝《いぶか》るJを無理やり納得させる。お互いの目にはアイマスク、口にはマスクをした。

彼が本気で無理やり私を襲うつもりだったらなんの役にも立たないアイテムたちだけど――おそらく、Jはそんなことはしないだろう。

ふう、これでとりあえず安心して寝られるわ。

日本を知らない外国人を騙《だま》している罪悪感なんて微塵《みじん》もわかないまま、私は眠りの世界へと旅立った。

Day 2 ――Tuesday――

目覚めは快適だった。

マットレスの硬さは腰にちょうどいい具合だったし、ベッドの羽毛布団も軽くて暖かい。寝心地のいいキングサイズのベッドなんて、自分には縁がないものだと思っていたけれど、まさかこんな形で体験できるなんて。人生はつくづくわからないものだ。

視界を遮《さえぎ》るアイマスクを外し隣を見ると、寝ているはずの男の姿が見当たらない。

バスルームで顔を洗い、さっぱりしたところで扉の向こうのリビングへ向かう。

四人掛けのダイニングテーブルの上には、一枚の紙と大きな箱、そしてホテルのカードキーが置いてあった。

パジャマ姿のまま、Ｊが書いたのであろうメモを持ち上げる。

『*Good morning Nina,*
Hope you slept well.
These gifts are for you. I'll leave the key so don't forget to bring it with you.
I'll be late today, but if you need anything call me at 090-XXXX-XXXX. Leave a message, I'll call you back ASAP.
You may go to any restaurants in this hotel and tell the room number.
For any assistance, ask reception.
Have a great day and I'll see you tonight.
J』

Ｊの連絡先とか、ホテルの鍵のこととか、いろいろ書かれていることはわかる。大きな箱が、昨日言っていた私の服なのだろうことも。

だが問題は――

「……達筆すぎてちゃんと読めない」

癖のある手書きで、単語ひとつ読み解くのに時間がかかる。英語は簡単なものなら読めると思っていたものの、Ｊの流れるような文字には即座に降参した。

英語で書いているところから思うに、彼は日本語を話すのは堪能だけど、読み書きは苦手なのだろう。

ここに書かれている彼の連絡先は、日本の携帯を借りているのか、番号が明らかに日本のものだ。

綺麗にラッピングされた箱を開ければ、中には洋服が二着入っている。

黒いタートルネックとシックな赤いチェックのワンピースに、寒い冬にはありがたい厚手のタイツ。

そしてもう一セットは、おそらく仕事用として用意されたもの。雑誌で紹介されるような、ＯＬが着る通勤服の組み合わせだ。タイトスカートにブラウス、カーディガンは、どれも上品で、そしてシンプルながらもオシャレ。しかもブランド物ときている。

「好きなほうを選べということ？　うわぁ～……」

これ、全部でいったいいくらだよ。

すっかり流行から置いてけぼりになっている私ですら知っているブランドの服なんて、カーディガン一枚で軽く数万はするはず。

彼の金銭感覚に不安を覚えたが、あえて考えまい。ひとつくらい謎が増えたってどうってことないし、そもそもこの状況を作り出したのはＪなのだから、私が申し訳ないと思うのもおかしい。

開き直って、タートルネックとワンピースに袖を通した。

事務仕事だし、服装にはうるさくないからスーツ着用ということはない。まあ、基本はビジネスカジュアルだけど、このワンピースなら仕事着として十分アリだ。

パパッと手持ちの化粧ポーチを使って最低限の化粧をして、出勤の支度を終わらせる。朝ごはんは、近くのコンビニでおにぎりを買うとしよう。

苦い気分で、この部屋のカードキーを持って、鞄に入れた。

「どうせ鍵渡すなら、私の鍵返してよ」

はぁ……。これから一週間、奴が帰国するまでこの災難は続くのか。

身体の関係を強要されるリスクは減ったけれど、美形の隣にいるっていうのはなかなかに疲れるものだ。精神的に落ち着かない。

私の理想は、一緒にいて喋《しゃべ》らなくても疲れない、居心地のいい雰囲気イケメンなんだけどなぁ。顔の美醜にはあまり拘《こだわ》らないから、とにかくリラックスできる癒《い》やし系がいい。できればマメに動いて家事もやってくれる男性。そんな男性がもしいるなら、ぜひとも面倒をみてほしい。

なんて、しょうもないことを考えつつ、私は重い気分でオフィスの扉を開けた。

◆◇◆

「――で？　ふたりしてマスクとアイマスクで顔隠して一晩寝たの？」

ゲラゲラ笑い転げるのは、親友のまゆりだ。

人の不幸を笑うなんていい根性してんじゃないの。自分はどうなのよ、あのキラキラ王子様と。

まあこれについては、あとでしっかり聞き出すことにしよう。

「そんなすぐにバレる嘘、あんたもよく咄嗟《とっさ》に思いついたわね」

「頭がいいと言って。マスクは顔を隠せると思ってのことだったけど、ついでにアイマスクもあればゆっくり寝られると思って。ナプキンはまあ、保険だよね」

さすがに生理中の女性に無理やり迫る真似《まね》はしないだろうという読みは、間違っていないはず。彼は決して悪い人間ではない。事実薬まで買ってきてくれたわけだし――若干申し訳ない気もしなくはない。

「でもあと六日あるんでしょ？　いつ終わるのかと追及されたらどうするの」

「嫌だな、変態すぎる。そしたら一週間かかるって言いきってやるわ。人それぞれだし」

「誤魔化せてもせいぜい三日じゃないの。再会したその日に生理一日目って、でき過ぎだし。最後のほうにしびれを切らしたJが仁菜を襲う、にビール三杯」

「ちょっと、あんたはどっちの味方なの！」

その不吉な予言が当たりそうで怖い。

熱々のおでんが運ばれてきて、割り箸をパキンと割る。ビールで乾杯した後、すぐにおでんを注文したのだ。

この「居酒屋呑んだくれ」は、私とまゆりがよく利用する居酒屋である。ここはまゆりの高校時代の同級生が跡を継いだお店で、今はご夫婦と親父さんで切り盛りしているのだ。

駅からちょっと歩くけど、落ち着く雰囲気が人気で、いつもサラリーマンのおじさま方で賑《にぎ》わっている。ここの出汁《だし》巻《ま》き玉子は絶品だ。

熱々の大根を箸で一口サイズに切って、口に運ぶ。えぐみもなく、よく味がしみ込んだ大根は、どこか懐かしい味がする。ビールよりも日本酒がほしくなりそう。

「スッピン問題は今夜もめるわね。マスクは喉が乾燥するから欠かせないと言えるけど、アイマスクまではどうかしら。寝ている間に外されそう」

「不吉な予言ありがとう」

そんな話題をしていたからだろうか。スマホにメールが届いた。噂をすれば影——Jだった。

「旦那から？　早いわね」

「誰が旦那よ、誰が」

っていうか、そもそもメアド教えてないよね？

この調子じゃ電話番号も入手されているに違いない。

長文の英語が目に入り、思わず「げっ」と声が漏れた。あまり英語が得意ではない私には咄嗟《とっさ》に拒絶反応が出てしまう。「見せて」とたずねるまゆりに、スマホを渡す。語学が得意な彼女は、メールにざっと目を通してにんまり笑った。

「はは～ん、早速バレてるわよ」

「え、なにが？　生理が嘘だって？」

「そっちじゃないわよ。あんたが言った、同衾《どうきん》三日間はお互いの身体に触れちゃいけないし顔も見てはいけない、ってデタラメのほう」

「マジか。早いな」

職場で余計なことを教えた人間がいるのだろう。もしくはネットで検索されたか。

面倒だな、と思いつつも、視線は日本酒のメニューに注がれる。今はJのことより食べて飲むことを優先したい。

「玄《げん》ちゃーん、なんか辛口のおいしい日本酒よろしく〜」

「あいよ！」

体育会系な返事は気持ちいい。

もともとはまゆりの友達だけど、常連客の私も彼とはすでに仲良しになっていた。だから気安く無茶振りをする。彼が選ぶお酒にハズレはない。

出汁《だし》巻《ま》き玉子を食べつつグラスで出されたお酒を飲んで、ぷはっと一息つく。

「それで、仁菜は今夜どうするの。Ｊのところに帰るの？」

「帰るって表現おかしい……。いや、帰りたくないけど、あの男が鍵持ってるんだもん」

「うちにきてもいいわよ」

「ありがたいけど、まゆり明日から数日出張でしょ？」

「まあ、そうなんだけど」

「さすがに家主がいないときには泊まれません。今夜は様子見で一度ホテルに帰るよ」

今朝は職場の扉を開けたと同時に、弁護士をしている従兄《いとこ》から、ニンマリ意味深な笑顔を向けられて疲れたし。若い後輩からも、「彼氏作らないんですか？」と何故か今日に限って訊かれる始末。

彼氏は作ろうと思ってできるもんじゃないんだよ。なんだろう、恋愛に対して貪欲な若い子と、長らく色気のない生活を送ってきた私とじゃ、感覚が違いすぎる。

一般的には素敵な出会いの部類に入るかもしれない美形外国人からのプロポーズは、現実味がなさすぎて厄介なトラブルとしか捉《とら》えられない。

「恋愛の仕方を半分忘れているのに、急に極上ハイスペック男が現れても、どうしていいか混乱する」

「そのまま流れに身を任せて飛び込めちゃえるのは、せいぜい二十代半ばまでね」

まゆりの言葉に同意する。

三十路《みそじ》間近でそんな冒険は、危険としか言いようがない。

「でも、まゆりは思いっきり飛び込んでんじゃないの？　あのキラキラ王子様にさ」

ちょっといじわるな気分で親友に水を向ける。

「あ～、あれは……ねえ。なんていうか――成り行きみたいな？　なんか、久しぶりすぎてどうしていいかわかんないうちに、うまいことまるめこまれてたというか。あの笑顔にちょっと絆《ほだ》されつつあるのは否定しない」

「あ～、うん。わかる気がする……」

王子様の微笑みは、眩《まぶ》しいので直視はしたくないけど。そう、たとえるなら、彼らは極上なワインだ。

そんなもの、独り身が長い私たちには、急には受け入れられない。

リハビリするにも真水から。アルコール濃度の高いワインより、潤《うるお》いたっぷりな湧き水成分のほうがいい。

「癒《い》やし系でがっついていない湧き水男子って、どこで出会えるかね」

結局お互い具体的な解決策を見つけることなく、この日は居酒屋を後にした。

ただいま恋愛絶食中。取り扱いにはご注意ください。

Jが帰国するまであと六日。今自分が人生の岐路《きろ》に立たされているなんて、思いたくない。

麗《うるわ》しい仮面を被った肉食獣を思い出して、肩を落とす。

「寺か。寺男子か。穏やかそうで、肉食獣よりいいな」

「なにそれ、草食系ってこと？　むしろ僧職系とか」

◇◆◇

ホテルのロビーから部屋に行くのは、無駄に緊張する。正面ロビーのエレベーターを使うときは、カードキーを差し込んで部屋まで上がる仕組みだが、いかにも高級ホテルでドキドキした。

少々ほろ酔い気分でJの部屋に行けば、彼はまだ帰っていなかった。ほっと安堵し、電気をつける。

部屋はクリーニングサービスが入ったため、綺麗になっていた。ベッドも洗面所もきちんと清潔に掃除されていて、気持ちいい。

部屋が綺麗な状態だと、このままを維持しようと思う。けれど、一度部屋が散らかれば、掃除は後回しにしてもいいかといつの間にか考えるようになっている。これ、人間の心理かしら。あっという間に私のようなずぼらな人間のでき上がりである。

コートとマフラーを脱いで、クローゼットに吊るす。今のうちにお風呂に入っておこう。時計を確認すると、現在二十一時。まだそんなに遅い時間でもないので、のんびりしようとバスタブにお湯を張った。

広々としたバスルームは明るくて綺麗で、天井も高い。でもシャワールームがガラス張りで、そして壁が鏡ばかりだ。自分の身体を至るところで確認させられるようなその空間は落ち着かない。

「アメニティグッズが豊富って嬉しいかも。これ、あわあわになるやつ？」

さすがいいホテルなだけある。高級なものがアメニティとして普通に置かれている。

好奇心に負けて、泡たっぷりのお風呂を堪能した。なんだか海外ドラマのワンシーンみたいだ。

十分リラックスして寛《くつろ》いだところで、お風呂から出る。ちょっともったいないけどお湯を捨てて、バスタブもさっと掃除した。

シャワーで泡を流してから、さっきコンビニで買ったパンツを穿《は》いて、パジャマはホテルのものを身に着ける。少しぶかぶかなのが難点だけど、着られないことはない。

一応必要なものはあるし、明日はもう一セットの服を着るとして。さて、その後どうするか……。

このままこの部屋に居座る気はないんだけど、鍵を返してもらわないことには行く先もない。

鍵はJが持っているあれひとつしかないし、鍵の交換をするにも事前に大家さんの許可が必要なので、大家さんが帰ってこないことには動けない。となると結局鍵屋を呼ぶのか。それはためらわれる。――主に金銭的な理由で。

肩下までの猫っ毛をドライヤーで乾《かわ》かして、手櫛《てぐし》で軽く整える。まゆりみたいに艶《つや》々《つや》の黒髪に憧れる私の髪は、天パまではいかない癖っ毛だ。毛先がくるっと、何故か巻く。髪の毛も細くて柔らかく、コテを使わなくてもカーラーで巻けば一日維持できるという、いいんだか悪いんだかわからない髪質だ。

ダークブラウンにカラーリングしている髪は、そろそろ枝毛が目立ってきた。

「なんだかなぁ～……もう」

はぁ、女の子って面倒くさい。

オシャレは楽しいけど、お金がかかる。メイクする時間は睡眠にあてたいけど、そうも言っていられない。かと言って、睡眠をとらないと、翌日の肌のコンディションが悪くなる。

油っぽい食べ物を食べればすぐ吹き出物ができるし、ブーツのときは脚が浮腫《むく》むから、靴を脱ぐような場所での食事は遠慮したい。

昔はここまで気にならなかったのに、年齢とともに「まずい」と思う点が増えた。鏡に映る自分は、あまり変わっていなさそうに見えて現実には確実に衰《おとろ》えている。

バスルームの扉を開けると、すっかり存在を忘れていたこの部屋の主と出くわした。

「げっ」

勢いよく扉を閉めようとしたのだが、扉の隙間にガッと足が差し込まれる。革靴が傷つくのもお構いなしなその行動、ちょっと怖いんですがっ。

「ただいま、ニナ。人の顔を見るなりその悲鳴はひどいんじゃないか？」

「だって帰ってるなんて思ってなくて。扉を開けたらいきなりいるほうが怖いじゃない」

「この顔を見て怖いと言われたのははじめてだ」

「なにそれ、モテ自慢？」

扉一枚隔てて会話しつつ、実力行使で開けようとする男に抵抗する。

だが当然の如《ごと》く、力じゃ男性にはかなわない。

グイッと思いっきり扉を引っ張られて、反動で私は前のめりになった。

「わぁっ！」

ボフン。顔がJのシャツにぶつかる。

ネクタイにおでこがあたり、彼の匂いが私の全身を包んだ。

「自分から飛び込んでくるなんて積極的だな」

クスクス笑う男は、そのまま私を抱きしめる。不意打ちの抱擁《ほうよう》に硬直する私を、彼はギュッと強く抱きしめながら持ち上げた。履いていたスリッパが片方落ちる。

「ちょ、っと！」

「暴れると危ないぞ」

「子供のように運ばないでっ」

小柄とはいえ、お尻の下に腕を入れて成人女性を運ぶなんて。どういう腕力をしているんだ。

昨日からこの男に、抱き上げられる頻度が高すぎる。スキンシップ過多だし、知り合って間もない相手になんて失礼な。

至近距離で彼を見たくなくて、私は思いっきり顔を逸らした。耳元に吐息がかかってくすぐったい。くすくす笑う気配が伝わり、全身がざわざわする。

「J、下ろして」

「ソファとベッド、どっちがいい？」

「その二択はどっちも嫌すぎる」

「仕方がないだろう。裸足《はだし》の君を土足で歩き回るカーペットには下ろせない」

あなたが持ち上げなければスリッパが脱げることもなかったんだよ。

相変わらずすべての元凶は自分だというのに、都合よく無視する男だ。

「ベッドがいいのか、そうか。すぐそこだしな」

「誰もそんなこと言ってないでしょう」

寝室の扉を開けると、ベッドの上には紙袋がごっそり、ひーふーみー……いくつあるんだ。訝《いぶか》る私をベッドに下ろして、Jはそれらを示した。

「なに？」

「一週間分の服や靴だ。必要だろう？」

さらりと言ってのけたけど、すべて雑誌に載ってるブランド物ばかり。嬉しさよりも寒気がする。これ、受け取ったら最後なんじゃない？　という予感は、あながちハズレではなさそうだ。

「いや、いらないから鍵返してよ。こんなに無駄遣いする必要もなくなるんだから」

「無駄遣いかどうかは俺が決める。ニナを可愛く着飾らせるのは、俺がしたいからしていることだ。問題ない」

「いやいや、問題だらけだし！　さらりと鍵返せの言葉は流すとか、本当ムカつく」

今日もらった服のお礼を言うか言わないか一応迷っていたのだけど、言う必要はない気がしてきた。

すべてこの男の責任なんだから、私がお礼を言うのはおかしな話である。

私の言い分を妖《あや》しい笑顔で一蹴し、Ｊは紙袋を漁《あさ》りはじめた。そして目当てのものを探し出し、手早くビニール袋を破いて私に渡す。

それはうすピンク色の、もこもこしたパーカーだった。丈は私が着ればちょっと長め。ポケットには黒いリボンがアクセントとしてついている。若いお嬢さんが好みそうなこの部屋着は温かそうで可愛いけれど、なにこれ。私に着ろと？

自室じゃジャージが部屋着の私に、やや少女趣味すぎないか。むしろ罰ゲームか。

無言のままの私に、Ｊはさらにいくつか服を押しつけた。

「ホテルのパジャマじゃ大きいだろう。君に似合いそうなルームウェアを買ってきた」

「ありがたくないんだけどお礼を言うべきなのかしら」

「礼なら、君のために選んだこの服たちを着てくれればいい。お揃いのズボンもあるが、それよりこっちだな」

数着押しつけた服の一番上を持ち上げた彼は、ぴろりと私に見せた。黒地にフリルとレースがたっぷりついたエロエロなそれは、今までの私にはまったく縁がなかった、ランジェリーのベビードール。

透《す》け感満載、なのに胸の部分は生地が厚く、微妙に見えそうで見えないというデザイン。頬の筋肉が盛大に引きつる。

「な、ななな……、なにこれ。寒い！」

待て自分。問題はそこじゃない。

妖《あや》しいフェロモンをまき散らしながら微笑を滲《にじ》ませる男は、重ねて「きっと良く似合う」とふざけたことをのたまった。

「誰が着るか、この変態スケベ。エロ、タレ目エロ！」

少女趣味なパーカーの下はこんなスケスケなベビードール一枚とか、こいつの性癖が怖い。

そういえば私は以前から、一部のマニアックな男性に好かれる性質《たち》だった。背が低くて胸は大きいロリ顔、というのは、偏《かたよ》った性癖の男を刺激するらしい。

普段は大人っぽいメイクをしてそれなりに落ち着いた服という鎧《よろい》を身に着けているけど、今はお風呂上がり。無防備全開な状態で、この男と対面している。しまった、危機感しかわかない。

距離を置くべくベッドの反対側へ移動しようとした私だったが、逃げる前に足首を掴まれた。掴んだ本人である不埒《ふらち》な男が、くるぶしに舌を這《は》わせる。

「ギャー!?」

多少浮腫《むく》みのとれたふくらはぎをズボンの上から揉みつつ、くるぶしを舐めるって！　マニアックすぎて寒気がする。

私は、手にしていたパーカーとお揃いのズボンを、奴の顔めがけて投げつけた。

「手を放せバカ」

「ニナが俺を変態でスケベでエロと呼んだから、そういうのを望んでいるのかと思ったんだが？　……君のパーツはどこもかしこも小さいんだな。骨も、足首も。足のサイズまで小さい。靴のサイズは一応二十二センチを選んだんだが、大きかったら取り替えるか」

そう喋《しゃべ》る間も、Ｊの口は私の足から離れない。

唇が足の甲に移動して、生温かい吐息を吹きかけられながらの会話。

怖い、美形外国人のエロテクニックが心底怖い。

足にキスされるなんて、今までの少ない恋愛経験を振り返っても、一度も思い当たらない。心臓がバクバクと激しい音を鳴らし、顔の熱が上がったところで、彼は私の足の親指をぺろりと舐めた。さらにそこを口に含む。

「ひゃあっ！」

ぞわぞわした震えが込み上げた。つま先も性感帯だと、話では聞いたことがあった。けれど、自分が体験する羽目になるとは夢にも思わなかった。

私好みの手が私の足を優しく包み、舌で指を舐めては口に含む。奉仕するようなその行為に倒錯的な気分になり、くらりと眩暈《めまい》がした。

「君が俺を騙《だま》した罰だ。たっぷり気持ちよくなるといい」

「だ、騙《だま》したって、なんのこと」

片足を持ち上げられているから重心が不安定だ。ぐらぐらして落ち着かない。

ようやく足を解放し、ベッドに乗り上げた男は、しなやかな豹《ひょう》を思わせる動きで私に近づく。反射的に後退する私に覆い被さり、愛撫するかのような手つきで、私の髪に触れた。

「今夜は寝顔を堪能させてもらおうか。昨日は我慢したんだ。君が日本の風習を守りたいと言うからそれを否定してはいけないと、マスクとアイマスクで顔を隠して指一本触れなかった。ひどい生殺しだと思わないか」

いや、いろいろとおかしいから。

そもそもあなたは、まだ二回しか会ったことのない女性に、どこまで強引にことを進めようと思っていたんだ。我慢するのは当たり前で、しなければこの世の中は性犯罪者ばかりじゃないの。

慈《いつく》しむように頭を撫でて、髪を優しく弄《いじ》る色男を見上げる。微笑を浮かべる目の色は、実は黒ではなく色素の濃い茶色の瞳。冗談っぽく笑っているけれど、すべてが本音であることを物語っている。

誰だよ〝目は口ほどにものを言う〟って言った人は。その通りすぎて怖い。そして彼の口から吐かれる言葉が甘すぎて痒《かゆ》い。

……これはまずい。乙女のピンチだ。

こくりと小さく唾《つば》を呑み込み、渇《かわ》いた喉を湿らせた。

「男も女も、嘘つきでしょう。騙《だま》してひどいと言うならば、あなただって最初に偽名を使ったじゃない」

「それを言うなら君も同じだな」

「当然。誰が初対面の相手にバカ正直に個人情報を漏らすのよ。酒の席でそんな迂闊《うかつ》なことをするほど、頭は緩《ゆる》くないの。騙《だま》されるのが嫌なら、なにが本当でなにが嘘か、見わけてみなさいよ。警察の人間なら観察眼は鋭いだろうし情報収集も得意でしょうから、女の嘘を見破るなんて簡単でしょ？」

じんわりと冷や汗をかきながら、強気に見上げる。

至近距離でスッピンを晒《さら》している羞恥心《しゅうちしん》を、今は忘れよう。たとえ間近で見つめるＪの肌が私より綺麗だとしても。若干伸びた髭《ひげ》が、男の色香を増幅させていても。私は流されないし惑わされない。簡単な女になるなんて、冗談じゃない。

「男も女も嘘つきか。ああ、確かにそうだな。面白い。ニナは本当に、ことごとく俺を夢中にさせてくれる」

「早く飽きてよ。恋の引き金なんて私に向けて引かないで。別の女の子だったらいちころなんだから、そちらへどうぞ」

「すぐに手に入る女に興味はないし、俺が可愛がりたい女は君ひとりだ」

「それも嘘？　どれが嘘？」

「信じる信じないは君次第。君が信じたいものを信じたらいい」

甘い睦言《むつごと》を囁《ささや》く男は、私の目尻に唇を落とした。そのままこめかみに移動して、小さなリップ音を響かせる。

攻められるだけなんて不公平だ。

彼は散々私に触っているのに、私は自分の目当てのパーツに触れてない。

不意にふっきれたような気持ちになり、私は頬にそっと触れるJの手をキュッと握った。

ベッドに組み敷かれた状態のまま、彼の手を口許《くちもと》に引きよせ、指に舌を這《は》わせる。

「……っ、ニナ？」

「この手は私好みだわ。骨ばった手の甲も、かさついた指先も、面積の広い爪も、手首までのラインも」

「それも嘘か、それとも本当か」

「見極めてごらんなさいな。本業でしょ？」

カリッ、と唾液塗《まみ》れの人差し指を甘噛みする。

小さく息を呑む男に、挑発的に笑ってみせた。

情欲をたたえた男の目が、細められる。お互い無言で探りを入れるが、彼は私にこれ以上触れる真似《まね》はしない。

無理やり襲うこともできるのに、それをしたら軽蔑どころじゃすまないとわかっているのだ。そもそも、警察関係者が犯罪に手を染めることはしないだろう。これまでの行動と発言から考えて、彼は間違いなく警察の人間で、そしてエリートだ。最後の一線を、彼の方から越えるなんてできないと知っているからこその、大胆な挑発。

この男から逃れられないなら、存分に堪能してやろうじゃない。私好みの彼のパーツを。

「大人しく可愛がられるだけの女じゃないなんて、ますますほしい。断言しよう。君はもう俺の傍《そば》から離れられない」

「なにを根拠に」

「今朝、上司《ボス》に宣言した。花嫁《ブライド》を連れて帰ると」

「……それも嘘？　それともマジ？」

「さあ、どっちだと思う？」

額《ひたい》に冷や汗が浮かぶ。奴の目は爛々《らんらん》と輝いており、さながら肉食獣が獲物を狙う目のようだ。

数秒前の自分を叱りたい。後先考えない挑発はやめろと。

「ボスも俺も、宣言したことは最後まで遂行するのがモットーだ。君は連れて行く。諦めて、俺の嫁にこい」

すべてが嘘だったらいいのに——

残念ながら、私には嘘発見器のセンサーは備わっていなかった。

Ｄａｙ　３　——Ｗｅｄｎｅｓｄａｙ——

ここ数年、色恋の〝い〟の字もかすらない冬眠真っ只中の生活を送っていたが、こんな私にも、一応甘酸っぱい青春はあった。

今思えば人生の黒歴史だが、一応その当時は年頃の少女らしい恋愛を謳歌《おうか》していたのだ。

初カレは高校二年生のときで、相手は一つ上のバスケ部のエースだった。一年のとき練習試合を見て、私はその先輩に一目惚れしたのだ。

手首から腕までのしなやかでいて筋肉質なラインとか、バスケットボールを片手で受け止められる大きな手とか、シュートするときの手首の曲がり具合とキレに、キュン！　ときたのだ。

この頃すでに、私は手から腕へのフェチを自覚していた。

先輩が髪の長い女性が好きという情報を手に入れ、それから一年、頑張って髪を伸ばした。背中の真ん中まで伸びたとき、ダメ元で告白したらまさかのＯＫ。お付き合いスタートとなり、順調に初々《ういうい》しい恋を堪能しておりました。

それにしても、なんで私の告白を受けてくれたのか。私自身、不思議に思っていたのだが、その疑問は、付き合いだしてすぐに解けた。先輩は、私の胸に興味があったらしい。

当時は成長期だったためたくさん食べたし、今より全体的にやや肉付きがよくて、胸はFカップだった。

身長が一五〇センチで胸は大きいという、ある種のマニアに受ける要素はこの時期すでに備わっていたのだ。

初体験の相手も、もちろんその先輩。しかも交際開始から一週間後という、今思うと「待ちなさい」と言える速さだ。しかし、嫌われたくなくて必死だった私は、誘われるまま流されてしまった。よくわからぬうちに終わったはじめてのそれは、正直あまりいい思い出ではない。

だけどそれからも、求められている＝《イコール》愛されているから、と都合よく解釈していた純粋《バカ》な私は、彼が望むままにいろいろ頑張った。

ある日、彼は私の長い髪を手にとって、爽《さわ》やかに言った。

「仁菜は髪短いほうが似合うよ。大人っぽいショートとか」

先輩がそう言うならと、翌日美容室で髪を切った。本当は嫌だったけれど、先輩に言われれば、切るしかない。

けれどショートになった私を見て、あろうことか奴は「あれ、イメージと違うな。やっぱり長いほうが女らしくていいんじゃないか？」と無責任な発言をしたのだ。

一年と数か月かけて伸ばした髪を失った私に、また伸ばせばいいと軽い調子で言った。

笑いながら言われた言葉に呆然とした二日後。私は先輩の浮気現場を目撃する。

空き教室で、彼は生徒会の副会長をしていた美女と熱烈なキスをしていた。

私には髪を切れと言ったくせに、自分が選んだのは黒髪ロングの巨乳美女。

衝撃で硬直したのは一瞬で、彼への熱が一気に冷めた。

勢いよく教室の扉を開け、ふたりの間に割って入った。そして浮気男にビンタをかます。

「巨乳に埋もれて窒息死しろ！」

交際期間僅《わず》か一か月。それからの私は、絶対あの男より偏差値の高い大学に行ってやると、受験勉強に力を入れた。

努力の甲斐あって有名私大の法学部に合格し、そこで法律について徹底的に学んだ。別に弁護士になるつもりはなかったんだけど、身内に法律関係者が多かったからそういう道を選んだのだ。

大学で学び、その後弁護士事務所で働く中で、私はある考えを持つようになっていった。

若い頃は好きな人が望むならと、自分も同じものを好きになる努力をしていたが、そんな必要はないのだ、と。

そして、離婚騒動を起こす人たちを見続けることで、結婚への気持ちも薄れていった。

私は、いい女になりたい。

自分の信念をしっかり持って、凛《りん》とした姿勢で堂々と歩ける女性に。

決して男にとって都合のいい女になんてなってたまるか。

そんな私にとって、いい男は要注意だ。望まなくても美女が寄ってくる彼らは、相手を振り回すことが当たり前のはず。きっと、周りが自分に合わせるべきだと思っているに違いない。

今のJは、自分の思い通りにならないおもちゃが珍しいだけだろう。

たとえ全力で愛を語られても、それを真に受けるなんてできるわけがない。そしてそれは、同じ部屋に滞在したって変わらない。

――一刻も早く、家に帰ろう。

そう思っていたら、その願いは予想外の方向からあっさり叶えられた。

◆　◇　◆

「Good morning, Nina」

「ん、うう〜ん……？」

耳に心地いい美声が鼓膜を震わせたかと思うと、生温かいなにかに唇が覆われる。万歳のポーズで寝ていた私の手は、誰かにギュッと握られていて、身動きが取れない。

僅《わず》かな隙間からねじ込まれたのは、意志を持って蠢《うごめ》く肉厚のなにか。とろりとした液体が流されて、呑み込めなかったそれは口の端から涎《よだれ》のようにツーッと垂れる。

夢と現実の間《はざま》を揺蕩《たゆた》っていた思考が、急速に覚醒した。

重い瞼《まぶた》を押し上げれば、寝起きの心臓に悪い、色気ダダ漏れ男の顔。遠慮なく口内を貪《むさぼ》るのが奴の舌だと気づいたとき、私は口を塞がれたまま呻《うめ》き声を上げた。

「んぅ、んんー!?」

両手をがっしり押さえつけられ、足は布団に阻まれているため動かせない。

上から覆い被さってくる男は、たっぷり私の口内を堪能した後、ようやく顔を離した。

「おはよう。いい夢見れたか？」

「……悪夢しか見てないわよ、ここ数日」

唾液で濡れた美形の薄い唇が艶《なま》めかしくて、直視できない。

「おはようのキスなんて絶対にやめて。歯も磨いてないのにキスが許されるのは、おとぎ話の中だけよ」

姫を起こす王子のキス。王子の呪いを解く乙女のキス。それらは、おとぎ話だからこそ許されるのだ。

ベッドから起き上がると、スラックスとシャツ、ベスト姿のJが、寝癖のひどい私を面白そうに見つめていた。

「なるほど。では歯を磨いた後ならキスをしてもいいんだな?」

「調子に乗るなバカ。してもいいなんて言ってない」

そのまま洗面所に向かい、メイクもすませる。着替えの段階になったところで寝室に戻ると、Jが甲斐甲斐しく私の服のコーディネートをしていた。

「今日の気分によって選んだらいい。天気予報は晴れだそうだ。気温もそこまで下がらない」

「それはどうも」

ブラウスとタイトスカートの組み合わせに、白いニットのセーターとキュロットのセット。あと一パターンは、昨日の赤のチェックとは違うワンピースだ。きっと購入時に店員さんがコーディネートしてくれたのだろう。

少し悩んだ末に選んだのは、ニットのセーターと仕事着でもOKなキュロットの組み合わせ。それに黒のタイツだ。

カップ付きのキャミソールと長袖の下着を着て、セーターを被る。下着のサイズまではわからなかったのだろうが、まったく問題ない。むしろブラをつけるより楽だ。

洗面所で再び支度を整えて、時間を確認したらまだ七時を少し回った頃だった。私の勤務時間は九時から。ここは自宅より通勤時間が短くすむので、八時半に駅に行っても九時前には事務所の最寄り駅に着く。そこから職場までは徒歩二分だ。

もう少しゆっくり寝ていられたのにと思ったのが伝わったのか、準備ができた私をJが朝食ビュッフェに誘った。

「朝ごはんはしっかり食べないとダメだ。行くぞ」

そのまま腕を引っ張られ、ホテルの朝食をともに摂《と》ることに。不満を抱いていたのだが、現金にもその感情は、すぐに変わった。

「和洋中の朝ごはんなんて贅沢《ぜいたく》。中華粥《ちゅうかがゆ》おいしい」

しぼりたてのオレンジジュースもフレッシュだし、焼きたてクロワッサンもさすが高級ホテル。軽くておいしいのでいくらでも入りそう。

私の毎朝の朝食なんて、ヨーグルトかシリアルか、もしくはバナナかという適当さだ。たまにコンビニのおにぎりを買うけど、朝ごはんを抜くことも多い。そんなに朝はお腹減らないと思っていたのだが、食べはじめたら入っちゃうって、私の胃袋はどうなってるんだ。

「気に入ったのなら良かった。また明日もくればいい」

ブラックコーヒーとクロワッサンが似合いそうな男は、綺麗な手つきで箸を持ち、納豆をぐるぐるかきまぜている。思わず胡乱《うろん》な目つきでその光景を見つめてしまった。

「納豆食べる外国人って、はじめて見た」

「発酵させた大豆《ソイビーン》だろ。和食は好きなんだ」

ご飯、味噌汁、鮭の切り身、お漬物、納豆、厚焼き玉子、そして梅干し。

今時の日本人の若者より、よっぽど日本人らしい朝ごはんを食べている気がする。

クロワッサンを頬張りカフェオレを飲んでいた私は、思わずそのミスマッチさに目を奪われた。だけど、外国人が日本食を好んでくれるのは嬉しい。

一緒にホテルを出たJと駅で別れ、私は職場へ向かった。

出社直後、事務所の所長の息子である私の従兄《いとこ》が声をかけてくる。

「仁菜～、おばさんから伝言。仁菜のアパートにいろいろ送ったのが今夜届くはずだって。電話に出ないからって、僕が頼まれちゃったよ」

「え？　スマホにかかってきてないけど」

バッグからスマホを取り出して見てみると、バッテリー切れだった。

そうだ、しまった。昨日、仕事中に充電しようと思っていたのだが、すっかり忘れていた。

慌ててコードに繋ぐが、母親から連絡がきていた痕跡がない。

「あ、また自宅のほうにかけたのか……」

何故スマホにかけない。いつも言っているのに。

内心ため息をついた直後、意味深な笑みを浮かべる従兄《いとこ》が私の耳元で囁《ささや》いた。

「平日から彼氏のところにお泊まりするのは、控えたほうがいいんじゃない？　自宅にいないのバレるから気をつけてね」

「なっ……、ちがっ！」

ひらひらと手を振って「クライアントのところに行ってきまーす」と去っていく美青年顔の四十《よそ》路《じ》男が憎らしい。あれで高校生の息子がいるっていうんだから、あの人の若さはどうなっているんだ。

昼休み、大急ぎでバッグに入れっぱなしになっていたJのメモを取り出して、書かれている番号にかけた。コール二回で繋がる。

「今夜実家から荷物が送られてくるって連絡があったから、鍵返して」

不在中に受け取ってくれる管理人さんはいない。母は、私が普段二十時には家にいることを知っている。時間指定で届くよう手配されていることも説明した。

これで断ることはないだろうという予測通り、Jはあっさり『わかった』と了承した。電話越しに小さく安堵の息をつく。

やった！　久しぶりに帰宅できる！

今夜はのんびりできる～とほくそ笑んでいたのだが……甘かった。

『仕事終わらせて十八時に迎えに行くから待ってろ』

「え、迎えに？　くるの？　ってかアパートにはこないよね？」

そのとき誰かから話しかけられたらしく、Jは『あとで電話する』と言って切ってしまった。通話が切れたスマホの画面を見つめて、眉をひそめる。

「鍵だけ返してよ……」

絶対追い返そう。ひとり暮らしの部屋に招くとか、身内だって無理なのに。あの部屋はヤバすぎる……。

もやもやを抱えたまま、私はとにかくその日の仕事に没頭した。

これが偏見なのはわかっているけれども、外国人は時間にルーズだと思っていた。時間通りに行動するのは日本人くらいで、ほかの国の人はビジネス以外では遅刻は当たり前。六時ぴったりと言えば、六時に家を出るような緩《ゆる》さなのだと思っていたのだが――、現在一番身近な外国人の代表は、私の偏見を覆《くつがえ》した。

目の前に現れたその姿に、げんなりとため息が漏れる。私の背後には、気配だけで静かにキャーキャー騒ぐ職場の女性たちの姿。

一日の終わりだっていうのに疲労感も見せず、完璧な微笑と甘い声音《こわね》で「ニナ」と私を呼ぶこの言動は、嫌がらせなのか悩むところだ。

渋面を隠さずに、私はオフィスの前にたたずむ男に近寄った。

「確か電話くれるんじゃなかったっけ？」

「遅れるようなら電話しようと思っていたが、時間に間に合ったからしなかった」

君も仕事中だっただろ？　と言われて、その通りなので否定できない。それにメールをもらっても英語だから、完璧に理解できるか怪しい。

彼を紹介しろと目で訴えてくる同僚を無視し、「お先に失礼します」と言って逃げた。

まったく、笑顔の安売りなんてするなバカ。無駄に顔がいいのを自覚しろ。

私が早足で歩く隣を、Ｊは優雅に歩く。コンパスの長さが恨めしい。

「あまり急ぐと転ぶぞ」

きゅっと手を握ってくる男は、上機嫌で私を見下ろした。歩調を合わせてくれたり、道路側を歩いてくれる紳士なところは、悔しいけど好感度は高い。

「転ばないし。許可なく勝手に触らないで」

「繋いでいいかとたずねたら断るだろう」

「よくわかってるじゃない」

くつくつ喉の奥で笑う男は、なにを考えているのかわからない。でも手を放す気はないようで、むしろぎゅっと強く握られた。

「小さくて食べちゃいたいな」

「変なこと口走らないでくれる？」

好みの手に触れられて私が密かにドキドキしていることに、この男は気づいているのだろうか。できることなら奴の手をにぎにぎ握って、じっくり堪能したいと思っているのをなんとか自重していることも。

自分の欲望が暴走しないよう、気をつけねば。

アパートに行く前に、駅前のお好み焼き屋で夕食をすませた。

お好み焼きをはじめて食べるというJに、作り方を教える。香ばしい匂いを漂《ただよ》わせる焼きたてのお好み焼きを、彼はいたく気に入ったそうだ。おいしいと言うから、つい気分よく、オススメのお好み焼き粉を教えておいた。お土産《みやげ》にでも持って帰ればいい。

お勘定をどちらが払うかで揉めたが、最終的にはきっちり割り勘にした。ホテルの外までご馳《ち》走《そう》になるつもりはない。

宅急便が届く予定時刻より二十分ほど前に、久々の我が家に到着。鍵を要求した私に、彼はあっさりそれを渡してくれた。

築年数は十五年ほど。単身者向けのこのアパートは、治安も立地も良い。近くにコンビニとスーパーがあり、便利なのに家賃は六万円台とお手頃価格なのが気に入っている。

大学時代から住んでいる私の部屋は、三階の角部屋だ。日当たり良好。お風呂とトイレは分かれている。

なにか言いたげなJを無視し、ドアノブに鍵を差し込んだ。恐らくセキュリティの甘さなどが気になっているのだろう。

この部屋を最後に出て行った朝を思い返すが、部屋の状況がどうだったかは思い出せない。もうどうでもいいやと開き直った私が、扉を開けて電気のスイッチをオンにすると――背後に立っていたJが、私をぐいっと後ろに引っ張った。

「ちょ、なに?」

「離れてろ、ニナ。空き巣だ」

「は?」

険しい顔で中の様子を観察しはじめるJに、ぽかんとした。しかし彼が土足で上がろうとしたので、反射的に肩をたたく。

「ちょっと!　靴のまま上がらないでよ」

「ああ、悪い。だが……」

「あのね、勘違いしているけど、空き巣なんて入ってないから。なにも荒らされてないわよ」

パチン、パチンと奥の電気もつければ、部屋はいつもの状態だった。

ベッドメイキングされていないベッドは起きたときのままだし、ベッドの上にはクローゼットやタンスから出した服が散らばっている。

ベッド脇のナイトスタンドには読みかけの漫画や文庫本が積み重なっていた。

お菓子の食べかすや食べかけのものが放置されていない点はよかっただろう。

こんな、ちょっと散らかっている程度で空き巣呼ばわりとは、レディの部屋をなんだと思っているのやら。

玄関から、ぐるりと広くもない1ＤＫの室内を見まわした彼は、小さく驚愕《きょうがく》の表情を浮かべている。失礼な。

「入るなら入って」

とりあえず中に引っ張り込む。

そして空気を入れ替えるために少し窓を開けた。寒いけど我慢だ。

ベッドカバーを直す。こたつの上にあった雑誌類を片づけてスペースを作り、Ｊに座るよう促《うなが》した。デカいから立ったままでいられると圧迫感を感じる。

「すぐに暖かくなるから座ってて」

興味深げにこたつを眺める彼のコートを預かり、ハンガーでつるしておいた。その間にお湯を沸かす。

「本当に、空き巣じゃないのか……」

ぽつりとつぶやいた声が聞こえたが、無視だ無視。

しかし、ここではっと気づく。むしろ私のダメっぷりを見せつければ、彼は勝手にドン引きしてくれるのでは？

眠れなくなると困るから、ティーバッグのハーブティーを淹《い》れて、Ｊにマグカップを渡した。自分の分も空いたスペースにおいておく。

「テレビでもつけてて」

そう言って、私は散らばった服を片づけはじめた。

そうこうしているうちに、宅配便が届いた。荷物はＪが運んでくれる。

段ボールひと箱分の中身は、都内から電車で二時間ほどの距離に住んでいる実家の母が作ってくれた煮物や根菜類の野菜、そして祖母お手製のぬか漬けなどだ。ついでに地酒まで入っていた。

「お漬物！　そういえば食べたいってこの間言ったっけな～」

さすがお母さん。覚えていてくれたのが嬉しい。

ほくほく顔で冷蔵庫に荷物を運ぶが、冷蔵庫の扉を開けたところで背後にいたＪが口を出した。

「ニナ。その乾燥した赤い物体はなんだ」

「え？　この一番上の段にあるやつ？」

「……レッドラディッシュがドライフラワーになっている」

「飾るのにきれいだね」

笑ってごまかそうとしたが、Jの気配が鋭くなった。仕方なしにしわくちゃな物体を取り出して、ゴミ箱へ入れる。

「ほかにもなにか溜めてるんじゃないだろうな」

小姑《こじゅうと》のごとく仁王立ちをして監視する奴の前で、私はしぶしぶ冷蔵庫内の掃除をはじめる。

いつ開封したのかわからないマーマレードは、あやしい色に変色している。背後でJから冷気を感じ、あわてて処分した。

冷蔵庫の半分が賞味期限切れなのは、さすがにひどい。

あれもこれも捨てて、心の中で生産者の皆さんに謝罪した。

生ごみの処理をして手を洗い、母から届いた野菜を野菜ケースに入れる。ちなみに野菜ケースは、気づけばJが掃除してくれていた。これは素直にありがたい。

キッチンのソープがなくなったので、洗面所で手を洗うよう促《うなが》したのだが……しまった、そっちのほうには確か浴室乾燥させている下着がぶら下がったままだった。

「ああ、ちょっと待った！」

そこまでくたびれてはいないはずの、ブラとパンツが！

しかし間に合わず、案の定彼はそれらを持って戻ってきた。ちょっとは躊躇《ためら》え。

「ニナ、サイズが合ってないと思うぞ。最後に測ったのはいつだ」

「サイズまで見たの!?」

日本のサイズがわかるって、どういうことだ。

腕を組んだ美形がじろりと私を見下ろすので、冷蔵庫を片づけてくれた件もあり、しぶしぶ答える。

「記憶にある限りだとたぶん春頃」

いや、お正月だったっけ？　まあいいか、お正月も暦《こよみ》の上では新春で春だから。

「この様子だとほかにもいろいろ溜め込んでるんだろう。下着は明日買いに行くぞ」

「げっ！」

まるで自分も一緒に行くような口ぶりに本音が漏れた。それは絶対に拒否したい。

どんなエロいものを選ばれるか、わかったもんじゃない。

それにしても、自分でもひどいと思う散らかりぶりのこの部屋を目《ま》の当たりにすれば、普通の男ならドン引くはずなのに。Ｊはことごとく私の予想に反する男だ。

「君に家事能力が乏《とぼ》しいのはわかった。料理をあまりしないことも」

「失礼ね、やるときはやるのよ。ただ必要にせまられないとやる気が起こらないだけで」

「それで食料を腐らせるなんて。食材は溜め込むな、食べる分だけを買ってこい」

うっ、正論すぎて反論できない。

口ごもり、私はとりあえず彼をこたつに誘導した。暖かいこたつでぬくぬくさせれば、説教じみたことも言わなくなるだろう。

だが背中を押していた手を、不意に握られる。振り返ると、彼は悩まし気な顔をしていた。

「君は野放しにしちゃいけない。ひとり暮らしなんて危なっかしすぎる」

「……は？　野放し？」

この部屋を見せれば幻滅されるだろうと思っていたのに――。想定外すぎる反応に、絶句した。

「ありのままの自分を見せても引かないなんて、貴重な男じゃない」という、まゆりのセリフが聞こえてきそうで、空いてる片手でさっと耳を塞ぐ。

どうやら想像していたのとは反対の作用が働いたらしい。私は危険人物認定を受け、絶滅危惧種の如《ごと》く保護する、と彼に宣言されたのだ。

なんともありがたくない。

――あれから私は、彼に言われるまま、部屋の大掃除を続行した。

Jは有能な男だった。そしてめちゃくちゃ使えた。

Jは私が気づく前にパパッと動いてくれて、まさに私はストレスフリー。冷蔵庫の野菜ケースを掃除してくれたのも、別に私が頼んだわけじゃない。彼が率先してやってくれたのだ。

平日の水曜日にまさか部屋を掃除する羽目になるとは思わなかったが、綺麗に片づく様《さま》は、見ていて気持ちがいい。これで年末の大掃除は楽になるわ。

「電球が切れてるな。予備はないのか？」

「買っておいたんだけど、どこ行ったかわからない」

ひとり暮らしだと、電球を交換するのも面倒だ。一個くらい切れててもまだ明るいし大丈夫かな～と放置していたのだが、気づかれた。

だけど、まさかコートを羽織って近所のスーパーまで行き、わざわざ買ってきてくれるとは……。

Jは文句ひとつ言わず、すべての作業をやってくれた。電球が換えられ、部屋がパッと明るくなる。

「ニナ、バスタブも磨いておいたぞ」

「本当？　ありがとう」

私が後回しにしがちな場所を、すすんで掃除してくれる。

家事能力の高い男性は、今の世の中では好物件だ。手がセクシーで、私好みの完璧なパーツを持っている上に気が利くとか……欠点はどこにある。

シャツの袖をまくってネクタイを緩《ゆる》めた姿は、なかなかにおいしい。薄《うっす》らと滲《にじ》み出る疲労感が色気を醸《かも》し出している。少し気怠《けだる》げに前髪をかき上げる仕草は、絵になった。

私がカメラマンなら、被写体にぜひ！　と懇願《こんがん》していただろう。

そして彼は私の想像通り、私好みの腕の持ち主でもあった。手首から肘《ひじ》までしか見えないが、適度な筋肉と浮かび上がった血管のバランスもいい。ペタペタと触れたくなってしまう。

さすがにいろいろしてくれたのにお礼をしないというのは心苦しいので、母が送ってくれたお漬物や煮物を提供することにした。これまた送られてきた、地酒の日本酒と一緒に。

ここで「あるもので夕飯作ったの」と可愛く言えたら、女子力の高い子の仲間入りができるのだろうが、あの冷蔵庫の惨状を知られているので、そんな無駄なことはやらない。

Jは、どうやらこたつが気に入ったらしい。うちの自慢のぬか漬けをつまみながら、日本酒を飲んでいる。

「うまいな」

「ぬか漬け食べる外国人ってはじめて見た。おばあちゃんの手作りなの。おいしいでしょ」

とぷとぷとグラスに日本酒を注ぎ、Jに差し出す。グラスをつかむ彼の男らしい手を、気づかれないように凝視する。喉ぼとけが上下に動いたのが視界に入った。

「これもおいしい」

「うん、私の好きな銘柄。日本酒も飲めるんだね」

「ああ、好きだ」

Jはグラス一杯をあっという間に空けた。

いい飲みっぷりだね、お兄さん。年齢わからんけど。

お互いお酒は一杯でやめることにする。まだ今日は週の真ん中。私は金曜と週末は飲むけど、平日はほとんど飲まないことにしている。まあ、昨日まゆりと飲んだが。

おいしいつまみとお酒で疲れを少し癒《い》やしたところで時計を確認すると、時刻は二十二時を回っていた。さて、明日も早いし、さっさとお風呂に入って寝なければ。

「Jはそろそろ帰ったほうがいいんじゃない？　私お風呂入りたいし」

「風呂なら帰ってから入ればいいだろう。今入ったら湯冷めする」

「……いや、ここが自宅だし、帰るって表現はおかしいんだけど。私は今日はこのままここにいるから」

「このベッドじゃふたりは狭い」

何故一緒に寝ることが前提なのだ。

ひとりで帰るよう促《うなが》したはずが、いつしか私もホテルに戻るかJがここに泊まるかの二択になっている。別々になるつもりはないらしい。

「あのね、やっぱりずっとホテルに泊まるっていうのは不便だし、忘れ物があったときに困るし」

「君のオフィスは、ホテルのほうが近いだろう。むしろ便利じゃないか。必要なものは今持っていけばいい。俺も手伝おう」

「いやいやいや、そうじゃなくって」

ダメだ、頼んだわけじゃないとはいえ、さっきまで散々コキ使っていたから、強くでにくい。

狭いこたつの中では、ふたりの距離はとても近い。抱きしめようとすれば、あっさり捕まってしまう。ここで彼をあおるようなセリフは言ってはならない。

そんなことを思っていたら、空になったグラスを握っていた手を、ぎゅっと掴まれた。すっぽり覆う彼の手は、私のそれよりゆうに二関節は大きい。

「目覚めたときにニナがいないのは嫌だ。君を抱きしめながら眠りたい」

直球の口説《くど》き文句に、狼狽《うろた》えなかったと言えば嘘になる。

思わず赤面しそうになったが、気力で平常心を保ち続けた。

「別に毎晩抱きしめて寝てるわけじゃないじゃない。ベッドもちゃんと枕で区切ってるでしょ」

「本当はそれも不愉快なんだが。一応君の気配を感じ取れる距離だから、渋々我慢している」

「いびきに歯ぎしりに寝言がうるさくても？」

「おまけに寝相がひどいな。昨夜は蹴られたぞ」

それらは否定しないのか。

どうやら寝ているJを、蹴って起こしていたらしい。私にまったく記憶はないが。

そこまでのことをされているのに、何故私に気があるのか、心底謎だ。

自分で言うのもなんだけど、私ははっきり言ってオススメ物件じゃない。

「あのさ、何度も訊くけど、なんで私？　空き巣に入られたのかと間違われるような散らかった部屋に住んでて、冷蔵庫の中身は半分ダメにしているような女だよ？　女子力底辺どころかマイナスだし、自炊も面倒で外食が多いし、ルームウェアなんてJが買ってきたラブリーなのなんて着たことなくって、適当なジャージをヘビロテしてるし。全然オススメできないんだけど」

真剣な顔でなに言ってるんだ、私は。

だけど手を放すことなく私を見つめる彼は、ふっと笑った。

「そんな君をふくめて、気に入っているんだから仕方ない」

体温を移すように両手で手を握り、そのまま手の甲に口づけを落とす。

「俺は完璧な女性を求めているわけじゃない。むしろ完璧じゃないほうが好ましいと言える。何故ならそれは、教えがいがあるってことだろう？」

ちょっと、なにを教えるつもりだ、なにを。

タレ目の色男が言うと、どんなセリフもエロく聞こえる。甘い微笑とその声に、くらりとする女性も少なくないはずだ。

「ニナは面白い。突拍子もない行動をするのも、一緒にいると楽しいし飽きない。隣にニナがいてくれる空気が好きだ。小さくてよく笑って怒って、挑発することを言っては俺の指を舐める姿なんてとてもセクシーだし、たまらなく抱きしめたくなる。可愛いのにセクシーとか、君はいったい俺をどうするつもりなんだ」

いや、悩ましい吐息をはくあなたのほうがどうするつもりなんだ。色気過多すぎて、鼻血がでそうになる。

さっきまで気力で平常心を保とうなんて思っていたけれど、前言撤回。顔の火照《ほて》りは止まらないし、変な動悸も静まらない。

自分のだらしなくてどうしようもないところを、男性に見せたのははじめてだ。呆れはしても否定されないことが、こそばゆい。

お世辞や社交辞令なんかではなく、直球の褒め言葉に免疫《めんえき》がなくて、眉根をぎゅっと寄せてしまった。

嘘でいいのに。

むしろ嘘であってほしいのに——

彼はまっすぐ私を見つめ、腰に響くバリトンで名前を呼ぶ。

「ニナ。真っ赤になって可愛い。食べたくなる」

化粧が剝《は》げた顔を至近距離でのぞいた彼は、頰に触れるだけのキスを落とした。声にならない叫びをあげて、私は彼の手の中から握られたままの自分の手を取り戻す。

「～～っ、そ、そんな、可愛いとか信じない。すぐにそういうこと言うのやめてよ」

「可愛いから可愛いと言ってなにが悪い。女性は褒めればもっと綺麗になるのに、日本人の男は褒めないのか？」

首をかしげるJに、私は思わず呻《うめ》いた。

そうか、素《す》で女性を褒め慣れているのが、欧米人と日本人の違いか――

なんて、そんなことに気づいても、現状は変わらない。問題は今この状況をどうするかだ。

内面も外見も否定されなかったことが、嬉しいなんて……

自分の中に生まれた感情を認めたくなくて、私は気づかないふりをした。

Day 4 ――Thursday――

母は今の私の年齢のとき、とっくに結婚も出産も経験ずみだった。そのため、娘が来年三十の大台に乗るのに、女の幸せを掴もうとしていないことを、半分諦めた心境で傍観《ぼうかん》している。

同年齢の友人は、なんとしてでも今年中に婚約したいと躍起《やっき》になっている。そんな彼女たちを見て、ふと疑問がわいた。果たして三十は「まだ」なのか、「もう」なのか。

仕事をしてキャリアを積むことを考えると、三十歳なんて、まだまだこれから、という段階なのに、世間が考える女の寿命というのはそうではないらしい。

まだと考える私と、もうと考える女性たち。世間一般では後者が多いのかもしれないが、私はまだだと思いたい。

だって、なんで他人に自分のリミットを決められないといけないのよ？

私は私が好きな自分でいたいだけ。

けれど、こうありたいというビジョンはあるのに、一向に近づいている気がしない。

なんだかなあ〜もう、が口癖で、ため息の数だけ酒を飲んでいる。

暴飲暴食で重たいお腹をさすれば妊婦と間違われ、席を譲られた。座らないわけにもいかず、相手の優しさに内心そっとため息を零《こぼ》す。脂肪と内臓以外つまっていない腹を愛しげに撫でる演技でその場を乗り越えて、下車した後の精神疲労が半端ない。

ああ、本当に。いつから理想と現実にここまで差ができたのだ。

このままでいい、だけどやっぱりいけない。

変化を拒むか、変化を望むか。

私はまだ、自分自身の心が掴みきれていない。

◆ ◇ ◆

夢も見ずに熟睡したのはいつぶりだろう。

いつもとは違う温かいぬくもりに包まれて、心地いい。少々窮屈《きゅうくつ》だが、安心感がある。

このホテルで提供しているアメニティのシャンプーは爽《さわ》やかな柑橘系《かんきつけい》の香りだ。ふんわりとその香りが漂《ただよ》ってきて、鼻腔《びこう》をくすぐった。

自分の髪の匂いだろうか、とぼんやりした頭で考えたところで、はっと意識が浮上した。

大人三人は余裕で眠れる王様ベッドの中央に、置かれているはずの枕がない。境界線代わりだったそれらはどこかへ追いやられて、その代わり私の領域だった右側はぽっかり空いていた。

窮屈だと感じていたのは布団にくるまっていたからではなく、単に抱きしめられていたから——と気づき、声にならない悲鳴を上げる。

あれ、なんで私Jにギュッとされたまま寝てるんだ?

美形の寝顔を、混乱したまま観察する。そういえば、寝顔ははじめてだ。

生えはじめた髭《ひげ》がワイルドで、余計エロいんですが。男のくせに、女の私より睫毛《まつげ》が長いとか。やはり白人は違う。

寝ていても彫りの深さはわかるし、眉毛と目の幅が狭くて鼻もすっと高い。平凡な顔立ちの、おまけに鼻も低い私にはうらやましいかぎりだ。

男性の喉仏と首が好きなまゆりが見たら、彼はお眼鏡に適《かな》うのかなぁとか、そんなことを冷静に考えていたら、段々動揺が薄れていき、ついでに昨夜の記憶も甦《よみがえ》った。

母親に電話をし、荷物を受け取ったことの連絡とお礼を告げたら、連絡が遅いと小言を受けた。そしてJの命令に従い荷造りをはじめる。散々こき使った後に、強く逆らうことはできなかったのだ。

まとめた荷物と一緒に、早く食べないと腐ってしまう煮物やちょっとしたおかずは、タッパーのまま紙袋へ詰めた。

その後郵便受けも忘れずに確認してから、Ｊが呼んだタクシーでホテルに戻ったのだった。

抜け目なく私のアパートの鍵を奪った――本人曰《いわ》く預かった――Ｊは、再びホテルの部屋に私を連れ込んだ。もはや抵抗する気力もなくなり、ホテルのほうが職場に近いからいいや……と頭を切りかえる。

今日一日の行動で、彼を完全に信用したわけではないけど、少しだけ警戒心が薄れたのは事実だ。

先にお風呂をすませたＪが戻ってきた後のこと。

寝る支度《したく》をはじめていた私に、彼は予想外の言葉をかけた。

「ニナ、体調はまだ辛いのか？」

……うん？

一瞬なんのことかわからず目をぱちくりと瞬《またた》かせたが、すぐに察した。

あ、やばい。生理中設定にしていたことを半分忘れていた。

「お腹はまだ本調子じゃないけど、まあなんとか」

曖昧《あいまい》に誤魔化した。お風呂上がりで濡れ髪が艶《つや》っぽい彼に、くいっと顎《あご》を持ち上げられた。

顎《あご》クイは世界共通なのか――とバカな感想が思い浮かぶ。

「血色は良さそうだな」

手の甲と指を使ってさらりと頬を撫でられた途端、冷や汗が浮かびそうになった。

妖《あや》しく微笑む瞳の奥は情欲の炎で煌《きら》めいていて、身体が一瞬で硬直する。

嘘を見抜こうとする鋭い視線に必死で耐える。目を逸らしたら勘付かれそう。

固まる私に、彼は「そうか」と短く返した。

「さて、お礼になにかご褒美《ほうび》をもらおうか」

「え？　……食べ物とお酒、わけてあげたじゃん」

お酒も気に入ったというから、わざわざ重い瓶をホテルまで持ってきたし。運んだのはＪだけど。

「あれは君のご両親からだろう。君への贈り物を俺が少し分けてもらったが、ニナ個人からの報酬をもらっていない」

「報酬ってなんの」

「年末の大掃除の手伝い」

頼んでないと言えるほど、私は不遜《ふそん》にはなれなかった。

実際彼に手伝ってもらえて、助かったのは事実だ。普段自分じゃやらないところまで、おかげさまでピカピカになった。男手って重要なんだと実感した。

けれど、求められているのがなにかわからない。というより、報酬と言われても身の危険しか感じない。ついさっき血色がいいと言われたが、今はもう悪くなっているだろう。

「私がここに帰ってきたことがご褒美《ほうび》なんじゃないの？」

上から目線の強気発言で返してみたが、Ｊが笑みを深めたので口を閉じる。

怖い、エロさが増した気がして怖い……！

目尻を下げて笑うと、タレ目がちな目が余計垂れるのに、瞳の奥は爛々《らんらん》と輝いているとか。優雅に闊歩《かっぽ》する大型の肉食獣に見える。多分ネコ科。

「ならば褒美《ほうび》ではなく、等価での交換を提案しよう。君には、いつでも俺の手に触れていい権利をあげる。その代わり、俺も君に触れたい」

「ちょっと待った。なんかおかしいから。私に触れたいって、そんなの許すわけないでしょう。っていうか、もう散々触ってるじゃない」

「全然足りない。これでも我慢している。ニナをもっと堂々と触りたいし可愛がりたいし啼《な》かせたい」

「最後の言葉は聞こえなかった」

漢字変換がおかしい。

そして結局妥協点を見つけ、私はJの手にいつでも触れていい代わりに、彼は私を抱き枕にしていいことになった。寝るときに抱きしめてもいい、というものだ。

服を着たままならいいか……と、渋々了承した自分も、普通に考えたらおかしいだろう。この時点ですでに、明らかに毒されている。だけど、彼の手に好きに触れられるのは、かなり魅力的なことだったのだ。

その結果が先ほどの目覚めなのだけど……、朝、目を開けたら美形ドアップは心臓に悪い。昨夜の自分の早まった言動に頭をかかえ、彼が帰国するまでの残りの日数を数えてしまった。あと何日だ。

ああ、もう。なんだか流されはじめている自分が嫌だ……

木曜日は、目覚めと混乱、そして後悔からはじまった。

同じ部屋で寝起きし、素顔を見せて一番最初に「おはよう」の挨拶《あいさつ》をする。朝ごはんを一緒に食べて、「気をつけて」と言い駅で別れる。そんなJの後ろ姿を見て、私は小さく首をかしげた。

彼氏ではないし、友達とも違う。ハグやキスをされ、同じベッドで眠り朝食をとる関係を、一言で表すならなんだろう。

知人とも顔見知りとも言えないこの距離に、疑問を抱く。日常生活に急速に入り込む彼の存在は、私の中で特別というより異質だ。しかも、文句を言いつつそれを受け入れている自分も異常すぎる。

「いつもなら一週間過ぎるのが速いのに、今週はまだ木曜日ってどういうこと」

ついこの間まで、一週間、毎日同じような一日の繰り返しだった。記憶に残るなにかがあるわけでもない日常を過ごしていたはずなのに、ここ数日は片手じゃ数え切れないイレギュラーな出来事の連続だ。

とっくに一週間なんて過ぎている気分なのに、まだ四日目……。Jが帰国するのは、来週の月曜日の予定だ。来週末がクリスマスだから、それまでに帰国するのは納得がいく。

って、来週はもうクリスマス？　自分で言ってはっとする。

旅行！　そろそろ本格的にマチュピチュ旅行の準備をしないとまずい。

お正月休みの旅行計画、そういえばJと再会したとき、早々にキャンセルしろって言われてたっけ。それ以降その話は出ていないけれど、当然ながら彼に従う意思はない。

「旅行の準備が先か、Ｊに私を諦めさせるのが先か。あれ、でも彼が私を母国へ連れて行くつもりなら、優先順位は旅行よりＪのほうが上か」

アパートに戻れない今、旅行の準備は進められない。まずはアパートに戻ることを優先しよう。

「なのに抱き枕役を引き受けるって、なに考えているの私……」

クリスマス前のこの時期、私でも季節的な鬱《うつ》になりがちだ。妙に人肌が恋しくなってしまう。だからといって、本名さえ知らない男性に抱きしめられて安心感を得るとか、どうやら私も末期かもしれない。思いっきり敵の懐《ふところ》で、緊張感を持たずにむしろ安心するって、どうよ。全力で危機感を抱くべきじゃないか。

恐るべし、フェロモン男……

今日は自宅から持ってきた服を身につけて、いつも通りのメイクを施《ほどこ》した。昨日職場の人間にばっちりＪを見られたけれど、ただの知り合いと言いはって追及をかわそう。

微妙に薄暗い冬の空を見上げて、気合いをいれる。

よし、流されるな、仁菜。

私は自分で納得したことしかしない主義のはず。それが後悔しない生き方に繋がるのだ。

仕事が一段落したとき、外出先から弁護士の従兄《いとこ》が戻ってきた。差し入れにと、ドーナツを持っている。

「みんなの分あるから、良かったら食べてね」

お昼前の、ちょっと小腹がすきはじめた時間。いそいそと席を立ち、給湯室で飲み物を作って事務所のメンバーとドーナツを囲む。

「このピンク色のってなに？」

「ラズベリー風味って書いてあったよ」

へぇ、甘いのかな。

私はいつもは決まった味しか食べないのだけれど、今回は珍しく、新しい味に挑戦してみることにした。その変化を目ざとく観察していた従兄《いとこ》が、くすりと笑ったのにも気づかずに……

甘いものを口にしながら、雑談がはじまる。そわそわしていた後輩のひとりが、ドーナツにかぶりつく私に直球の質問を投げた。

「で、昨日のあの外国人の彼は恋人ですか？」

ジャリ。口の中で砂糖の塊《かたまり》を噛んだ音がする。

咀嚼《そしゃく》してから紅茶を一口飲むと、数名の視線を感じた。事務所の所長である伯父まで、興味深そうに聞き耳を立てている。

余計なことは喋《しゃべ》るべからず。

私はあっさり「違うよ」と否定した。

「誤魔化したってダメですよ。明らかにあの美形さんは、仁菜さんを迎えにきてたじゃないですか。普通あんなエスコートします？　さりげないフェミニズムに気づかないなんて信じられない」

「当の本人はまるで無頓着だからね。男側の眼差しに友情以上の情が入ってるなんて、周りにしたらすぐに気づくって」

「いや、でも別に付き合ってないし」

勝手に盛り上がりを見せる同僚たちに告げるが、信じてもらえていないようだ。

平常心を装って笑顔を返すが、すぐ近くで従兄《いとこ》がニヤニヤ笑っているのがわかった。無性に腹立たしい。顔の広い従兄のことだ。なにかしらの情報を握っている可能性もなくはない。

「じゃあ彼は誰なんですか。仁菜さんとはどういう関係なんです？」

「えっと……」

本名不明、年齢不詳。職業は犯罪を取り締まる側の警察官——推定——

出身国も語学力も、家族構成だって謎だらけ。日本語があれだけ喋《しゃべ》れる理由すら訊いていない。

説明しようとすればするほど泥沼にはまっていきそうで、あやふやに言葉を濁《にご》すが、周りの視線がそれを許さなかった。

しかし説明するにしても、私の話を聞けば周りはドン引くか、不安にさせるだろう。私も冷静に考えれば、痛い女だと思うし。

適当に「飲み屋で知り合ったお兄さん。近所で働いているから昨日も飲みに行った」と答えた。

ざっくりしすぎてるが、別に嘘ではない。いろいろと隠していることがあるだけだ。

「昨日もおとといの服もその彼にプレゼントされたのに、シラを切るんですね～」と、爪の先まで綺麗にネイルアートが施《ほどこ》された女子力全開の後輩が、聞き捨てならないことを言う。

怖い、これが観察眼に優れた今時の肉食女子……！

休憩が終わりデスクに戻ったが、追及の視線がやむことはなくて。精神的な疲労を抱えたまま、私はこの日の終業時刻を迎えたのだった。

◆
◇
◆

「あはは、野放しって！　父親か！」

そう笑い転げるのは、鳥の軟骨《なんこつ》のから揚げをつまみながらビールを飲むまゆりだ。昨日出張から戻ってきたらしい。

今日も今日とて行きつけの居酒屋で夕食をすませている私たちは、カウンター席で近況報告をしていた。

聞いてもらいたい案件が多すぎる。どれから行くか、相談するべきか。こんな話、同じ境遇のまゆりにしか話せない。

「なんなの、あの人。私がとっくに成人してるって思っていないんじゃない？」

「でもそのおかげで冷蔵庫はすっきり、洗面所もお風呂もピカピカ。電球も替えてくれて、もう嫁にもらっちゃえば？」

「私がもらうのか。あのデカい男を」

「気が利いて先回りしてくれるんでしょう？　しかもダメ人間のあんたを甲斐甲斐しく世話して面倒みてくれるなんて、貴重すぎるわよ。もうこのまま飼われちゃえば？」

「私がほしいのは万能執事であって、あんないつ襲ってくるかわからないタレ目エロ男じゃない」

ソファに転がって、ベルをチリンチリンと鳴らせば、すぐに軽食を持って来てくれるような執事さんはほしい。ちょっと初老で髪もグレイで、オールバックに銀縁眼鏡。穏やかな微笑みとともに「かしこまりました」と言われる生活は、夢だろう。もちろん、叶わない夢だが。

しかもJの奴、実は今日の昼休みに私を呼び出して、駅前のファッションビルに連れて行ったのだ。目的は、ランジェリーショップ。

真昼間から下着屋って、明らかにふたりとも仕事中っていういでたちでこんなところにきたら、どんな憶測が飛ぶかわかったもんじゃない。

絶対に、職場の仲間には見つからないようにしなくては。

店員さんに目で追われているというのに、Jはそんなことなどまるで気にするそぶりもない。それどころか、ついでにスリーサイズまで測って貰えと余計なことを言ったのだ。

貴重なお昼時間に、何故自分のたるみまくった身体を計られなければならない。とんだ拷問だ。

ふつう出張中なら、接待やらなにやらで忙しいんじゃないの。なんでこんなに時間作れるの。ちょっとおかしくない、公務員（↑推定）。

「買った下着はホテルへ送った、と。有能だね」

「その後は、近くのベーカリーショップで買ったパンを食べてから別れたけど。恋人でもない女の下着を買うためだけに昼休み抜け出すか、普通」

「恋人じゃなくて嫁候補だからじゃない。そりゃ本気なら相手も手段選ばず攻めるわよ。へえ～」

ニヤニヤと笑いながら枝豆に手を伸ばす親友。その表情がムカつくんだけど。絶対楽しんでるでしょう。

とりあえずお酒を飲もう。

そう思ってメニューを広げた直後。背後から「なにを食べてるのですか？」と、柔らかいテノールの美声が響いた。

振り返れば、コート姿の金髪碧眼《へきがん》王子様が。首に巻いたマフラーが上品すぎて、まさに正統派の美形だ。主に観賞用で崇《あが》めたくなる。

「なんでここに？」

「まゆりとはよくここでご飯を食べるんでしょう？　私たちもご一緒したかったので」

「私、たち？」

連れがいないのに複数形。その意味を察し、慌ててコートとバッグを掴んだが、一足遅く――。

来店を告げるベルが鳴る。

「いらっしゃいませー」

行きつけの居酒屋に、今話題の人物が揃って登場した。

黒いトレンチコート姿のJを見て、ぐぅ、と唸《うな》る。悔しいけど、かっこいいことは認める。

スタイルもいいし、雰囲気が一般人とは違う。

こんな居酒屋ではなく高級フレンチレストランでワイングラスを傾けていそうな男は、まっすぐに私に向かってきた。

「仁菜、ちゃんとバランス良く食べろ」

「食べてるよ」

「さっきから偏《かたよ》った食べ方してるだろう。こら、さりげなく俺のプレートに嫌いな野菜を入れるな」

いつもなら絶対に頼まないメニューを頼んだのはそっちではないか。

半分嫌がらせ目的で、隣に座るJの皿に苦手な食べ物を置いていく。

オニオンスライスたっぷりのサラダは、レタスだけを食べた。玉ねぎは嫌いじゃないけど生は苦手だ。辛いし臭いし。火が通っていれば食べられるけど。

里芋とイカの煮物も、イカだけをつまむ。あのねちょねちょした食感が苦手なのだ。

「あんたたち、傍《はた》から見たらカップル通り越して親子に見えるわよ」

「Jがこんなに甲斐甲斐しく女性の世話をするところ、はじめて見ました」

女性というか、もはやこれは子供の世話だろう。

ちなみにお皿にのっけた嫌がらせの野菜類は、Jがしっかり食べてくれた。

急遽《きゅうきょ》ふたりが参加したので、私たちはカウンター席から奥の座敷に移ることになった。テーブル席が生憎《あいにく》いっぱいだったため、仕切りのない座敷で座布団に座る。四人用のテーブルが三つ並んだうちのひとつだ。靴をぬぐのが難点だが、ここならこんな目立つメンバーでも落ち着いて食べられる。

賑《にぎ》わっている店内で、私たちの会話に聞き耳を立てる人はいない。気兼ねなく料理とお酒をつまみつつ、会話ができた。

「別に好き嫌いは多いほうじゃないけど、なんでピンポイントで苦手なのばっかり選ぶかな」

すべてJが選んだ料理というわけではないけど、つい彼に文句を言ってしまう。Dのリクエストも入っているのだが、彼はいいのだ。

「アレルギーがあるわけじゃないなら、一口でもいいから食べなさい。大きくなれないぞ」

「もう縦には伸びないわよ！」

横にしか成長しない。心なしか、最近腰回りにお肉がついた気がする。冬は脂肪を蓄《たくわ》える時期だ。きっと、生物としての本能が私の身体にそう指令を出しているのだろう。でも冬眠前の熊じゃあるまいし、動かないとまずい。

「まゆりは苦手な食べ物はありますか？」

「私は特にないわよ。辛いものも食べられるわね」

目の前のふたりは、親子コントをしている私たちを置いて食べるほうに集中していた。

Dはさりげなくまゆりの手が届かないお皿を手に取って、彼女にすすめている。お礼を言って食べるふたりを、じっと観察した。

なんだろうこの空気。Dはとにかくニコニコ笑っているし、まゆりもまんざらでもなさそうだ。

押されて押されて絆《ほだ》されちゃった彼女は、老後はひとりでスイス暮らしなんて言っていた夢を、実現しないつもりなのか。

「女性は栄養バランスよく、いい物を食べないと。いずれ自分だけの身体じゃなくなるんですから」

なにやらDが意味深なことを言いだしている。

その通りなんだけど、うすら寒い。

「そうだな。ニナ、子供は何人作ろうか」

「ごふっ」

お酒が変なところに入った。むせる私の背中を、Jがさする。

まゆりたちからもお手拭きやハンカチを渡されて、ようやく落ち着いた。

「いきなり変なこと言わないでくれる？　むせたじゃない」

「家族計画は変なことじゃない。未来の設計図は必要だろう？」

「なんであなたと幸せ家族計画を話すのよ」

「それは俺が君にプロポーズしているからだ」

うぐ、と固まった私を見て、面白そうに笑うまゆり。一方の王子様はぽかんとした表情をしているが、それでも美しさは損なわれない。ある意味すごい。Dの反応に気づき、Jは艶《あで》やかに微笑んだ。

隣に座る私の肩を引き寄せ、証人ふたりの前で問いかける。

「そろそろプロポーズの返事をする気になったか？」

「……自分の人生を、そう簡単に決められるわけないでしょう」

「日曜日までには頷かせるぞ。それ以上は待てない」

「なんてせっかちな男なの。あのね、日本には結婚のときだって結納とか両家の顔合わせとかいろいろと作法があるのよ。当人同士だけでパパッと結婚なんてできないから」

まあ、今時結納までしっかりやってるカップルは少なそうな気がするけど。今はそんな現実より、この場をおさめることが重要だ。

「なるほど、先にニナの家族に挨拶《あいさつ》をするべきか。わかった、スケジュールを確認してみる」

「それはやめて。私の意志が先でしょう」

美形外国人の婿候補なんて実家に連れて行ったら、両親が腰抜かすわ。

母は確実に舞い上がるし、父はおろおろするだろう。兄貴は……うん、気にしないな。

彼氏はいないのかと時折訊いて来る母に、毎回いないと答えていた。そんな私を心配していた様子だから、外国人であってもこれだけかっこよくてコミュニケーションに問題がない相手であれば、両親はすぐに受け入れそうだ。

無駄に順応力が高い家族が、若干恨めしい。国外に住むことになったとしても、「お母さんも遊びに行けるわね！」と逆に歓迎しそうだし。

そこまで考えて、リアルにあり得そうで首を振った。そんな未来はこなくていい。

「最低でも子供はふたりほしい。できれば三人。日本では一姫二太郎が理想なんだってな。育てやすい順番とか」

「どこでそんな情報仕入れてくるの。一姫二太郎は、子供の数が三人という意味ではないからね。っていうか、三人も産むのはキツイ」

「子育てだったら全面的に協力するぞ。ふたりの時間をゆっくり過ごすのもいいが、ニナとの子供ならいくらでも可愛がる。俺はまだまだ若い頃と同じぐらい体力はあるから、子供の相手はまかせておけ」

「へー」

なに自慢だよと内心呟き、豚の角煮にからしをつける。この会話自体おかしいのに、その流れに乗って言葉を返す私も同じぐらいおかしい気がする。

ふいに前のテーブル席が盛り上がりを見せた。

仕切りがないため、若い男女の姿が見える。人数的に合コンのようだ。恐らく女の子たちは大学生で、男性陣は社会人になりたてから二十代半ばくらいか。

「若いわね」と言うまゆりに、無言で頷く。可愛らしくオシャレしている女の子たちは、聞き役に徹しているように見えた。男性たちが就活の心得なんかを伝授しているようだが、どう見ても彼女たちのほうが数倍賢そうだ。

「嫌なこと思い出した。所詮男は、自分より賢くて学歴も高い女が嫌いなのよね」

枝豆を口に入れながら私は言う。学生時代、一度だけ参加した他校生との合コンで、自分より偏差値の高い学校出てる女とか引く、って言われたことがあったのだ。

そんな小さい男こっちから願い下げだと、合コンをとっとと切り上げまゆりと飲みに行ったっけ。あれからもう九年なんて信じられない。

「頭のいい女性を、日本人の男は嫌うのか？」

「全員じゃないけどね。見た目も頭も可愛い女が好まれるのよ」

Ｊの問いに、まゆりが答える。適度に男のプライドを満たしてあげるふわふわな天然系女子が好かれるのは、否定しない。

だけどそんなの私には無理だし、自分を偽ってまでモテたいとは思わない。

「時代錯誤《アナクロニズム》ですね……。まゆりは今のままで十分美しいですよ」

「そう、ありがとう」

そっけない返事だが、これは照れているだけだ。まゆりの耳がうっすらと赤くなっている。

「男の意見に同意するだけの女のどこに魅力を感じるんだ？　互いを認め合い、高め合える関係が理想だろう。相手が自分より賢いのならば、その相手に見合うよう自分の能力も高めるべきだ。恋人同士なら立場は平等だと俺は思う」

枝豆を押し出す指が止まった。隣からすっとＪの手が伸びて、耳に髪が一房かけられる。

「頭のいい女性は好きだ。どうやって振り向かせようか考える分だけ、君に夢中になる」

「……っ、居酒屋で口説《くど》くの禁止」

不意打ちの微笑みも反則だ。思いがけない言葉と笑顔に、胸の奥が熱くなる。

少なくとも見た目で判断されているわけじゃないと知って、ざわざわと落ち着かない気持ちになった。

「美形の言葉って説得力がすごいわ。で、Ｊはいったい何歳なの？」

「俺の年齢？」

まゆりの唐突な質問に答えようとした男の口を、私は咄嗟《とっさ》に手でふさぐ。

「待って、余計な情報いらないから喋《しゃべ》らないで。知りたくないし興味もない。まゆりもいきなり変なこと訊かないでくれる」

「Jの歳を聞くのは変なことなの？　あんたの基準がわからん」

「いろいろ知っちゃったら後戻りできないじゃん。ヤダ、遠慮する」

片手で口を押さえていたら。その手をJに取られた。そして掴んだ掌《てのひら》を、ぺろりと舐める。

「汚いっ！」

「仕掛けてきたのは君だろう」

ニヤニヤと頬杖をついて眺めてくる男から、できる限り距離を取った。お手拭きで手を拭《ぬぐ》う。

「うん、なんかもう、お腹いっぱいになってきた」

「ふたりとも随分仲良くなったんですね」

傍観者に徹するふたりをじろりと睨《にら》みつけて、私は新たにビールを注文した。

◆◇◆

非日常が日常に変わる前に、さっさとどうにかしなければ。

そう思いつつも、引きずられるようにホテルに戻っている私は、自分が気づいていなかっただけで流され体質なのだろうか。

今は、さっぱり未来が見えない。Jの連れて帰る宣言なんかも、口でいくら言ってたって、現実には無謀だとちゃんとわかっている。

フロントに届いていた荷物を受け取り、部屋に戻る。昼休みに購入した下着たちだ。

いい下着というのは、いい仕事をするらしい。測り直してもらったサイズは、一カップ上がっていた。背中の肉などをもってくれれば、パッドで調節しなくてもFカップだ。

フィット感のある着心地のいいブラだけど、袋に入ったままとりあえずクローゼットへ。自分の私物は、そこにひとまとめに置いてある。

先にお風呂を使っていいと言われたので、香りのいい薔薇《ばら》のバスソルトを入れて、ちょっぴり贅《ぜい》沢《たく》な薔薇風呂気分を味わう。

このホテルのお風呂は、広くて天井も高い。のびのびした空間はとても気持ちがいい。

ゆっくり堪能して、私は浴室を出た。ちなみに今は、家から持ってきた部屋着を着ている。色気もなにもない、暖かさ重視のスウェットの上下。お色気満載なベビードールなんて当然着られるわけがない。

さて、少々身体が温まり過ぎたから、髪の毛を乾《かわ》かす前に水がほしい。お水のボトルってあったっけ？　なかったら水道水でいいか。

キッチンでピカピカのグラスを手に取れば、冷蔵庫の中からミネラルウォーターを取り出したJが私に手渡してくれた。

「水道水《タップウォーター》じゃなくて、飲むならこっちを飲め」

「ありがとう」

水を飲み終わると、ヘアドライヤーを持ってきたJが私を椅子に誘導する。

「乾《かわ》かさないと風邪ひくだろう。ほら、座って」

「別に自分でできるけど」

抵抗したが、頷かない。仕方なく、大人しく彼の前に座る。

トリミングをされているペットの気分ってこんな感じなのかな、なんてことを思った。

ぶぉおお、と熱風が髪の毛の水分を飛ばしていく。Jの手櫛《てぐし》で髪の毛を乾《かわ》かされるのは存外気持ちがいいものだ。癪《しゃく》だけど、彼の手に撫でられるのも嫌いじゃない。

「猫みたいだな」

彼が背後でくすりと微笑むのを感じた。

するすると髪の毛を丁寧にほぐしながら乾《かわ》かされ、徐々に眠気に襲われる。

「ニナ?」

名前を呼ぶ声も、嫌いじゃない。

腹立たしいけど、私は彼が自分の領域に侵入するのを、いつの間にか許している。

ブレーキをかけないと、このままこの空気に酔わされてしまう。なんとか食い止めなければ。

だけど、ちょっとだけ——味見してもいいだろうか。

彼だけが私をいいようにするのはずるいじゃない。自分の欲も、少しくらい満たしたっていいはずだ。

ドライヤーを終え、Jに促《うなが》されるまま私はソファに移動する。私の髪の毛が気に入ったらしい彼に、そこで頭を撫でられた。ゆっくり髪に触れてくる指を掴んで、そっと彼の手の自由を奪う。興味深げではあるものの、私の好きにさせるJを見つめて、その手に視線を落とす。

両手で彼の片手を触っては握る。指の関節や手の甲の骨を撫で、私好みのそこを存分に堪能する。いつでも触っていいという契約だったのだから、彼に拒否権はない。

手の厚みを両手で確かめ、指の腹で皮膚を撫でる。

美形は、爪の形まで綺麗だ。短く切られている爪も、私のものより面積が広い。ネイルアートするにはやりやすい爪だなと、ぼんやり考える。

手首に舌を這《は》わせ、親指の根元をかぷっと噛む。

そのまま唇をスライドさせて、彼の親指を口に含んだ。

舌を絡めて舐めて、吸いあげる。

一言も発しないまま、Jは私の好きにさせていた。

自分から手を動かすことはしないし、抵抗もしない。ただ、頭上から注がれる視線だけが熱い。

指をゆっくりと舌で嬲《なぶ》り、目を上げる。私を静かに見下ろすJの視線とぶつかった。

薄《うっす》らと笑みを唇にのせて見つめる眼差しは、穏やかとは言い難い。

焦茶色の瞳の奥に灯《とも》る光は、獰猛《どうもう》な気配を秘めている。それは、僅《わず》かに残る理性で自らを抑えつけているようにも、余裕があるようにも見えた。

くちゅりと響く小さな唾液音が、私の快楽に火を灯《とも》す。欲望のままに動くというのは気分がいい。

大好きなパーツを存分に堪能することで、私は今、抑制されたストレスを発散させているのかもしれない。

私の唾液で濡れた指を丁寧に舐め、両手で彼の手に頬ずりした。大きくて温かく、指先は湿ってしまった彼の手が、私の頬をすっぽり包みこむ。

なんて理想的なフォルム。Jの手は、カメラに撮って記録に残したい。

すりすりと頬を寄せたまま、その手を枕代わりにした。気持ちいい。

うっとりと目をつぶると、このまま夢の世界へ旅立てそう。

「ニナ、寝るならベッドで寝なさい」

「まだ、嫌」

このままもう少し堪能させて。

怒った気配は感じられない。呆れたため息もつかれていない。

ただ、じっと私を見つめる男の視線を感じる。それは静かに熱く揺らめいているのに、身の危険をまったく感じないのはどうしてなんだろう。

私は自分の警戒心というものに疑問を持ちつつも、Jの手を枕にして、彼の膝の上でそのまま眠りに落ちた。

膝の上で丸くなり、あまつさえJの手を枕にして眠りに落ちたニナを、彼は思案気に見下ろした。

しっかり乾《かわ》かした髪はふわふわで柔らかく、指通りがいい。

猫毛のニナの髪をゆっくりと空いた手で撫でながら、己《おのれ》に与えられた次の選択肢を考える。

警戒心をどこかへ置き忘れて、膝の上で寝る無防備な存在は、なんて危なっかしいのだろう。少し気が緩《ゆる》むと誰にでも懐《なつ》くのか。不埒《ふらち》な考えを持った男に手籠《てご》めにされる可能性がないとは言い切れない。

自分のことは棚に上げて、Jは僅《わず》かに眉をひそめた。

こちらから調べない限り自分の情報は与えようとしないのに、なんだかんだ言って丸め込まれている。彼にとっては望むところなのだが、ほかの男にも同じようにされたらたまったものじゃない。

『一番警戒するべきなのは俺なのにな……。よく眠れるものだ』

あんな風に手を触り、舐めて齧《かじ》って、男の劣情を煽《あお》るだけ煽《あお》っているのだ。

異性と意識されていない可能性は低い。なにせ出会って二度目で、彼女を襲ったのだから、嫌でも意識せざるを得ないだろう。

合意もなく唇だって奪っているし、それをニナは憤慨していた。

Jにも、鍵を人質代わりにして強引にことを進めている自覚はある。

反発や抵抗して文句を言い、ぎゃんぎゃん喚《わめ》くニナをどうにか振り向かせたくて、ひたすら甘い言葉を囁《ささや》いて直球に口説《くど》いている。こんな姿、職場の人間や母国の友人には見せられない。『お前誰だよ』と笑われてもおかしくはない。

らしくないなと、笑みが漏れた。

面白い。本当に彼女は面白くて可愛い。

女性に対して可愛いなんて言葉を使ったことは、記憶を探っても思い出せない。綺麗だ、美人だと思う相手に『美しい』と囁《ささや》いたことはあったが、可愛いと思う相手に巡り合ったことはなかった。動物に癒《い》やしを求める性質《たち》ではない。J自身がペットを飼ったことはないし、特別可愛がりたいという願望もないはずだ。

だがニナを見ていると、小動物を可愛がっている気分にもなるから不思議だ。小柄なところだけでなく、警戒心は強いのに迂闊《うかつ》で、強気な発言をしながらも逃げ腰なところなどから、そう感じるのだろうが。

鬱陶《うっとう》しいと思われるほど構って可愛がって、甘やかしたい。これは出会ってまだ一週間も経っていない女性に向ける感情じゃない。異常だと、自分でも思う。

だが、これが恋だと言われれば、すとんと納得できた。

後先も考えず手段も選ばず、手に入れるためならなんでもする。冷静に考えれば無茶苦茶だと思われることもやってのけてしまう己《おのれ》に、苦笑が零《こぼ》れた。

果たして自分はこんな人間だったか。恋情を抱いた相手を強引に自分の領域に引きずり込んで、強制的に慣れさせる。そのふるまいは、まるで動物に匂いを覚えさせるかのようだ。

『マーキングしているのはどっちなんだろうな』

彼女に印をつけたい。と同時に、自分の香りを覚えさせたい。

胸に抱きこんでも嫌がらないようになって、安心感を与えられたらいい。

その思惑が少しは効いてきているのか、Ｊに抱きしめられたまま眠ったニナは、昨夜は一度も目を覚まさず熟睡した。悪夢しか見ていないなどとつい先日は言っていたが、寝起きのすっきりした顔を見ればよく眠れたことは明白だ。

自分を狙う男の懐《ふところ》で熟睡できるとは。

どういう神経をしているんだという呆れが半分、喜びが半分。無意識の中でも、彼女が拒絶を示さなかったことに安堵する。懐柔《かいじゅう》がうまくいっている証拠だと思うと喜ばしい。

Ｊの手をギュッと握りしめたまま眠るニナを、そっと引き寄せた。

彼女の手から自分の手を慎重にはずし、起こさぬように抱き上げる。

寝室の扉を開けて、広々としたキングサイズのベッドに横たえた。

余分な枕は、床に放る。布団をかぶせて彼女を寝かせ、シャワーを浴びにひとまず浴室へ向かった。

湯船に浸《つ》かることなくシャワーだけですませ、手早く髪を乾《かわ》かす。

炭酸水のボトルを冷蔵庫から取り出した。喉の奥で弾《はじ》ける炭酸の独特な感覚が、シャワーで火《ほ》照《て》った身体を鎮めてくれる。

ひと心地ついて寝室へ戻ると、寝相の悪いニナがベッドの端まで転がっていた。あと数センチで落下するその位置まで、どうやってこの短時間で移動したのやら。

『……真ん中に寝かせたのに。危なっかしい』

枕に顔を埋《うず》めて、うつ伏せで寝ている。くうくうと寝息を立てる姿は、あどけない子供のよう。

なんとなく面白くなくて、その枕を引っぺがしたくなった。

自身もベッドに乗り上げて、ニナの身体を優しく抱き起こす。彼女が掴んでいた枕は、ぽいっと床へ放り投げた。

そんなものにしがみつくより俺にしがみつけ、と思ってしまう。

布団を捲《めく》り、片手でニナを抱きしめる。彼女の柔らかな身体が、心地よい重みを伝えてきた。抱きしめる身体は華奢《きゃしゃ》で小さく、肩なんて折れてしまいそうだ。二の腕にそっと触れば、ふにふにと柔らかい弾力。筋肉はあまりついていない。

デスクワークが主だと言っていたし、大した運動はしていないのだろう。

ジムに通っている様子も見えない。体力もあまりなさそうだ。これはどこかで鍛《きた》えないと、いざというときに危険である。それに体力がなさすぎるとのちのち困る。

Jは自分の胸にニナを乗せて、仰向けになった状態で彼女を抱きしめた。

胸元でもぞもぞと動き、胸板に頭をこすりつけてくる様子に笑みが漏れる。

本当に、ニナは動物っぽい。表情も豊かで、見ていて飽きない。

そっと背中を撫でて、その手を徐々に下へ動かした。パジャマ代わりのスウェットの下には、ブラジャーをつけていない。寝心地が悪いから嫌いなんだろうが、本当に無防備過ぎて好都合だ。先ほどから、腹の上でつぶれる彼女の胸の柔らかさが伝わってきて、今すぐ手で可愛がりたくなる。

尻の双丘をそっと撫でて、肉の弾力を確かめる。太った、とニナは不満を零《こぼ》していたが、もっと太ったっていい。今のままでも十分魅力的だが、もう少し肉がついたらさらに抱きしめ心地がよくなるだろう。

しかし小柄なのに豊満なんて、凶悪な組み合わせだ。

Jの周りには、ニナほど小柄な成人女性はいなかった。

はじめは、まだ学生かと思った。バーで酒をたしなむ大学生。薄暗い店内だったが、扉を開けた瞬間に目が合ったのがニナだった。

すっと視線を逸らされたのが面白くなくて、ついDとともに、ふたりが座っていた席に向かうことにした。都合よく、彼女たちの両隣が空いていたのだ。

それなりに賑《にぎ》わっているのに、そこだけ特殊なバリアが張ってあるかのよう。Dとふたりして話しかけると、そっけない返答が戻ってきた。まったく興味を抱かれていない態度が面白い。

自分から視線を逸らしたこの少女の目に、自分を映したい。

自分とDが加わっても、なんの嬉しさもないようで、そっけない対応は変わることなく、淡々と彼女たちは酒を飲み、そして席を立った。

しかしもう一度どこかで会えたら、今度は連絡先を教えてあげてもいいと言われた。

可憐に見えるのに相当気が強いであろうふたりの後ろ姿を眺めて、知らず唇が弧を描く。

『逃がすつもりはないぞ』

『珍しい。あなたがそんなことを言うなんて。では全力で捕まえましょうか』

Dはエイコの魅力にはまったらしいが、Jは少々違った。一目惚れだと言えばそうなるが、ただ本当に獲物を見つけてしまった肉食獣の気分になったのだ。

――彼女は決してほかの男には渡さない。

奪われる前に奪わねば。

幸い恋人はいないという言質《げんち》は取った。この渇望がどこからくるのかはわからないが、もう一度会えばなにか掴めるかもしれない。このまま一晩だけの縁にするのはもったいない。

自分の勘が間違っている可能性だってある。だがその時点ではわからなかった。

ただサッと離れてしまった存在が惜しくて、もう少し彼女のことが知りたくて。その柔らかそうな髪に触れて、小さな身体を抱きしめてみたいと思ったのだ。

滅多に酔わないのに、たった一杯で空気に酔わされた。

この気持ちをどうしてくれる――と、記憶を掘り起こす。そういえば自分が椅子に座ると同時に、ニナはカウンターに置いていた手帳をバッグにしまった。

その一瞬の間に、Jは手帳にささっていたペンのロゴをインプットしていた。

仕事柄、それは癖みたいなものだったのだが、結果的に彼女を見つけ出すヒントになったのだからよかったと言える。

Asagiri Law Office と書かれたものは、明らかに企業のオリジナルだ。その場で検索すると、彼女と血縁関係があるであろう人物の写真が現れた。

それをきっかけに、ニナの素性と職場を調べ上げることができた。結果、偽名を使われていたことが判明。

面白い、なんて愉快だ。

自分たちのような職業ならいざ知らず、一般人が偽名を名乗るなんて。

日本の若い女性はそれが常識なのかと思ったが、どうやら違うらしい。

つまり、本名を名乗りたくなかったのだ。そう気づいたとき、くつくつと喉の奥から笑いが漏れた。

柚木仁菜、二十九歳。

彼女の年齢が、予想より上だったのには驚いた。下手すれば十代で通じる容姿じゃないか。日本人の若さはどうなっている。

毛先がくるっと巻かれた軽やかな癖っ毛は、つい触りたくなる。上目遣いで見上げる黒い目は、丸くて好奇心に溢《あふ》れている。小さな鼻は子供のようで、よく回る口もまた小さい。すべてのパーツが小さくて、握りしめる手だって子供のそれと変わらない。

自分の顔に見惚れない女性はとても新鮮だ。それどころか、彼女は不信感や警戒心を隠さない。

知れば知るほどニナがほしい。

ここまで楽しい気分になったのは、いつぶりだろう。

職場の上司に宣言し、覚悟を決めた。もう後戻りはできない。嫁を連れて帰ると言ったら電話越しに爆笑されたが、同時に応援もされた。

『射止めろ、逃がすな。任務は最短で遂行しろ――』

茶目っ気たっぷりのセリフに、一言「Roger《ラジャー》」と告げる。

成功以外の選択肢のない道を自分で設定してから、まだ数日しか経過していない。

『君好みの手を持つ人間は、そう簡単に見つからない』

母国語で呟き、ニナの頭をゆっくりと撫でる。

身じろぎした彼女が、コロンと隣に転がった。

横向きに寝はじめたニナを、後ろから抱きしめる。彼女の身体は温かい。

湯たんぽという言葉を最近知った。それなら彼女はJにとって人間湯たんぽだ。離れがたいし、とてもじゃないがひとりのベッドではもう熟睡できない。

『据え膳食わぬは男の恥、だったか？　いい言葉だと思わないか、ニナ？』

寝ているのを確かめるように、誘惑するセリフを耳元で囁《ささや》く。

もちろん、起きていたとしてもニナには理解できないはずだ。

規則的な寝息を立てて眠る彼女の身体を、ゆっくりと手でまさぐる。

くっきり谷間ができている胸に、覆い被さる手。不埒《ふらち》に動かせば、柔らかな感触が伝わってくる。

厚手のスウェットごしでは、彼女の肌を堪能できない。

起きる気配のないニナの腕を上にずらし、そっとスウェットの裾から手を侵入させた。

腹部にはもこもことしたものがある。温かな素材のそれは、確かハラマキという名称だったか。

くすりと笑い、ハラマキの上からお腹を二度、三度と撫でた。

慎重に、彼女の眠りを妨げないようスウェットと下に着ている肌着を捲《まく》り、すべすべしたきめ細かな肌を露出させる。

ふわふわした胸の双丘は、柔らかくて張りもある。下からすくいあげれば、たぷんと揺れるであろう。小柄な体躯《たいく》からは想像できない。

このアンバランスな色気に惹《ひ》かれる輩《やから》は多そうだ。そう考えただけで、ざわざわと落ち着かない気持ちになる。

確実に、自分もそのひとりではあるが、もともと小柄で豊満な女性が好みというわけではない。どちらかと言えば、長身で色気のある美女が好みだったはずなのだが、ニナは完全に別次元だ。自分にとって、これだけ可愛いと思える女性はいない。

とにかく彼女を甘やかして蕩《とろ》けさせて、可愛くおねだりさせたい。そして、甘い声で啼《な》かせたい。淫《みだ》らな声で快楽に溺れるニナの姿を思い浮かべる。たまらなく身体の芯《しん》が熱くなってきた。

ふわふわと優しく胸を揉んでいた手で、その中心に存在を主張するぷっくりした蕾《つぼみ》をキュッとつまむ。寝ているはずのニナの身体がびくんと反応を示したが、起きる気配は感じられない。

「ん……」

鼻から抜ける甘い吐息が聞こえた。

それでもまだ夢の世界にいる彼女は、本当に危機感というものが足りない。なんて無防備なんだ。

恐らく、異性に狙われることに慣れていないのだろう。

暫《しばら》く胸を弄《いじ》ったのちに、そっとスウェットパンツの上から太ももを撫でてみる。

ふと、肉づきのいい太ももに赤い華を散らして、所有の証《あかし》を刻《きざ》みつけたい、という欲求にかられた。

目的の場所に向かい、手を侵入させる。

自分の勘が正しければ、彼女ははじめから嘘をついていた。それを確かめるために、薄い生地のショーツの上から秘められた割れ目を撫でて——、遮《さえぎ》るものがなにもない柔らかな皮膚の感触に、Jはほくそ笑んだ。

『本当に、君は嘘つきだ。騙《だま》されてやっていたが、もうお終《しま》いだ』

片腕は腕枕にしているので動かせないが、空いている腕で、彼女の秘部をショーツの上からくにくに弄《いじ》る。秘裂《ひれつ》にそっと指を這《は》わせ、薄い布に阻まれた敏感な皮膚をゆっくりと刺激していく。

クロッチを指でどければ、すぐにでも秘密の蜜壺《みつつぼ》をたっぷり愛撫できるだろう。

その上にある小さな花芽を可愛がり、強制的に絶頂を味わわせることだってできる。

しかしそこまではしない。寝ている彼女を指で愛《め》でたって、反応が返ってこなければ意味がない。悪戯《いたずら》はするが、中を直接弄《いじ》るのは彼女が起きているときでなければ。

「う、んぅ……」

寝ているニナから悩ましい吐息が漏れる。じわりと湿り気を帯び出したショーツの上を、指で上下にこすり、緩《ゆる》やかに官能を高めていった。

『たっぷり濡らせ。そう、イイ子だ』

もどかしいのか、彼女の腰が反応する。逃げられないようにがっちり捕まえ、花芽をかりっと指でひっかいた。ショーツに湿り気が広がる。

寝ている間も身体は正直に快楽を拾い、愛液を分泌するらしい。

中途半端に快感を高めさせた身体から手を引いて、彼女の衣服を整える。

口から熱い吐息が聞こえてくるが、気づかないふりをした。

少しは焦《じ》らされて、振り回されればいい。

恋愛は惚れたほうが負けならば、確実に自分は彼女に勝てないのだから。

『おやすみ、ニナ。淫《みだ》らな夢を』

可愛い可愛い、俺の小悪魔——

Jは、ニナの耳の後ろにそっとキスを落とした。

Day 5 ——Friday——

人肌が恋しい夜なんかない、と言えば嘘になる。

鏡に映る自分は毎日疲れた顔をしていて、でもなにに疲れているのか自分でもわからない。周りから気遣う言葉をかけられたら、きっとそれは休息が必要なサインだ。

肌に水分補給をするように、心にもたっぷり潤《うるお》いを与えなければ。身体の栄養だけを補ったって、元気にはなれない。

寒い冬の日も、きっちり防寒対策はしているのに。手袋をしていないあの子のほうが、手袋をはめた私より温かそうなのは何故なんだ。

凍えた手を、遅れてやって来た恋人が繋いで温めて、ふたりは嬉しそうに目の前を去っていく。

自分のサイズに合ったレザーの手袋より、外気に触れても体温を分かち合えたほうがきっと手も心も温かい。

羨《うらや》ましいなんて感情もどこかに置き去りにしたはずなのに。心の穴がちょっぴり大きく深くなる。

心の栄養、どなたかください。

天日干しされた干物も、きっとすいすい泳げるようになるから。

◆
◇
◆

ものすごく官能的な夢を見た。身体の芯《しん》まで熱く疼《うず》くような、淫《みだ》らで甘い誘惑の夢。

快楽を夢の中で体験するとか、実は欲求不満だったのかと若干落ち込んだ。

だけどそれは、ここ数日が非日常的であったゆえに見てしまっただけで、決して予知夢でもなければ正夢にもならないと思いたい。

が……現実のほうも、頭を抱える状況に陥《おちい》っていた。

冬の朝は寒くていつも厚着をして寝ていたけれど、空調がきいたホテルの中では、寝ているときも寒さを感じることはない。

それでも寝相の悪い私は、いつも身体のどこかに寒さを感じて目覚めることが多かったのだが、今朝は昨日と同じくしっかり肩まで毛布で包まれていて、おまけにギュッと身体を拘束されていた。

背後に感じる温もりが心地いいな……なんて一瞬でも思ってしまった私は、まだアレな夢を引きずっているらしい。

意識がクリアになっていくにつれ、圧迫感を感じた。苦しくて重い。

お腹の上に乗っかった重みの先は、よく見れば私の胸を掴んでいるではないか。しかも服の上からがっしりと。

「……」

色気もへったくれもないパジャマ代わりの服の上からそこを掴まれているのは、ただ単にちょうどいい場所にあったからと、膨らみが手にフィットするからという理由だろう。凸《とつ》があるものを無意識に握りたくなる気持ちはわかる。でもそれを理解して受けいれられるほど、私は寛容《かんよう》ではない。

ぎゅむっと手をつねると、背後でもぞりとデカい図体が動く気配がした。

緩《ゆる》んだ腕の中から、ごろりと寝返りを打って抜け出す。振り返ればまだ完全には覚醒していない色気ダダ漏れ男が、不愉快そうに眉をひそめていた。衝動的にベッドの端に放置されている枕を押しつけると、奴はそれを抱きしめて寝息を立てた。

枕を身代わりにして、その隙に洗面所へ駆け込む。時刻は、まだアラームが鳴るより少し前を示している。いつも六時半ピッタリにセットしているから、今日は珍しく早く目が覚めたらしい。

「今のうちに着替えて顔作っておこう」

悩ましいフェロモンをまき散らすJの寝顔を思い出すと、夢に出てきた光景が甦《よみがえ》る。

朝からなんてものを見せるのだ。熱い吐息をはきながら私の名前を呼び、身体中を舐めてキスを落としてくる夢なんて望んでいない。

「……なんか微妙にパンツが……」

いや、違う。湿っているなんてことはない。きっと気のせいだ。

目を覚ますために、バシャバシャと顔を冷たい水で洗う。化粧水でお肌を整えてから、朝のメイクをパパッと施《ほどこ》した。今日は少し丁寧に化けたので、かかった時間は十五分。

朝の化粧なんて、大体十分程度しか時間をかけない。だってギリギリまで寝ていたいじゃない。そういうわけで、使用する化粧品も昔とは変わってきた。目元用クレンジングで丁寧にマスカラを落とすのが面倒だから、ここ最近はお湯で落とせるタイプのものを使用中。汗にも強いので、パンダにならないのは嬉しい。

洗面所で着替えてから、髪の毛をシュシュで簡単にまとめる。そろそろJが起きる頃だろう。

パジャマを手にして寝室へ戻ると、ちょうどJがアラームを止めたところだった。

ぼんやりした顔で、枕と目覚まし代わりのスマホを眺めている。何故枕を抱いていたのかわからない、という表情を見て、私はニタリと笑った。ふふ、私ばかり翻弄《ほんろう》されてたまるか。

昨夜は自分の欲望を優先させて、ちょっと暴走したけれど……でも手しか弄《いじ》っていないし、それをやっていい権利は彼からもぎ取っている。

だがそういえば、いつの間に寝たのか思い出せない。十中八九、Jが私をベッドに運んでくれたんだろうけど。

仕方ない、たまにはこっちから挨拶《あいさつ》してやるか。

不埒《ふらち》な夢の残像は記憶の中から追いやって、彼に「おはよう」と声をかけた。片手で髪をかき上げる姿がさまになってて、その手つきやら表情やらに内心煽《あお》られるが、意地でも顔には出さない。

「おはよう。何故ニナが枕に変わっているんだ」

「私と枕を間違えたからじゃないの」

しれっと言ってやると、手をじっと眺めた奴がぼそりと真顔で「いや、ニナの感触が残ってる」とか言いだした。どこの感触だよと突っ込みたいのをぐっとこらえる。変態怖い。

焦茶の髪は寝ぐせがついていないようで、ざっとかき上げても、すぐにさらりと額《ひたい》に落ちる。

優美な大型獣がベッドから下りて、私の目の前にやってきた。寝顔もだったが、起きぬけの美形も心臓に悪い。パジャマの襟《えり》から覗く鎖骨《さこつ》なんか、直視したら鼻血が出そうだ。

「いい夢見られたか?」

そっと頬を指先で撫でられながらの質問に、声が詰まった。あんな夢を見た日の朝に、こんなことをたずねられるとは。

「全然。むしろ思い出したくない」

「どんなのだった?」

「世界的に有名なファストフード店のピエロが全速力で追いかけてくる夢。ギリギリで逃げ切ると、憤怒の顔で睨《にら》みつけてきて、さらにしつこく追いかけてくるの」

「それはホラーだな」

うん、私もそう思うよ。

最近見た夢で一番印象的だったのを適当に告げた。駐車場やモールの中までピエロがマッハで追いかけてくる夢。あれは怖い。軽くトラウマになっている。

その後Jを洗面所に追いやって、私も朝の準備の続きをした。

今日は金曜日。珍しくネックレスでもつけようかな、などと考える。今日を乗り切れば週末だし、アクセサリーで気分をあげるのもたまにはいい。

服やアクセサリーをすべて身につけてから、私物置き場になっているクローゼットをのぞきこんで荷物を出す。これで朝ごはんを食べに行く用意ができた。

ここ数日、ホテルのビュッフェで朝食をとっている。なんて贅沢《ぜいたく》。

朝食は焼きたてのクロワッサンもいいけど、ワッフルもいいな〜。ベリーやフルーツたっぷり乗せたやつ。

お菓子の間食を制限すれば、カロリーも問題ない。

リビングのソファに座り朝のニュースを見ていると、支度が整ったJがやってきた。スーツをパリッと着こなしているところは、ムカつくけれど称賛に値する。目の保養ね、ゴチソウサマ。

「ニナ、朝ごはん行こう」

「わかった」

テレビのリモコンを手にして電源を切る。

が、次の瞬間。隣にやってきたJが、私をソファに押し倒した。

「わ、あっ、？」

素早い動作で、奴はあろうことか、人が着ているカットソーとキャミソールを捲《めく》った。素肌が晒《さら》される。実に堂々としたセクハラである。

一瞬で状況を把握した私よりも先に、どこか不機嫌そうな声でＪが異論を唱《とな》えた。

「何故昨日買った下着をつけていないんだ。折角君に合うやつを選んだのに意味がない」

「いきなりなんの確認をしてるのよあんたは！　やめろ変態、服が伸びる」

ついでに腹巻も見られている。薄手の素材のやつ。これは恥ずかしいと思ったが、逆にお腹を見られなくて良かったのか。

この体勢、まったく予想していなかったため、スカートも捲《めく》れ上がっていて危ない。

今、Ｊにガン見されているのはベージュのブラジャーだ。色気もなにもないシンプルなやつだけど、アウターに響かないしノンワイヤーで苦しくないしで、重宝《ちょうほう》している。

しかし折角サイズを測ってまで買った下着を身に着けていないのが不満なようで、Ｊは、すっとタレ目を細めた。

「下着ひとつで胸のシルエットも変わる。サイズが合っていないのは捨てろ」

「人の胸を凝視しながら堂々と正論を言うな。ってか寒い」

奴が手を放した隙にパパッと衣服を整えた。油断も隙もない。

ぷりぷり怒る私の脇の下に手を入れて、彼は私をソファから下ろした。

髪が乱れてシュシュも落ちかけている。そのシュシュをするりとＪが外した。手櫛《てぐし》で数回、髪の毛を梳《と》かされる。そして「ちょっと待ってろ」と言い、Jは姿を消した。

まったく、なんなのだあの男は。

今さら私のしょぼい下着を見られたくらいで羞恥心《しゅうちしん》は感じない。だいたい、下着姿の胸なんか、昨日の試着で散々見られている。実に堂々と女性だらけの店内に入るので、彼はまさしく外国人なんだと実感したものだ。少しは恥じらいなさいよ。

本当にもう、冷静に考えなくてもこの状況はおかしいのに、彼のペースに流されている私もあり得ない。最初のときほどの苛立ちや拒否反応も、なくなってしまった。

この短期間で、Jの隣は居心地が悪くないと思えるようになっている。よろしくない傾向だ。気を引き締めなければ。

戻ってきたJが、私の耳の上にスッとなにかをつけた。

「ん？　なにこれ。ヘアピン？」

手で触れれば、楕円《だえん》の形をしていた。手触りからして、ラインストーンでもついてるんだろう。

「君に似合うと思って。ああ、可愛いな」

Jはうっとりと笑いながら、私の頭を撫でてくる。

その不意打ちな表情に、反射的に私の頬が真っ赤に染まった。

バッグの中から手鏡を取り出す。鏡の中の私は、アンティークモチーフのヘアピンをつけていた。ボルドー色のそれには、小さなラインストーンが品よくつけられている。大人可愛いピンに、不覚にもトキメいた。

「もう一個買ってきたんだ。これも好きに使ったらいい」

「猫のバナナクリップ」

黒猫のシルエットのそれは、尻尾がくるんと巻かれていて可愛らしい。猫の形のみで、顔などはない。その代わり、オシャレな金色のリボンが首辺りに描かれていた。バナナクリップの両面が猫のモチーフになっている。

「日本は女性用のアクセサリーが豊富だな。なにを見てもセンスがいい。だがこれは絶対ニナに似合う」

「その根拠は？」

「丸くなって俺に擦り寄って眠る君は、とっても可愛い猫だから」

最後のセリフは私の耳元で、吐息を吹き込むように囁《ささや》かれた。きっとバリトンの美声が持つ破壊力を知っててあえてやったのだろう。

人の反応を見てからかうとか、絶対わざとだ。そうに違いない。

赤い顔をしたまま、お礼を告げるか迷った私が上を向いた瞬間——

腰をかがめたJに、ぺろりと唇を舐められた。

◆　◇　◆

数日間ホテル暮らしをしていると、さすがに洗濯物が溜《た》まる。

自分はホテルのクリーニングサービスを利用していると言ったJは、私にも遠慮せずに頼めと言ってきたので、数枚お願いすることにした。だが下着類は抵抗があるため、洋服のみだ。

朝、クリーニングサービスをお願いし、そのまま出勤する。ホテルから駅まで徒歩二分の距離だ。違う路線に乗るのかと思いきや、Jは私と同じ電車に乗り込んだ。

「あれ？　こっちで合ってるの？」

「今日はこれで問題ない。行き先が違うから」

へえ、そうなのか。

あえて、どこへ行くのかとは訊かない。私はまだ、彼との関係をこの先どうするのか、決められずにいる。だから、必要以上の詮索《せんさく》はしないに限るのだ。

殺人的にとまではいかない、そこそこの混雑具合の車内。ぎゅうぎゅうに押し込まれているわけじゃないが、酸素が薄い気がする。外は冬で寒いのに、車内はむわっとしている。

Jはさりげなく私を庇《かば》いながらドアの横でスペースを作ってくれるので、不覚にもちょっと好感度が上がった。「大丈夫か？」と小さくたずねてくれるところは、なんだかんだ言って紳士である。

「うん、平気。慣れてるし」

「そうか。だが、日本のラッシュアワーは凄いな……」

「もっと凄いときは係の人が押し込むけどね」

引きつった顔をして、Jは電車が重量オーバーにならないのかと訊いてきた。そんな話は今まで聞いたこともない。平気じゃないけどそれが日常と答えると、苦虫を噛み潰したような顔で黙り込む。

「君が押しつぶされないか心配だ」

「チビだから苦労するんだよ。その身長十センチほど寄越してほしい」

「十センチ伸びてもまだ足りないだろう。ああ、だがやっぱりニナはそのままでいい。このくらいの大きさで十分可愛い。抱き心地もいいし」

「……」

誤解を招く言い方は、わざとなのか微妙なところだ。

「抱きしめ心地でしょ。朝から怪しい発言は禁止」

ただでさえ目立つ男だというのに。私まで注目を浴びるのはごめんだって。

すぐに職場の最寄り駅に到着したので、私はさっさと電車を降りた。ちらりと振り返れば、閉まるドアの向こうでJが私に小さく手を振った。振り返すことなく、私は人の波に呑まれて改札を出る。

胸の奥がざわりと落ち着かない理由なんて、知らなくていい。


「今日も可愛いのを着てるね」

ホストにでもなれば、余裕でトップに立てるであろうと思うくらい、私の従兄《いとこ》は目ざとい。事務所に着いてコートを脱いだ私の服装をチェックしてのセリフだ。

細かいディテールが、大人可愛いデザインのニットワンピース。実は朝食中にジュースを零《こぼ》してしまったので、カットソーから着替えたのだ。

ワンピースって、身長的な問題と、バストとウェストの関係で選ぶのが難しいんだけど、これはニット素材だからうまく着られた。短時間で私に似合うのを選んでくるのだから、あの男は恐ろしい。

首に巻いていたマフラーを外し、従兄《いとこ》にコーヒー飲むかとたずねる。

この男、実は相当なクセ者なのだ。思わせぶりなことを言ってくるのも、すでに情報を粗方《あらかた》入手しているからだろう。彼がJを危険な男だと判断していたなら、この時点で関わるのを阻止されているはず。

従兄《いとこ》の態度もあって、私はJが警察関係者であることはほぼ間違いないと思っている。弁護士である従兄《いとこ》は、警察に知り合いも多い。恐らくJの正体も、今回の来日の目的も、だいたいわかっているのだろう。

事情通の彼の突っ込みには、反応しないほうがいい。さっさと逃げるに限る。

コーヒーを、伯父と従兄《いとこ》の机に置いたところで、伯父からクリスマスの予定をたずねられた。

「クリスマス、特に予定がなかったら我が家にこないかい？　今年はちょうど週末にあたるから、全員集まる予定なんだ」

ダンディな伯父が、ニコニコと笑顔で誘う。伯父の子供、つまり私の従兄姉《いとこ》は四人いる。全員既婚者で、その子供たちも合わせたら結構な人数になるだろう。

去年も一昨年も、確か顔出し程度には挨拶《あいさつ》に行ったっけ。なんて言ったって、私はずっと、恋人たちのメインイベントに縁がない生活をしているし。毎年、やたら美形な従兄姉《いとこ》たちから嘆かれたけど、「別にいいの！」を口癖にしていた。

だが、思案するよりも先に、長兄の従兄《いとこ》が口を挟む。

「ダメだよ、父さん。仁菜は先約があるんだから」

「え？」

「そうなのかい？　それは残念だね……。いや、仁菜ちゃんにも春がきたんだと思えば喜ばしいのだが、いささか寂しい気も……」

「最近オシャレになったしね。仕方ないよ、今が一番楽しい時期なんだし。お互いの絆《きずな》を深めないと。ね？　仁菜」

従兄《いとこ》が勝手に答えるせいで、私は反論できない。

そうこうしているうちに、電話がかかってきてしまった。伯父宛の電話をまわすと、ほかの社員もちらほらと姿を現しはじめた。

完全にタイミングを失った私の耳元で、悪魔の尻尾をふりふりさせた従兄《いとこ》が声を潜《ひそ》めて囁《ささや》く。

「髪、今日はあげないほうがいいんじゃない？」

「は？　なんで？」

後で今朝もらった猫のヘアクリップを使おうと思ってたのに。

私はいつも、仕事をはじめるときに髪をまとめているのだ。

疑問に思う私に、彼はちょんちょんと自分の耳の裏を指差した。

そしてひらひらと手を振って、そのままミーティングルームへ入ってしまう。

取り残された私は手鏡を出すが、案の定耳の裏までは確認できない。

あのからかいを含んだ笑みは、ろくなことじゃない。Ｊがなにかしたのだろう。

アドバイス通り、私は髪の毛をあげずに資料作成に励んだ。


終業時刻の午後六時より少し前。

仕事でうちの弁護士のひとりと外出していた私は、そのまま直帰していいとのお許しをいただいた。

今日は金曜日。帰宅時間の電車は当然のごとく混んでいる。そんなに長時間乗らないとはいえ、ぎゅうぎゅうに混雑した車内は、正直勘弁願いたい。

夕飯はどうしようかな。

スマホを確認しても、Ｊからの連絡はない。別に彼と毎日ご飯を食べる約束をしているわけでもないので、なんでもないといえばなんでもないことのはずだ。

大人しくひとりで食料を調達するか。

ホテルのある駅にはスーパーがあって、そこはお惣菜《そうざい》が豊富だ。有名店のお弁当コーナーもある。

進路を決めたところで、電車がやってきた。

ぎゅうぎゅう詰めまではいかないが、その一歩手前の混雑具合。今朝はＪが盾になってくれたけど、ひとりのときはもちろん自力で踏ん張るしかない。

座席脇の手すりになんとかつかまる。おしくらまんじゅうをされつつも、安定した場所を確保できて小さくため息をついたところで、静かに電車が発車した。

違和感に気づいたのは、それからまもなくしてからだ。

背後からやけに鼻息がかかる。耳元というわけではないけれど、後頭部のあたりに。ちょうど私の頭が後ろにいる人の鼻のあたりなんだろうと、あまり気にしていなかった。

だが、身体に押しつけられるものが鞄などの類《たぐい》じゃないのに気づいたとき——浮かんだ言葉は「マジか」と、「面倒くさい」のふた言だった。

背後にいる人物が、どうやら私のお尻を触っているらしい。

呆れたため息が出る。こんなに着込んでいるというのに、お尻なんか触っていったいなにが楽しいのだろう。

コートの下にはニットのワンピース、その下にタイツを穿《は》いている私のお尻を、チカンはさわさわと服の上から撫でる。冬なので遮《さえぎ》るものが多すぎて、私はあまり感じない。ああ、なんか当たってるな……くらいのものだ。

だからと言って、このまま放置していいものではない。

不快は不快なのだから、一応ダメージを与えてみることにした。

足元に視線を落とし、背後にいる男の靴を確認して、六センチピンヒールで思いっきり……ダンッ！　と踏みつけた。

ヒールは凶器だ。それなりに痛かったのだろう。

サッと手が引っ込み、小心者らしき男は軽く舌打ちをした。と同時にドアが開く。

降りる人の流れに押されていた私の背中を、恐らくチカンと思われる男がドンッ！　と押した。

「え、ちょっ……きゃっ！」

重心が傾き、ドアの外に弾《はじ》かれる。

転ぶ寸前、目の前にいたサラリーマン風のお兄さんが受け止めてくれた。

「大丈夫ですか？」

電車に乗るところだったのであろうお兄さんだけど、そのままホームにとどまってくれた。

車掌《しゃしょう》さんの「発車しまーす」というアナウンスが響き、電車は去って行く。

「あの、ごめんなさい。電車行っちゃった」

「いや、気にしないで。すぐに次のがくるから。それよりも怪我はない？」

怪我と言われて、ようやく意識が足に向いた。力を入れると、足首に鈍い痛みが走る。

流れに抵抗しようとした結果、軽くひねったらしい。

しかも最悪なことに、ヒールが折れていた。一年ほどヘビロテしていた靴なので元は取っていると思うが、それでもショックだ。

そしてなにより悔しいのが、あのチカン男……

「足首を軽くひねったみたいなんですけど、悔しい……チカンに逃げられました」

「え？」

とりあえず座れるようにと、ベンチまで連れていってもらった。なにからなにまで優しいお兄さんの左手には、銀色の指輪がキラリ。優しそうな面立ちだし、早々に売れてしまうタイプの人だと納得する。

「駅員さんに事情を説明したほうがいいね。湿布《しっぷ》ももらえるかもしれないし。警察はどうする？」

「え、っと……」

警察沙汰にまでは……とためらいを感じる。犯人の顔を覚えているわけでもないし、チカンと言っても服の上から少々お尻を撫でられただけ。もちろん嫌に決まっているが、あの混雑具合だったら手が触れてしまうくらいあり得るし、なにより現行犯でないと捕まえることは難しいだろう。

つまり、私のこの状況は、ただ背中を押され、足首をひねった、ということでしかない。十中八九そいつがやったと確信しているけど、絶対そうとは言いきれない。急いでいた人に押されてしまったとも考えられる。

結論からすると、駅員さんに事情を話して湿布《しっぷ》かなにかをもらい、ヒールが折れた靴をどうにかできればそれでいい。これ以上の対応は、考えるほうが面倒だ。

迷惑をかけたお兄さんには頭を下げて謝罪し、近くの駅員さんを呼び留めてもらう。そして彼に、私のことは気にせず大丈夫と告げて、次にきた電車に乗るよう促《うなが》した。

ホームで別れ、私は駅にある事務室で休ませてもらうことにする。

ほかの方に軽く事情を説明し、スリッパをお借りした。ひねった足首は若干ジンジンとしているが、熱を持つほどではない。多分、暫《しばら》く安静にしていたら痛みも治まるだろう。

タイツを脱ぐわけにもいかないので、応急処置としてタイツの上から包帯を巻いて足首を固定する。湿布《しっぷ》を一枚もらったので、帰ってから使わせてもらおう。

さて、予定が狂ったが、タクシーで帰るか。その分の出費は痛いが、致し方ない。

しかし、タイミングがいいんだか悪いんだか――、Ｊから電話がかかってきた。

『ニナ、今どこにいる？　ご飯はまだだけど……』

「あー、うん。今駅。ご飯はまだだけど……」

あ、なんかさらに面倒なことになりそう。

電話越しになにかを感じ取ったらしい彼は『すぐに迎えに行く。待ってろ』と言い、私から詳しい居場所を訊きだした。恐らく言わなくても、ＧＰＳで見つけられるのでは？　なんてこわいことをサラッと考えてしまうあたり、私もだいぶＪに毒されているのかもしれない。

「お迎えがくるようでしたら安心ですね」

私より歳若い駅員さんの笑顔が眩《まぶ》しい。

「エエ、ソウデスネ……」

安心よりも厄介な気配がプンプンするんだけども――

そしてやっぱりそれは的中するのだった。

駅員さんたちのお仕事の邪魔をしてしまい申し訳なく思いつつも、その場で待機すること約三十分。コーヒーまで御馳走《ちそう》になってしまった私は、お借りしているスリッパをどうしようかと考えていた。すると、「ニナ」と聞き慣れた声が耳に入る。

駅員さんに連れられて入ってきたのは、今朝別れたきりのＪだ。

若干険しい表情で足早に近づいてくる彼の後ろには、見知らぬ男性がいる。

はて、誰だろう？　プラスチックのコーヒーカップを持ったまま首を傾げれば、椅子に座っている私の前にＪが腰をかがめた。

「なにがあった？」

目線を合わせて真っ直ぐたずねる姿は、こう言っちゃなんだけど子供に向き合う保護者みたいだ。でもその姿勢をちょっと嬉しいと思ってしまうあたり、どうやらなんでもないと思っていたけれど、本当は少し心が弱っていたらしい。

彼の視線が私の足元に落ちる。軽くひねっただけの足首を、わざわざ包帯で巻いて固定してくれたのだけど、これは少々大げさだったかもしれない。

じっとしているだけなら痛みも感じないし、熱を持ってもない。

眉間《みけん》に皺《しわ》を刻《きざ》むＪに、「ヒールが折れて足を少しひねっただけ」と、真実ではないけれど事実を述べた。

「おや、お迎えがきましたか」

先ほどまで私の相手をしてくれていた駅員のお兄さんが、事務所の奥から顔を出す。爽《さわ》やかに微笑む姿は癒《い》やし系だ。制服が似合ってる。

「はい、ご迷惑をおかけしてすみません。いろいろとありがとうございました」

椅子から立ちあがろうとした私を制して、Ｊが代わりに立ち上がった。そして私の保護者らしく挨拶《あいさつ》を交わしてお礼を告げた。

「恋人の方が来てくれたならもう安心ですね、柚木さん」

「私は彼女のフィアンセです」

「……」

実に堂々とした嘘をついたな、この男。

コーヒーを口に含んでいたらむせていただろう。

しかし訂正も面倒なので、そのまま曖昧《あいまい》に笑って流した。駅員のお兄さんは特に気にした様子もなく、「日本語お上手ですね」と感心している。

そして駅員さんと私が同時に視線を向けた先は、私もタイミングを逃していたが気になっていた人物。見た目は日本人の中年男性で、コートを着たサラリーマンにも見えるけど、雰囲気はもっと硬質だ。おそらく、サラリーマンではない。

四十代半ばほどの男性は、それまで厳しかった表情をすこし緩《ゆる》めた。

「ああ、私は彼に成り行きでついてきてしまったんだ。彼の付き添いをしている。お邪魔だったら申し訳ない」

「いえ、大丈夫ですよ」

そう答えた駅員さんだったが、遠くのほうから呼ばれ、ちょっと失礼しますと言って離れていく。

私は慌てて立ち上がって頭を下げた。重心はなんともない足に掛けているので、ひねってしまった右足が痛むことはない。

付き添いでってどういうことだろう。Ｊの案内役？　たまたま成り行きでということは、それまで一緒に行動していたのだろう。それで、無茶言ってＪが無理やり案内させた、とか？　その可能性は正直あり得そうだ。

視線が合うと、その男性はにんまりと笑みを深めた。

「あなたが彼の婚約者の、柚木仁菜さんですか？」

「え。えっと……柚木仁菜です」

否定も肯定もせずに名前だけ答えると、くつくつと喉の奥で笑われた。むすっとした表情のＪを肘《ひじ》でつつき、「手強いな」と意味深に言う。

「いきなりすまない。私は警察庁の伊東《いとう》だ。こいつのハートを射止めた女性は誰だろうと密かに噂が広がっていたんだ。うちの女性陣も大げさなほど嘆いていたのでね。まさか会えるチャンスが巡ってくるなんて思わないだろう？　いやあ、随分可愛らしくて驚いた」

「あ、ありがとうございます？」

どこから突っ込めばいいのかわからない。

ああ、この人は刑事さんなのか、とか、やはりＪは警察関係者だったのか、とか。職業に関してはほぼ確信していたものの、日本人の第三者が出現したことで、それは揺るぎない事実になった気がする。

女性警察官からモテモテ……。このルックスだから当然モテるのはわかる。

当の本人はというと、大勢の女性に騒がれるのは慣れているのだろう。伊東さんの言うことを気にする素振りもない。

「さて、なにか困りごとでもあったのかい？」

観察力が鋭い刑事さんはお見通しだった。戻ってきた駅員さんに、伊東さんは胸のポケットから警察手帳を取り出して示しつつ、自己紹介をした。伊東さんとJの見守る中、先ほどとは別の駅員さんから今日の出来事を簡単に記した内容の書類の確認と、念のための連絡先をたずねられる。

名前と電話番号のみを記入した私に、年かさの駅員さんはどこか安堵した様子で「お身内に警察の方がいてよかったですね」と微笑んだ。

よかったのかどうかは、この後の私の言動次第である。

だがこの場で嘘をつくのは得策ではないので、伊東と名乗った刑事さんに、先ほどJに告げたよりも詳しい事情を話した。

「大したことじゃないんですけど、満員電車でチカンに遭《あ》って相手の足をヒールで踏んづけたら、扉が開いたと同時に背中を押されて足をちょっとくじいただけです。ヒールも折れましたが」

周りの温度が数度下がる。

一瞬で冷ややかな眼差しと周囲を凍てつかせる表情になったJは、コンビニのビニール袋に入った靴に視線を移して言った。

「それを大したことじゃないと言えるかは置いておいて、それで足首の怪我か。捻挫《ねんざ》はクセになるから、気をつけたほうがいい。で、そのチカンの犯人とやらは？」

「電車に乗ったまま逃げられた。私は降りる人の波に流されたところを、背中を押されて降ろされちゃったので」

Jと同じく、険しい表情になった伊東さんが嘆息する。

「危ないことするな、その男……。そういえばこの路線で最近チカン被害の報告が多発している。気をつけろと言ってても難しいと思うが、できるだけ注意するようにしてくれ。こちらでも報告を上げておこう」

「ありがとうございます」

被害届をどうするかと訊かれたが、お断りした。

スリッパは返さなくていいと言われたので、ご厚意に甘えることにする。片足だけスリッパというのもアンバランスなので、ビニール袋に折れていないヒールのほうも入れて、トートバッグにずぼっと突っ込んだ。

重くなったバッグを肩にかけようとすれば、すかさず隣を歩くJに奪われる。そして彼は、私に片方の腕を差し出した。支えになってくれるらしい。

どこか含みのある視線を向ける伊東さんとは、この駅で別れた。お礼を告げて、無言のJとふたりで改札口へ向かう。

「タクシー拾うぞ」

異論なくタクシー乗り場に向かい、止まっていたタクシーに乗り込む。

目的地のホテルまでは約二十分。その間Jは、黙って私の手を握りしめていた。

重い空気は、車が停まったことで幾分か霧散する。鞄の中から財布を取り出そうとした私を制して、さっと彼が支払った。

お釣りはいらないと受け取り拒否するあたり、セレブの感覚なのか欧米のチップの感覚なのか。数百円を仕舞うのが面倒という考えもあるが、彼がやると嫌味に感じない。そういう文化で育ったからと言われればそうかと頷ける感じだ。

先に下りたJが、私に手を差し伸べた。その手につかまりながら、ゆっくりと足を地面に下ろす。今さらだけど、足元がスリッパってちょっと恥ずかしい。黒いタイツの上に白い包帯を巻くというのも、悪目立ちする。

固定されている足は特に痛みを訴えるわけでもないので、恐らく今夜湿布《しっぷ》を貼っておけば明日はもう大丈夫だろう。念のため病院に行ったほうがいいと言われたけれど、学生時代の部活中に思いっきり捻挫《ねんざ》をしたときのほうが痛かったから、多分平気だ。

私の歩調に合わせてホテルの中へ入ったJは、ロビーを突っ切り、宿泊客用のエレベーターに向かう。彼の腕によりかかったままエレベーターに乗り込んだが、同乗者がほかにいなくて空気が重くなった。

……こいつ、いつもはもう少し喋《しゃべ》るのになんで無言なんだ。

私が気をきかせて喋《しゃべ》るべきなのだろうか。それはちょっと疲れる。

私の理想は、無言でも居心地がよくて、気まずくならない人なんだけど——

思えばJの隣の空気は嫌いじゃなかったな……とか、こんなときに思い出すなんておかしい。

やはりトラブルに巻き込まれて、少しだけ疲れているのかもしれない。

フロアに到着し、扉が開いた。歩き出そうとした私を、Jが横抱きに抱え上げる。

「わっ、ちょっと？」

「いいから掴まってろ。このほうが早い」

そうだけど、誰かとすれ違ったらどうするんだ。

エレベーターから部屋までの距離が長く感じた。スリッパが脱げそうになるのをなんとかこらえる。

幸いなことに誰ともすれ違わなかったので、部屋の前で安堵の息が漏れた。

Jは器用に扉を開けて、私を抱き上げたまま室内へ入る。

電気をつけてズンズン歩くうちに、とうとう私が履いていたスリッパが落ちた。

ソファにでも下ろしてくれるのかと思いきや、彼が私を置いた場所は何故かダイニングテーブルの上だった。硬い木の感触がお尻にあたる。

「J？」

訝《いぶか》しんで顔をあげれば、真剣な顔をした彼が軽く腰をかがめた。テーブルの上に置いた私の両手の上に手を重ねて、動きを封じてくる。目前に迫る彼の茶色の瞳は、静かな激情を宿していた。

「今日、なにがあったんだ。ちゃんと最初から説明しろ」

「説明もなにも、さっき言ったことで全部だけど」

「君は最初俺に、〝ヒールが折れて足をひねった〟と言ったな。それも嘘じゃないが全部じゃなかった。伊東が訊かなければ、俺に言うつもりはなかったのか」

そう、言うつもりはなかった。だから今は、その通りだと頷けばいい。

だけどJの視線があまりにも真剣で鋭くて、無意識に呼吸が止まった。

すべてを見透《す》かされているような心地になり、身体に緊張が走る。

こくりと渇《かわ》いた喉に唾《つば》を流す。

そして――平淡な声で、客観的な感想を述べた。

「なんで言わなきゃいけないの？　Ｊには関係ないじゃない」

「関係ない？」

低い声が鼓膜を震わす。この人は怒ると冷静になるタイプらしい。

冷ややかに怒る人間のほうが、感情的に声を荒らげる人よりもおそろしいことがある。

しばし沈黙が流れる。

至近距離から見下ろされて居心地が悪い。

身じろぎしようとすると、私の両手を上から押さえるJの手に力が加わった。

彼の手も、私の手と同じくらい冷たい。

ふたりの体温を分かち合っているのに、繋がっている手はちっとも温かくならなかった。

「……関係ないなんて言わせない。俺は冗談や中途半端な気持ちで君にプロポーズしたわけではない」

その言葉は本当かもしれない。でも、嘘かもしれない。

それを判断できる材料を、私はまだ見つけていない。

だって出会いから今このときまで、性質《たち》の悪い冗談と思うことしか起きていないじゃないの。だけど裏を返せば、遊びにここまで投資するのは、リスクが高いとも言える。それに、この男がそんな暇なことをするとも思えない。

でも――

彼の気持ちを素直に認めてしまえば簡単なのに、それを拒む自分がいる。

アラサーの恋愛離脱組は、こじらせ過ぎてどうしようもない。自嘲《じちょう》の笑みが浮かんだ。

眉をひそめる表情も彼がやると映画のワンシーンみたいで、きっと画面の向こう側にいたら素直にはしゃげただろう。

見目がいい男は、観賞用で十分。枯れた私の心に、余計な波風を立てないでほしい。

これ以上ずかずか土足で踏み込んで、私の領域を荒らすのは許さない――

攻撃的な気持ちになるのを、落ち着かせようと試みる。だが、無駄だった。私の口から、強い言葉が出続ける。

「……別に、本当に大したことじゃないから詳しく言わなかっただけ。夏で薄着ならまだしも、重ね着して着込んだ上からちょっとお尻触られたくらいで喚《わめ》くほうがおかしいでしょう。こんなの女友達にネタで話して笑える程度の災難だよ」

厚着でもこもこしたお尻を触ってなにが楽しいのかね、と酒の肴《さかな》に笑って流せるくらいの些細《ささい》な出来事。背中を押されて足をひねったことは、「うわー最悪。災難だったね」と言って慰《なぐさ》めてくれるレベルだ。そんな彼女たちに甘えて、「可哀《かわい》そうな私にデザートご馳走《ちそう》して！」とおねだりし、足の痛みが消えると同時に記憶から消えているくらい、どうでもいいことのはず。

やっぱり、どう考えても真剣に怒られるようなことを、私はしていないだろう。

なんで被害者の私が説教されなきゃいけないの？

だんだん苛立ちが募《つの》ってくる。

「厚着していたら気にならないのか。見知らぬ男に身体を触られたのに、笑って流せる出来事だと？　それなら君は誰に触られても許せるんだな」

「自分のことは棚に上げて、そんなこと言う権利があるの？」

イライラが止まらない。

散々振り回されて、心がかき乱されて。あげくのはてに、放っておいてくれればいいことをしつこく構ってくる。

私の態度が気に入らないなら、勝手に呆れて幻滅すればいい。

私は誰かの思い通りに動く女じゃないし、忠告を受けたって自分が納得しなかったら従わない。

Ｊが私を通してなにを見ているのかわからないけど、私は嘘はついても、自分を偽るようなことは絶対にしない。今までも、これからも。

「私の意志を無視して無理やりホテルに泊まらせて、無茶苦茶なことをしているのはどっち？　出会いから今までなにもかも強引で、非常識にもほどがある。自覚はあるんでしょうね？　恋人でもないのに許可なく私の身体に触るなら、自分だってチカンと同じじゃないの」

「同じじゃない。俺はニナが可愛くて愛しくて触りたいから触るんだ。性欲のはけ口に誰でもいいから触るような、下劣な男と一緒にするなっ」

ビリリ、と空気が震えた。声を荒らげたわけじゃないのに、気迫が凄くて気圧《けお》されてしまう。

荒々しく高ぶっていた感情が一瞬凪《な》いだが、言われたセリフを咀嚼《そしゃく》すると、自分勝手すぎて苛立ちが再燃する。

感情が制御できない。

けれど、カッとなったまま言い返したら惨《みじ》めになるだけだと、奥歯をギリッと噛んで必死にこらえる。

Jの右手が、私の手首を掴んで持ち上げた。コートの上からギュッと掴む手は大きくて、私の腕なんて余裕に握れるサイズだ。ほんの少し力を入れただけで、私の腕は痛みを覚えるだろう。

「見ろ。ニナの手はこんなに小さい。手首も腕も細くて、少し握っただけで折れそうだ。華奢《きゃしゃ》な肩に細い首。大人の男が君を傷つけるなんてとても簡単だ」

見せつけるように、手首から腕に掴む位置を変える。全然力が入っていないみたいなのに、その圧迫感に顔をしかめた。

「君には自覚が足りない。男が本気になれば、武器も持っていない女性に乱暴を働くのはたやすい。どこかで見知らぬ男が君に恨みを抱いて、ストーカーになったらどうする？　今日みたいに、きっかけは電車のチカンで本人が悪いというのに、足を踏まれたとか訳のわからない逆恨みをする男だって、世の中には存在するんだ」

「なら大人しくしてればいいってこと⁉」

「そうは言っていない。無茶をするなと言っている」

意味がわからない。

頭は冴えているのに、心の中が嵐になったようだ。不快の波に呑まれて、自分を見失いそうになる。

もうヤダ。これ以上醜態《しゅうたい》を晒《さら》す前に、とっととこの場から離れたい――

俯《うつむ》いて視線を逸らしたまま、掴まれている手の自由を取り戻そうとした。

「……離して」

「ダメだ」

「いいから離れてよ」

「君が認めたら手を離す」

なにを言っているの？

ぐちゃぐちゃな心を映した私の目を、彼は真っ直ぐに射貫いた。

「君は弱い。とてもか弱い女性だ」

「っ……！」

手が自由だったら、迷わずＪの頬を叩いていた。その発言は、私にとって侮辱に近い。

「なにそれ。か弱いってなに？　非力で力が弱ければ、か弱いの？　そんなの大きなお世話だよ。

大人しく黙ってることなんてできないし、泣き寝入りなんて絶対にしない。おかしいことはおかしいって言うし、嫌なことには従わない。強がりでもいいから自分はなにも気にしていない、大丈夫だって思わなければ、生きていけないじゃない。いちいち傷ついて怯《おび》えていたら、呼吸ができなくなる」

仕事で嫌なことがあったって、毎日仕事に行かなきゃ生きていけない。

職場の人間関係に悩まされる人が大勢いる中、私はとても恵まれている。親戚が経営する事務所は居心地がいいし、同僚や先輩たちも人がいい。パラリーガルは弁護士の補佐業務が主な仕事だから、私が直接法廷に立つわけでもない。ストレスは溜《た》まっても、それがずっと継続するわけじゃない。

毎月決まったお給料がもらえて、ひとり暮らしができて、おいしいお酒が飲めて。

不満なんて言ったら罰があたる。

職場でも家庭でも、問題を抱える人は多いけど、それなりに好きに生きている私は妬《ねた》ましいくらい平和だろう。

でも、だからと言って、嫌なことに遭遇しないわけじゃない。

だけどそんなの、いちいち気にしていたらキリがない。心のガードを強くして、笑顔の鎧《よろい》をまとってさらりと受け流す。

これらはみんな、社会人になって身につけた防衛術だ。

別にいつも、今日みたいな出来事に遭遇するわけじゃない。今日はたまたま運が悪かっただけで、チカンなんてここ数年遭《あ》ったこともなかった。

か弱さなんて捨てて逞《たくま》しく生きるおひとり様のアラサー女は、鎧《よろい》も防護服も常備している。つけ入る隙なんて見せないし、怯《おび》えだって見せるものか。

だって一度鎧《よろい》が壊れたら、簡単には修復できないから。

「力では男に敵《かな》わなくても、言いなりになんてならない。変質者に襲われたら股間を蹴り飛ばしてやるし、露出狂に遭遇したら大笑いしてやる」

「ニナ」

「自分の身は自分で守るしかないじゃない。だから法律を勉強して、女でも侮《あなど》られないように知識をつけてるの。いざとなったら、法の力で守ってもらうために。いくら男女平等を唱《とな》えたって、人の根っこも社会も、そう簡単には変わらないわよ。先進国のアメリカだって、男女の賃金は同じじゃない。世界には、女性の社会的地位も立場も低くて、教育だって満足に受けられない国がたくさんあるのが現実よ」

「ニナ」

「Jが言う通り女は弱いわよ。でも弱さを認めてしまったら、生きるのが辛くなるの！」

もう、自分がなにを訴えているのかわからない。私がなにに対して怒りを抱いているのかも。

ぐちゃぐちゃな思考回路のまま、思いつくまま吐き出す。

私は認めるわけにはいかない。か弱くて、誰かに縋《すが》らないと生きていけない女だなんて、絶対に認めない。それを認めてしまったら、今までの自分の人生が、全部否定されてしまう。

「悪かった。君を傷つけるつもりはないんだ」

そっと目の下に指が添えられる。

感情が高ぶるあまり、自分でも気づかぬうちに涙を零《こぼ》していたらしい。どうりで視界がぼやけると思ったら、まさか男の前で泣くなんて――

自分の失態に呻《うめ》いた。

手を離したJが、私を抱きしめる。

嗅《か》ぎなれてしまった彼の匂いに、ドクドクと速まっていた鼓動が落ち着きはじめた。

背中をポンポンと叩かれ、宥《なだ》められる。

ぐずる子供をあやすような感じで、面白くない。

「ニナが今までひとりで頑張ってきたことを否定するわけじゃない。ただ、ひとりで立ち向かうんじゃなくて、もっと周囲の人間を頼りにしてほしいんだ。危ないことには近寄らないでほしいし、困ったことがあれば一番に俺を頼ってほしい」

「意味わかんない……そんなの無理だよ」

人は急には変われない。それに頼れと言ったって、そもそもあなたこの国に住んでいないじゃない。近くにいないのにどうやって頼れと言うの。

不満が声に表れていたのだろう。私を抱きしめたまま、Jは耳元で小さく笑う。

「甘えればいいんだ。私はか弱いんだから、って。俺にやってって頼めばいい。君のためならなんだってしよう。ニナが怖がらなくていいように、君が抱える不安はひとつずつ解消してあげるから」

「……っ、なんで、そこまで?」

「ニナが好きだから」

堂々と「好き」の二文字を告げるJは、抱きしめていた身体をゆっくりと離した。泣いて化粧もボロボロに剥《は》げているであろう私の頬を、そっと親指で撫でる。

優しいその手つきは、本音を言うと嫌いじゃない。

「ニナは？　少しくらい、俺のこと好きになったか？」

少し前までの凍てつく空気はどこへやら。

甘く優しい声で直球に問いかけてくるなんて、奴はいい根性をしている。

「ニナ」と呼ばれるたびに恥ずかしくなるのは何故なの。

ざわざわと、心の奥が落ち着かない。

私の外見じゃなく、内面を見てくれて、強がりも含めて、すべて受け止めてくれるのが嬉しいなんて――認めたくない。

「……嫌い」

ぷいっと顔を横に向ければ、がしっと頭を戻された。これが好きな女性にやる行為なんて嘘だろう。無理やり視線を合わせて至近距離からドロドロの顔を覗き込むなんて、フェミニストとは言えない。

「嘘はいけない。本音を言え」

「強引で乱暴な男性は嫌い」

スッと頭の上にあった手が退《ひ》いた。俺様のくせによくわからない男だ。

「不安はひとつずつ解消するとか言っても今の段階では不安しかないし、なにも覚悟できていないのに気持ちばかり押しつけられるし、挙句の果てに外堀埋められてどんどん逃げられなくさせるし。本気か嘘かもわからなくて、信用できないことばかり」

「全部本気だ。そこは信じろ」

「無理でしょ普通」

相手は出張できているだけで、帰る場所が違う。来週になれば、この国からいなくなるのだ。ここで本気の恋をして、痛い目を見るのはどう考えたって私のほう。

覚悟なんて決まらない。

こんな短時間で、今まで培《つちか》ってきた自分自身を変えることもできない。

慎重になるなと言うほうが無茶な話で、勢いだけで彼の気持ちには応えられない。

なのに、Jは遠慮なくずかずか入ってきて、私を乱していく。心の平穏を返してほしい。

「本当に嫌いなら、君は俺の傍《そば》にいるのも嫌なはずだ。キスだって、本気で嫌ならしない。それなのに、君は俺が与えた服を着て、ご飯を食べて、ともに寝る。嫌いな相手なら、そんなこと絶対受け入れられないだろう？　認めろ、ニナ。君は俺が好きなんだ」

「違う」

「好きになりかけている」

「なってない」

「そんな風に耳を赤くして否定されても信じられない」

そっと、熱を持った耳に触れられた。反射的に身体がピクリと跳ねる。

耳元でそっと囁《ささや》かれる声を遠ざけたくて、グイッと両手を突っぱった。未だコートに包まれた身体を押しのけるように。

「……返品も交換もできないんだよ。私は商品じゃないんだから」

「そうだな」

「やっぱり面倒くさいと思っても遅いんだよ。自覚があるほどに私は面倒くさい女だし、可愛げだって持ち合わせてない。それに冷蔵庫の中身だってすぐ腐らせる」

「面倒なところも気に入っている。第一、君の部屋を見ても離れなかっただろう。あれが本気の証明になるんじゃないか？」

それを言われるとその通りだ。

空き巣と間違えられた部屋と、冷蔵庫の惨状を見ても見放さなかったJ。そこには、素直に驚く。

眉間《みけん》に皺《しわ》を刻《きざ》んだままJを見上げると、彼は蕩《とろ》けるような眼差しで私を見下ろした。その表情は演技と思えず、私の戸惑いが強まる。

……ああ、もう。本当に、どうしてくれるの、この男。

「ニナは嘘つきだから、いくら君に嫌いと言われても傷つかない」

覚悟はまだまだ決まりそうにないのに——

心の秤《はかり》がごとんと傾く。

私の大好きな手が離れてしまうのが惜しいだけだと、思いたかった。だけど……

悔しいけれど、認めよう。

「ッ……ムカつく。責任取りなさいよ、バカ！」

「喜んで」

グイッとJの顔を引き寄せて——

私ははじめて、自分から彼にキスをした。

触れるだけのキスは、柔らかくて熱い。

唇が接触しただけなのに、甘さを秘めている。

深く求めることなく離した唇は、Jが私の後頭部を引きよせて固定したことで、強制的に深いものに変わった。

「……っ、んん……」

性急で貪《むさぼ》るような口づけというよりも、じっくりお互いの熱を分かち合うように堪能する、甘いキス。口腔内を丁寧に暴《あば》かれていくと、身体の奥に小さな火がついた。

さっきは手まで冷えきっていたのに、徐々に快楽の炎がパチパチと爆《は》ぜていく気がする。全身に熱が回りはじめ、身体の芯《しん》が疼《うず》く。

静かに響く唾液音が淫靡《いんび》で、鼓膜を犯す。

お互いの呼吸と口づけの間に漏れる微かな声が、艶《なま》めかしい。薄《うっす》ら目を開ければ、そこには目に毒すぎる端整な男の顔があった。

色香に溢《あふ》れたその目を見て、ドクンと心臓が跳ねる。

「ん、ッ……J、も、ぅ」

離して。いい加減酸欠になる。

彼の肩を両手で叩く。力は入らないが、気づかないとは言わせない。

散々私の口を堪能した彼は、ようやく満足したのであろう。チュッとリップ音を響かせて、それでも名残惜しそうに渋々と私の唇を解放した。

唾液で濡れている自身の唇を、奴はぺろりと舌先で舐める。

そして、私のぽってり腫《は》れた唇に、スッと親指を這《は》わせた。

「蕩《とろ》けた顔をしている」

タレ目を細めてふっと微笑む姿は……ダメだ、直視しちゃいけない。

この笑顔は、恋と疎遠になりすぎていた私には、超強力な栄養剤と同じだ。胃がもたれてしまう。

恋愛絶食状態に急に高カロリーなものを食べたら、食あたりを起こす。

一瞬でエロスな空気を纏《まと》うこの男の恋愛遍歴が少々気になるが、それをつついたら私にまで火の粉が飛ぶだろう。そんなのごめんだ。私の残念な恋愛経験なんて、面白くもなければ、酒の肴《さかな》にすらならない。

重要なのはこの後だ。ちゃんとした大人の恋愛なんて久々すぎてわからないが、これは、あれだ。

普通なら、このままイチャラブモード突入のやつだ。

気持ちが高まってそのままベッドへ……というコース。

まゆりとふたりで、非現実的で実際はありえないって言っていたその状況に近い。

……あれ、どうしよう。もしかしてヤバい？

この甘々で蜂蜜《はちみつ》漬けのような空気は、「もちろん食べてもいいだろう？」って問われているのと同じじゃない？　ここで拒絶したらJはどう反応するか……

それはそれで気になるなと、呼吸を整えながら頭の隅で考えていたら――

気づけば、コートを脱がされかけていた。

「ちょ、ちょっと？」

「なんだ」

「なんで脱がしてるの」

「脱ぐのを忘れてたからだろう」

「自分でできるから！」

もう離れて、ちょっと距離を置いて落ち着け！

一番落ち着かなきゃいけないのは、自分だ。

バクバクと鼓動が速いし、呼吸は乱れているし。動悸で息苦しいせいなのか、はたまたそのほかの原因なのか、顔も熱い。泣いてぐしゃぐしゃになった顔をあの距離から見つめたJは勇気がある。

急激に恥ずかしさが込み上げる。と――

ぐ、ぐぎゅぅぅぅ～。

絶妙なタイミングで、お腹が盛大に存在を主張した。

時計を確認するJに、私は「お尻痛いしお腹も減った」と訴えた。

「もう八時半か。ディナーをすっかり忘れていたな」

時間が経過するのは早い。言い合いに夢中になっていたため、時間のことなんて気にする余裕がなかった。

Jが、テーブルの上に座っている私のお尻の下に腕をいれて移動させる。不安定な身体を、彼の首に両腕を回すことで支えた。

この短期間でお姫様抱っこから子供扱いまで、抱き上げられることに慣れている自分がいる。おかしい。普通に考えてなにかがおかしい。

なのに、タイツのまま床を歩くことは嫌で——。結局私は、大人しくJにソファまで運ばれた。

「ルームサービスを頼むか」

「私が足ひねってるから？　ごめんね、ありがとう」

「いや、それもあるが。泣いた後の君を外に出したくない」

「泣き顔が不細工で悪かったわね。私だって、三十路《みそじ》直前で誰かに泣き顔晒《さら》すのは嫌だよ」

目の下はパンダになっていないだろうか。

一応マスカラは、汗と涙に強いタイプだったはず。お湯でなら落とせるけど、水には強いとか。

あのパッケージのうたい文句を信じよう。

「言葉を伝えるのは難しいな。ニナの泣き顔がセクシーで色っぽかったから、ほかの男に見せたくないだけなんだが」

「は？」

いや、なに言っちゃってんのこいつ。

すっかり空腹に気を取られていたのに、Jの直球すぎるセリフに、急に恥ずかしさが戻ってくる。

甘やかな空気が再び到来しそうな気配におののく。

「そ、そんなことより、Jはなに食べる？　私もうお腹ぺこぺこ」

「そうだな、俺もぺこぺこだ」

私の必死の話題の転換に、Jはちゃんと乗ってくれた。

それにしても、いい歳した大人の男性が、お腹ぺこぺこという表現を使うのはちょっと可愛いかもしれない……

って、ダメだ。頭の回線がおかしい。

自分からキスするなんて柄でもないことしたから、未だに混乱している。

近くにあった日本語と英語で書かれているルームサービスのメニューを、グイッとJに押しつける。そして彼に決めるよう促《うなが》すと、Jはメニューを持つ私の手を掴み、空いた手の甲にそっと口づけた。

「早くニナが食べたい」

「……ッ！」

一瞬で顔が沸騰する。

なんでそういうことをさらっと言うの。

内心どなりつけたくなったが、そんな私の心情をお見通しなのだろう。彼はクスリと笑い、「まだ我慢する。先に腹を満たそう」と言って頭にポンと手を置いた。

腹を満たした後はどうするつもりなんだ……と問いかけるのは、危険なのでしない。愚問すぎる。

大人になってからの久々の恋愛は、距離感が掴めなくて困ってしまう。

電話でルームサービスを注文すると、それほど待たされることなく料理が運ばれてきた。

ダイニングテーブルの上に載せられた食べ物とワインを堪能し、デザートまで貪《むさぼ》る。

おいしい。

部屋まで運んでくれるなんて贅沢《ぜいたく》なサービスは体験したことなかったけど、これはすごく楽でいい。見られても大丈夫なように、部屋の中は多少片づけておく必要があるが、ここのリビングの部屋は散らかっていないし、ルームクリーニングも入っている。

ちょうど食べ終わった頃、部屋の電話が鳴った。ホテルのフロントから、クリーニングに出した服を持ってきてくれると連絡が届いたのだ。

クリーニングを届けてもらうついでに、ルームサービスのお皿などを回収してもらう。

のんびり食後のワインを飲んで、気づけば二十二時近く。胃が満たされて眠くなるなんて動物みたいだが、人間だって動物だもの。本能に従いたい。

お風呂に入るのもいいけれど、このままふかふかのベッドで眠るのもいい……

——なんて一瞬甘い誘惑に負けそうになったが。

当然のごとく、現実は甘くはなかった。

「ニナ」と蕩《とろ》ける美声が耳に届く。

「そろそろお風呂に入ろう。怪我してるとお風呂に入るのも大変だから、俺がちゃんとヘルプする」

ギョッとして見上げると、その表情は夜も遅いというのに輝いていた。

長い足を組んでソファに座り、ワイングラスを傾ける姿はものすごく様になっている。それなのに、発言がダメだ。ありがた迷惑を通り越して、これは断固拒否案件だ。

プルプルと首を左右に振り、「無理無理無理無理」と呪文のように唱《とな》えた。

「ヤダ、絶対無理！　お風呂はひとりでリラックスする場所でしょ。誰かと一緒なんて、のんびりできない！」

「ふたりでリラックスしてはいけない決まりはない」

「私がリラックスできないし！　ヤダ、恥ずかしいから嫌」

全力で抵抗する私に、Ｊは艶然《えんぜん》と微笑みながら近づいてくる。その笑みの黒さに、思わず口から「ひっ」と小さな悲鳴が漏れた。

「ニナは本当に可愛いな。そんなに必死で嫌がられると、もっとその顔が見たくなる」

「とんだドS発言！　ゲスい思考やめてよ」

しかし、拒絶もむなしく、ゆっくり近づいてきた彼にひょいっと抱き上げられる。横抱きで連れて行かれるのがどこかなんて、この状況からじゃ一か所しかなくて……冷や汗が浮かんだ。

「待って、待ってＪっ！」

「大丈夫だ、少し待ってろ。お湯を溜めてくる」

即バスルーム、ではなかったことにとりあえず安堵すべきかどうかは判断に迷うところではあるが、彼はまず、私をベッドの上に寝かせた。そして、チュッと額《ひたい》にキスを落とし去って行く。

どこの外国人だよ……と思ったが、奴は正真正銘外国人だった。

日本人でナチュラルにこんなことをする男と遭遇したことはない。普通の日本人がやったらドン引くだろう。ああ、もしかしたら従兄《いとこ》あたりはやっていそうかも。

「まずい、この展開はまずいって……」

今朝Jに確認された通り、今の私は色気もなにもないベージュのブラジャーを着用中だ。もちろんパンツは着心地重視。しかも色は統一されていない。そして下準備が皆無《かいむ》だ。

ここはなんとしてもひとりで入る方向で……！

腕まくりをしたJが戻ってきた。その理想的な腕のラインに目が釘づけになるが、ここは我慢だ。

真っ直ぐ近づく彼に、私は精一杯のおねだりというものに挑戦することにした。

「あのね、J。日本では未婚の男女が一緒にお風呂に入るのは、ふしだらだって思われるの」

「フシダラという言葉がわからないな。それに、他人にどう思われようが関係ないと、君なら言いそうだが？」

日本語は難しいとか言い出したJは、完全に私をからかっている。

ここで引いたら負けだと、よくわからないがとにかく勝負の鐘が鳴った。

「素肌を見せるのは夫になった男性だけなんだよ。Jはまだ恋人でしょ？」

プロポーズはされているが、その件については頷いていないので、恋人のはずだ。

「ニナ、日本の文化を散々調べた俺に、嘘を言っても通じないぞ」

チッ。思わず舌打ちしそうになった。

どうやら私に嘘っぱちを教えられないように、彼も学習したらしい。

こうなったら、直球でお願いするしかない。恥ずかしいけど、私のありのままの身体を見られるよりはマシだ。

ベッドに腰掛けたままJを見上げて、懇願《こんがん》する。

「……お願い。恥ずかしいの。お風呂で身体を洗ってるところは見られたくない。Jには綺麗になった私を見てほしいの」

自分で言ってて痒《かゆ》いな……。思わず視線を逸らしてしまう。

だが、それが本気で恥じらっていると捉《とら》えられたらしく、彼はぐっと押し黙った。

眉間《みけん》に皺《しわ》を刻《きざ》む彼の手をギュッと握り、とどめを刺す。

「お願い。今日も私を抱き枕にしていいから……」

自分でもちょっと違うんじゃないかと思わなくもないが、口から出たセリフは撤回できない。

Jは深く息をはき、「このまま押し倒したい」と不穏な言葉をぼそりと呟いた。

びしっと私の身体が硬直する。

「……わかった。ただし着替えは俺が用意する。浴室のバスケットに入れておくから、ドアに鍵かけるなよ」

「うん、でも覗かないでね」

ツルの恩返しとか、今度日本の昔話を教えるのもいいかもしれない。もちろん自分に都合よくアレンジして。

そうしてもぎとった、ひとり入浴の権利。十分身体を磨き上げて、鏡に映る自分を見つめる。

「ヤバい、緊張する……どうしよう」

生娘《きむすめ》でもあるまいし――と思いつつも、何年もご無沙汰《ぶさた》だった私はセカンドヴァージン状態なんじゃないだろうか。

痛かったらどうしよう。

いや、むしろ体格差からして痛くないわけがない気がしてきた。

いろんな感情がぐるぐる回る中、バスタオル姿でJが用意した着替えを持ち上げる。

先日寒いと訴えた透け感たっぷりの黒いレースのベビードールに、同じくレースのブラジャー。

その上には、ちょっと上品なガウンが乗っていた。

眩暈《めまい》がする。ブラジャーなんてブラの機能を果たしていないただの薄い生地だけだ。これをつける意味はなんなの。

「マジで？　これ着るの……？」

Jの性癖をちょっと疑った。

足の痛みはほとんど感じないけれど、念のため駅員さんにもらった湿布《しっぷ》を貼ることにした。

素足のまま、脱衣籠の隣に置いてあったスリッパを履く。

Jはよく気がつく。スリッパの存在もしっかり覚えててくれてそこはありがたいと思ったのだが、このエロエロしいランジェリーの趣味はなんなのだ。バスタオルを身体に巻きつけたまま唸《うな》る。

こんなのはセクシーでスタイルのいいお色気美女が身につけるもので、どう考えてもセクシーさとは無縁の私には似合わない。

大事なところだけ隠している黒いレースのおパンツは、両サイドが紐《ひも》だ。リボン結びにするやつ。サイズ調整ができて便利といえば便利だが、違う意味でも便利すぎて困る。お尻は半分隠れるのがやっとで、後ろの中央には黒い蝶のモチーフときている。

「紐《ひも》パンとかはいたことないんだけど、なんてもの用意するんだあのタレ目エロ……」

手触りはいいが心もとない面積のレースが、お尻を覆う。ちょっとムズムズする。

覚悟を決めて手に取ったブラジャーは、これまた高級そうなレースをふんだんに使ったセクシーなやつだ。つけてみれば、サイズはピッタリだった。

そしてワイヤー入りだけどパッドは入っていない。私のそれなりに大きな胸の形がそのまま表れるそれは、着心地はよくても機能的じゃない。これはなんのためのブラジャーなんだ。

ブラの上に着たベビードールも、すべて私のサイズぴったり。

シルクのガウンは、肌触り抜群だった。長さはひざ下。着ないよりはマシとはいえ、プレゼントのラッピングみたいで恥ずかしさが込み上げる。

あああ……！　これから抱かれに行きますって言ってるようなもんじゃない！

……このまま風呂場に立てこもっていたい。

半ば本気で考えたが、Jが「遅い」と乗り込んできたら怖いので、観念して扉を開けた。

リビングのソファに座っている彼は、ノートパソコンを開いている。その真剣な眼差しから、おそらく仕事をしていると思われる。もしかしたら仕事が片づいていないのかもしれない。

その可能性は十分ある。だって彼は、出張できているんだから。

……その割には夕食を一緒に食べることが多いけど。接待とか会食とかないのかしら。

しかし仕事なら仕方ない。私は邪魔するべきじゃないだろう。

気持ちを誤魔化しきれなくなったのがつい数時間前のこと。一応両想いというやつになったけど、やはりその日に身体の関係になるのは早すぎる。

ハグをしてキスをして、同じベッドに同衾《どうきん》して……という、普通で考えたら既に恋人同士のようなことはしていたけれど、それとこの先は別だ。がっついてる若者じゃあるまいし。気持ちが通じたらすぐに合体というのは、ちょっと待とうか。

今夜はこのままゆっくり寝る方向に持って行こうと考えていると、Jがふと顔をあげた。

「ニナ。風呂から出たのか」

表情を緩《ゆる》めてふっと微笑んだJは、上から下までさっと私の姿を確認する。

「足は大丈夫か？」

「痛みは別にひどくないけれど、念のため今夜は湿布《しっぷ》をしておこうと思って」

「そうだな。そのほうがいい」

手招きをする彼に、恐る恐る近づいた。国家機密情報とかがパソコン画面に表示されていたら嫌なので、彼のパソコンは視界に入れない。

仕事中かと問えば、彼は大手有名オンラインショッピングサイトを見ていたと答えた。仕事じゃなかったのか。しかし何故この時間にそんなものを？　ほしいものがあったのだろうか？　……なんて疑問は、すぐに解消された。

「うっかりしていた。まさか足りないとは思わなかったんだ」

「なにが？」

小首を傾げた私に、Ｊは小さなパッケージを三個ほど見せた。

四角いそれは、はて。なんだっけ？

気づいた途端、盛大に頬が引きつる。

「手元にコンドームが三個しかない。これじゃ足りないからすぐにオンラインショップでオーダーしようかと思う」

「いや、別に注文しなくても普通にコンビニとかで買えるんじゃ？」

耐えきれなくなって、つい口を挟む。決して〝あなたにたくさん愛されたい〟という願望からじゃない。

しかしＪは、嘆息して緩《ゆる》く首を左右に振った。

「ダメだ。恐らくサイズが合わない」

「……………」

このときの私の行動は素早かったと思う。

足首の痛みなんて忘れて、瞬時に一番近くの扉に飛びついた。

身体を隙間にねじ込み、勢いよく扉を閉める。

が、コンマ一秒速く、隙間に障害物が割り込んだ。

「ニナ？　何故急に逃げる」

「ギャー！　デジャヴー！」

寝室の扉を引く私とJ。隙間に入ったのは革靴をはいた彼の足。

いつの日だったたか、こんな攻防戦がなかったか。そう、つい先ほどまで私がいたあのバスルームで。

「ベッドルームにこもるなんて積極的だな？」

「ひっ！　違うから！」

「君は本当に失礼で飽きさせない。逃げれば逃げるほど追いかけたくなる男の性《さが》を理解していないのか」

「逃げたくなる女性の心理を理解していない男がなにを言う！　やーだードア引っ張らないでよ」

「大人しく開けなさい。ドアが壊れたらどうするんだ」

ピタリ。思考が一時停止する。

〝弁償〟の二文字が浮かび、手の力が僅《わず》かに抜けた。

もちろんJがその隙を見逃すはずがない。あっさり扉が開かれてしまう。

「あ、ぅ……っ」

「まったく、手間をかけさせるいけない子だ」

ふわりと抱きしめられて、そのまま持ち上げられる。呆れたため息をついたくせに、その声音《こわね》は思いのほか優しくて甘い。

唐突に落ち着かない気分になった。この甘さを霧散させたくて仕方がない。

先ほども散々キスをしたけれど、このドタバタを一瞬でそんな空気に変えるなんて、つくづく侮《あなど》れない男だ。

「で？　逃げた理由は？」

「……いきなりゴム三個で足りないとか言われたら、逃げるでしょ」

「何故だ。足りないだろう。一晩で三個ならまだしも、三日で三個なんて。一日に一回しかできないじゃないか。君が可愛く啼《な》いてよがる顔は見られても、可愛がれる回数が減る。俺が我慢できない」

「……」

さらりとこんなことを言うところが私が逃げる所以《ゆえん》だと、どうして気づかない。

こんな風に、直接的かつ積極的に求められるのに慣れていない。それがいつになったら通じるのだ。

「日本サイズが合わないなんて言われたら、ヴァージンじゃなくてもヴァージンと同じような女子は引くから」

どんなのを隠し持っているんだ。気になるけど、絶対に訊けない。訊いたら最後、激しく後悔するはめになるのは明らかだ。

私を持ち上げたままその場から移動しなかったJは、先ほどより若干低い声で「君のはじめてを奪った相手はどこのどいつだ」とか、わけのわからないことを言いだした。

「今そんな話してないよね？」

「ニナのはじめてを奪った男に嫉妬《しっと》する。もちろん、今後ほかの男には指一本触れさせないがな。恋人はここ数年いなかったんだよな」

「数年どころじゃないけどね」

タレ目エロからヤンデレ臭を感じたけれど、きっと気のせいだ。そんなものが三次元に生息してちゃいけない。

最後に恋人とセックスしたのがいつだったかなんて、さっぱり思い出せない。

少なくとも五年、恐らく十年近くはないんじゃないかな……。元々性欲は弱くて淡泊だというのもあるけど。

「それならたっぷり潤《うるお》してほぐさないとな。ニナが傷つかないように」

「いや、だからやっぱりちょっと待とう。今夜はもう遅いし、むしろ付き合いはじめたその日にっていうのは情緒に欠けるというか……」

「却下。散々待たせておいて、さらに待てと言うのか。無理に決まってるだろう。こんなにおいしそうなご馳走《ちそう》が目の前にいて、襲いかからない男はいない」

また堂々とすごいことを言い切ったよ。

襲いかからない草食系の男性は大勢いると思うけど、肉食のＪにはわかるまい。

彼は私を抱き上げたまま歩き出し、浴室のほうへ近づいていく。

ちゃんと浴槽も洗ったし、気になるところはないはず。忘れ物をした覚えもない。

私を抱いたまま連れていくことが意味不明すぎて、なにがしたいんだろうと思っていたら、黒い笑みを浮かべたＪが、自分も風呂に入ると言い出した。

「そうだね、それがいいよ。ちゃんとシャワーじゃなくて温まってね」

「ああ、ニナもまた入るか」

「今出たばかりなんだけど？」

「だが君の姿が確認できなければ、安心してバスタブに浸《つ》かれない」

……ん？

不穏な予感がする。

「君はすぐ逃げるからな、今みたいに。また目を離した隙に逃げるかもしれないだろう？　どこかへ行ってしまう不安を抱えたまま風呂に入ることはできない」

「つまり、私を連れ込むと？」

「そうだ」

「ヤダ、ちょっとなんでいきなり脱ぐの！」

信じられないが、彼は本気だった。

「脱がないと風呂に入れないだろう」

「じゃなくて、ちょっと待って、私外で待ってるから！　ソファに座ってテレビでも見てるし」

「ダメだ。ニナは嘘つきだから信用できない」

嘘つきはお互いさまだがな。

自分の言動を振り返ると、Ｊが信用できない理由もわからなくはない。が、それでは困る。激しく困る。

上の服を脱ぎはじめた彼は、私がバスルームに入らなくても自分の視界に映っていればそれでいいと言い出した。

「なにその変態プレイ。見てろって？　Ｊがお風呂に入ってるところをずっと見てろって？」

「なにも不思議なことじゃない。うちの国ではどちらかが入らなくても、パートナーはその場にいて会話を楽しむ」

「え、嘘でしょう」

「本当だ。文化の違いだ。諦めろ」

上半身裸になったＪが私に向かって意地悪く笑う。

彼の出身国がどこかわからないため、調べようがない。

文化の違いだと言い切られてしまえばそうなんだと鵜呑《うの》みにしそう……

って、やっぱりそれもおかしい。

夫婦ならまだしも、交際数時間で相手のお風呂を公開覗き見って、どんなプレイなの。

「っていうか、私とんだ痴女《ちじょ》じゃない」

扉の前に椅子が用意された。これでは、大きなバスタブが嫌でも目に入ってしまう。

ここで彼がお湯に浸《つ》かりリラックスしているのを見るというのは、ほのぼのとした光景に見えそうだが……実際は淫靡《いんび》すぎだ。せめて入浴剤で色をつけるとかならまだしも、それをする気配もない。ザバッと上がったら、その瞬間に全部丸見えになる。

「無理、いきなり明るいところで裸を見るのも見られるのも、恥ずかしくて無理っ」

「俺は恥ずかしくないが？」

「それこそ文化の違いだよ！」

多分。

まゆりなら、「自分の裸を見られるわけじゃないなら、とりあえず見ておけば？　目の保養に」とか言いそうだが。腹筋と上腕二頭筋だけで鼻血が出そうなのに、ズボンの下に隠れた立派なものを直視したら、多分目が回る。

あ、そうか。見なければいいのか。

「目隠しするならここにいてもいい」という妥協案をなんとか呑んでもらった。

「目隠しか……。まあいい。それはそれでそそられる」

……私の長い夜は、まだまだ終わりそうにない。

チャプン、ピチャン。水音が跳ねる音が浴室に響く。バシャンと一際大きく跳ねた音は、きっと彼がお湯に浸けていた腕を上げたのだろう。

熱気がこもる浴室だけど、換気扇が回っているのでそれほど蒸してはいない。視界が閉ざされている状態というのは、ほかの五感が敏感になるようで、些細《ささい》な音が異様に大きく聞こえてしまう。そのたびに、ドキッとする。

Jが私を見つめる視線も、肌に感じる。見えないのに見られていることはわかるなんて、人間も動物的ななにかが強いらしい。

「ニナ」

艶《つや》めいた声で、彼が私の名を呼んだ。

びくり。肩が震えたのを見とめたのだろう。彼が微笑む気配を感じる。

「なにをそんなに緊張しているんだ？　まるで今にも食べられそうにびくびくしている」

「びくびくなんて、してないし。ただ、なんかこう……、もう、黙っていられると居心地悪いからなにか喋《しゃべ》ってよ」

「俺はこのままでも楽しいが、確かにもの足りないな。とりあえずそのガウンを脱いでみたらどうだ？」

「は？　や、ヤダ！」

ガウンを脱げば卑猥《ひわい》な下着姿になるではないか。

ベビードールとレースのブラにショーツ。明るい電気の下で見られていい格好ではない。ガウンの襟元《えりもと》をギュッと握り、首を振る。むしろいっそのこと後ろを向いていたい。

「Jのエッチ」

ぼそりと呟くと、彼の声が弾んだ。

「エッチ、エッチか……。いいなそれ。可愛い。もっと言って、ニナ」

「ヤダよ！　ちょっとさっきからどうしちゃったの？　ネジが一本飛んでる！」

「飛ばした記憶はないが、浮かれている自覚はある」

「浮かれて変態発言するのはやめて。全部本気に聞こえて怖いっ」

「ニナ限定で変態になるのも悪くない」

開いた口が塞がらない。目隠しをしたまま、私の頬は盛大に引きつった。

変態宣言をされて喜ぶ女子はいるんだろうか。少なくとも、私は喜ばない。

そもそも変態が世界共通語になりつつあるのが恐ろしいんだけど。なんでそんな日本語を知っているんだ。

「わ、私、やっぱり外に行く」

Jが湯船から上がるよりも早く、逃げることにした。途中までは付き合ったんだからもう十分だろう。最後までここにいる必要はないはず。

椅子から下りて後ろを向いたと同時に、目隠しを取る。彼がなにか言う前に、一目散に逃げ出した。

バスルームから出ると、冷えた空気がすっと頬を撫でる。妙に緊張を強《し》いられたあの場から脱出できたことに、ほっと安堵の息が漏れた。バクバクする心臓も、赤みのある頬も落ち着いてくる。

「まずい、マジで外に逃げたくなってきた……」

その後が怖すぎるから、そんなことはできない——だけどこれからのことを考えると、素面《しらふ》じゃ無理だ。今日はまだ、ワイングラス一杯しかアルコールを摂取していない。その程度じゃ酔うにはほど遠い。

Jが出てくるまでお酒を飲もう。

冷蔵庫を開けてビールを取り出し、喉を潤《うるお》わせる。火照《ほて》った身体にビールがしみ渡る。

あまりテレビを見るほうじゃないけれど、電源をつけて適当に番組を見た。お笑いやバラエティー番組にチャンネルを合わせるが、内容が頭に入ってこない。

ソファで膝を抱えながらドラマを眺めても、途中からじゃストーリーについていけず、結局ニュースに替えた。テレビの中に、クリスマスのイルミネーションが映し出される。

ＬＥＤの光が、街を華やかでロマンティックに演出している。

「クリスマスに恋人と過ごしたことってあったっけ」

渇《かわ》いていた喉にごくごくとビールを流し込みながら過去を思い出すが、恋人たちのイベントを好きな相手と過ごせたことはなかったという結論にたどりつく。

できれば寒い日も好きな人と手を繋いでデートしたいし、おいしいディナーを一緒に食べて笑い合いたい。そんな些細《ささい》なことに憧れたことはあったけど、現実は無理だと諦めていた。だけど気づけばここ最近、それが叶っている。認めるのが癪《しゃく》で絶対に嫌だと思っていた相手は、スキンシップ過多で言動もおかしい俺様だけど、ムカつくことに紳士で憎めない。

私が本気で拒絶することはしないし、結局のところ優しくて甘い。

「なんか本当ムカつく……」

二本目のビールを開けて、胡乱《うろん》な目でバスルームに繋がる扉を見つめる。

ぐびっとビールを嚥下《えんげ》した直後、その扉が開かれた。

タオルで拭い乾《かわ》かしたであろう髪は、まだ若干湿っているように見える。バスローブに身を包んだJは、滴《したた》るような色気を放っていた。

外国人宿泊者が多いホテルのバスローブは、サイズも豊富らしい。

「ニナ」

ソファに座りながらビールを飲む私に近づいてくる。

「なんだかでき上がってないか」と言った彼は、人が飲んでいたビールを取り上げて、最後まで一気飲みした。そろそろお腹いっぱいだったから、別に怒りはない。間接キス、とか小学生みたいなことをぼんやりと思っただけだった。

テレビのニュースに目を向けたJは、リモコンを操作し電源を切る。ただなんとなく見ていただけだったのでなにも思わないけど、ぼけっと眺めていたら彼は私の隣に腰を下ろした。

「どこにもいなかったらどうしようかと思った」

「いなかったらどうしてたの？」

「もちろん捜《さが》す。見つけて抱きしめて、もう逃げられないように腕に閉じ込める」

――こんな風に。

私の腰をぐいっと攫《さら》い、横向きに彼の膝の上に座らされる。彼はギュッと私を抱きしめて、首に顔を埋《うず》めてきた。

「同じ匂いだな」

「ん……くすぐったい」

そこで喋《しゃべ》られると、首筋がざわざわする。指でくいっと襟元《えりもと》を下げたJは、私の肌に軽く吸いついた。唇を離すとき、舌先でその場所をちろりと舐める。その感触に身体が震え、じんわりとした火が灯《とも》った。

「J」

彼を呼ぶ自分の声が、甘さを帯びているのを感じる。

とろんとした私の目は、彼にはどんな風に映っているのだろう。

ふっと小さく微笑んだ彼が、私の額《ひたい》に口づけを落とした。

そのまま瞼《まぶた》、こめかみ、頬、耳の順で、キスの雨を降らせてくる。

その間も抱きしめる手が緩《ゆる》むことはなくて、官能を高めるようにボディーラインをゆっくりと撫でている。焦《じ》らす手つきは優しいけれど、少し物足りない。

彼は私にキスをしながら、するりとガウンの紐《ひも》をほどいた。

さっと手を滑《すべ》らせて、肩を露《あら》わにする。唇に落ちたキスに意識が集中し、自分の服が剥《む》かれていることに思考が追いつかない。ただ触れられる面積が増えたことと、直接彼の体温が伝わってきたことだけをぼんやりと認識した。

Ｊの手が私に触れる。私の大好きな彼の手が、肌をなぞる。

ぞくぞくした震えが身体に走り、ずくんとお腹の奥が疼《うず》いた。

官能が呼び起こされる。

確かな快楽の兆《きざ》しに、私の胸が期待に高鳴った。

「っ、んぅ……、あ、Ｊ……」

「ニナ、見せて？」

リップ音を響かせて唇が離れる。

真っ直ぐに、睫《まつ》毛《げ》が触れ合うほど近くで顔を見つめてから、彼は抱きしめる腕の力を緩《ゆる》めた。

ストンと、腕からガウンが落ちた。肌を覆っていたシルク素材のそれがなくなると、心もとなくなる。自分の格好が今どんなものかを思い出したのだ。

私の身体をじっと見つめる眼差しが熱っぽい。

急に羞恥心《しゅうちしん》が襲ってきて、私は腕で自分を隠そうとした。

「ヤ、見ないで」

「ダメだ。ちゃんと見せて。綺麗だから」

耳元で掠《かす》れた低音ボイスを響かせるのは、本当反則だ。顔が一瞬で赤く染まる。

それほど明るくない室内で、彼の膝の上に乗せられたままベビードール姿を直視される。

やんわりと、身体を隠していた腕を外された。見られるのが恥ずかしくて、私はJの首に両腕を回す。

「ニナ、君の柔らかな胸が押しつけられて、凶悪なまでに扇情的だ」

「ば、バカ……！　なんでも口にするの、禁止っ」

彼が着ているバスローブはそれなりに分厚い。私の身体の感触までは伝わらないはずだ。

でもJの身体の硬さは両腕を回しただけでわかる。がっしりした骨格とか、首の太さとか、腕の力強さとか。

身体の構造も作りも、女性のものとは違う。その逞《たくま》しさにドキドキしないと言えば嘘だった。

「男を惑わす可愛い小悪魔だな」

くすりと笑い、再び口づけられる。

熱い舌が隙間から割り込んで、口内を暴《あば》かれた。快楽を引きずり出すキスは、執拗《しつよう》なまでにゆっくりだ。きっと、私のペースに合わせてくれているのだろう。

秘所を覆っている薄い布が、もうじっとり濡れている。

心もとない布じゃ、私の蜜を吸収できない。

唾液音が次第に大きくなったところで、背中に回っていたJの手がなにかを探っているのを感じた。さっと動いたその手は、見事なまでの素早さでパチンとブラのホックを外す。

キスに集中していた私は、ブラがベビードールを着たまま抜かれたことに気づかなかった。

「あっ、やぁ……、っ！」

「嫌？　嘘はダメだな。こんなに感じているのに」

ベビードールの隙間に手を侵入させて、素肌を堪能するＪ。その手が、私の胸を直接包み込んだ。

彼の掌《てのひら》の中心で、コリコリと硬くなった胸の頂《いただ》きが存在を主張していた。

それをゆっくりと転がし、胸を包みながら揉んで、最後にキュッとつまむ。

「んァッ……！」

「もっとだ。もっと乱れたところを見せて、ニナ」

私の名前を呼びながら、不埒《ふらち》な手が素肌の胸を弄《いじ》る。

背中に回った手もベビードールをまくり上げて、腰を上下にさする。それだけでビクンと反応してしまうのは、彼がもたらす熱に酔いはじめている証拠だ。

「やだ、Ｊ、そこダメ……ん、ああっ……」

「ああ、ちゃんと濡れてる」

私の太ももを割って、指が秘められた割れ目をそっと撫でた。

自分でも湿っているのがわかる。

感じていることを知られるのが恥ずかしくて、Ｊの胸に縋《すが》りついた。

「ここで押し倒すのは今度にしよう。今はちゃんとベッドでニナを可愛がりたい」

いつかソファで襲うつもりなのかとか、突っ込みたいのにそれができない。

甘い空気と彼の色香に、すっかり酔ってしまっている。

もっと彼から熱を与えてほしくて、期待で胸がふるりと震えた。

潤んだ瞳でJを見上げる。

視点の先の顔が情欲に濡れているのを確認して、満足感に近いなにかが胸を満たした。

……求められている。その目は嘘じゃない。

「J……、運んで？」

ならば精一杯おねだりしよう。可愛く、彼が望む小悪魔のように。

私ばかりが翻弄《ほんろう》されるのは癪《しゃく》だから、Jも翻弄されたらいい。私の誘惑など彼に通じるかはわからないけど。

ベビードールとショーツ姿の私を、彼は横抱きにする。

自分の意志で彼に抱き上げられるのは、これがはじめてだった。

「ニナ、今夜は寝かせないから」

とさりとベッドに置かれると同時に、宣言された。ゆっくりと、Jが着ているバスローブを脱ぐ。

現れたのは、目を奪われるほど美しく男性的な裸体だ。私がかねてから見たかった、肩から腕のラインも素晴らしい。

だがもっとも目を奪われたのは、その中心部。

雄々しく反り返った彼の屹立《きつりつ》を見て、私は二度、三度、納得するように頷いた。

「……うん、多分無理」

――今日は無理。

標準はわからないが、明らかに規格外と言える。

寝転がっているのに眩暈《めまい》がして、一瞬宇宙が見えた気がした。

目を逸らしたいのに逸らせないほどの存在感ってなんだろう。

ナイトテーブルのライトしかついていないベッドルームは、適度に薄暗い。明るすぎず、でも相手の表情もわかるちょうどいい光加減。

Jの顔や身体には濃い陰影がついていて、どことなく現実味がない。神話に出てくる神様の裸体のように均整がとれている。触れると体温があるのが不思議に感じるくらいだ。

だけど、正直そこまで立派じゃなくてもいいんじゃないの？

思わずごくりと唾《つば》を呑み込み、ようやく視線を逸らした。元カレのがどんなのだったっけ？　とか思い出しちゃいけない。彼らが可哀《かわい》そうだ。

「心配いらない。ちゃんと入る」

頼りない下着姿で仰向けに横たわる私に、Jが覆い被さる。

私の前髪をどけて、安心させるように額《ひたい》にキスを落とした。

柔らかくて湿った感触と、ざらりとした彼の髭《ひげ》の感触が顔をこする。Jなら髭《ひげ》を生やしてもかっこいいんだろうなと思ってしまうあたり、私の思考もおかしくなっていた。

うっとりと私を見つめてくる彼の眼差しは柔らかで……

いや、嘘ついた。めっちゃギラギラしてる。

獰猛《どうもう》な肉食獣を彷彿《ほうふつ》とさせるほどに。

「信用ならない！　無理、私ひとりエッチとかしたことないし、絶対指一本入れるのだってキツイよ」

「人間はタフだ。女性の身体は柔軟にできている。じゃないと出産なんてできないだろう？」

「ここで出産持ってくるとか逆効果だしっ」

プルプル首を振るが、奴が上から退《ど》く気配はない。それどころか、なにかのスイッチが入ってしまったらしく、「ならしっかり濡らしてほぐさないとな」と言い放つ始末。

「君はただ感じていればいい。余計なことは頭から追い出しなさい」

「自分のそれを余計なことの一言ですませるの」

思わず逃げ腰になっていると、笑顔のJがそれを阻む。

そして私の瞼《まぶた》の上に片方ずつキスをし、耳元でゆったりと囁《ささや》いた。

「いい子だから、暫《しばら》く目を閉じていたらいい。見えないほうがほかの五感が敏感になるだろう？感じるまま流されるんだ」

先ほどの彼の入浴シーンが頭をよぎる。

目隠しをしていたとき、音も肌を撫でる空気の温度も、より敏感に感じ取っていた気がする。

すっと私の傍《そば》を離れたJは、すぐに戻ってきて、先ほど目隠し用に使ったタオルを私の目にあてた。数回折り畳んだそれを、そっと私の後頭部に巻きつける。

きっちり結んだわけじゃないから、頭を揺らせば簡単に外れる。見たくなければ動かなければいいし、相手を見たくなったら動けばいい。

「はじめてが目隠しプレイとか、やっぱり変態……」

「嫌か？　外しちゃダメとは言ってないぞ」

「……な、慣れたら外す」

彼に触れられるのが慣れてきたら、自分の意志で外そう。

「暫《しばら》くニナの顔が見えないのは残念だが、倒錯的でこれはこれで悪くない」

「どこでそんな日本語仕入れてくるの……」

「早くニナの感じきった顔が見たいから、触るぞ」

人の呟きには答えず、Jは愛撫を再開する。

指の腹を使いすっと首筋をさすり、私の鎖骨《さこつ》をなぞった。触れられている箇所が、次第に熱を帯びてくる。

くすぐったいのにぞわぞわして、ぴりぴりした痺《しび》れが走る。

唇をキュッと引き結んでいないと、早くも声が漏れそうだ。

指でなぞった箇所を、今度は柔らかな弾力のものが撫でた。時折漏れる小さなリップ音から、Jの唇が私の肌に柔らかく触れているんだとわかる。

唇と手が同時に私に触れる。肩の丸みを手が撫でて、そこを次はざらりと舐められた。舌の感触がダイレクトに伝わり、指や手とは違った疼《うず》きを生む。

「ニナの全部に触りたい。身体の隅々まで舐めたい」

「え、舐め、って……、ちょっ——、んッ！」

胸のふくらみをJの手が包み込み、ベビードールに隠れていない箇所を舌で舐められる。唾液で肌が濡れる感触がした。

私の胸は両手を使い寄せれば、仰向けに寝ていてもくっきり谷間ができる。それが気に入ったらしく、Jはそこに執拗《しつよう》に所有の証《あかし》をつけはじめた。

「あ、ヤ、待って、つけすぎ！」

「服で隠れるんだから大丈夫だ。ニナの肌にキスマークを刻《きざ》みたい」

この男、過保護なだけじゃなくて独占欲が強いとか、外国製ヤンデレだ。

自分で触ってても特になんとも思わない乳房なのに、彼に弄《いじ》られると、なんとも言えない疼《うず》きと熱が生まれる。

ベビードールの裾からJの手が侵入し、臍《へそ》の上をゆっくりさすって、脇腹を撫でた。

腹筋なんてまったくしていないお腹は、もちろんぷにぷに。寝ている間は平らになっているけれど、起きればぷにっと掴める腹を、Jは愛《いと》し気《げ》に撫でる。

もしかして、筋肉どこだよとか思っているのだろうか。

ベビードールの肩ひもをずらし、Jは器用に下から脱がしていく。そして私の上半身が裸になると、至るところを舐めはじめた。

胸の頂《いただ》きは特に丹念に。飴玉《あめだま》を転がすように舌先でくすぐっては、強く吸いつく。

また反対側の胸の頂《いただ》きは指でつまんで弾《はじ》くとか、容赦がない。

「あ、ひゃあ――んッ、アア……」

恥ずかしさのあまり、手で口を押さえた。

甘ったるい声が自分から発せられたものだと信じたくない。

羞恥《しゅうち》で顔が熱く、心拍数が上がっている。ドキドキが、胸を掴んでいる彼にも直に伝わりそうだ。いや、もう伝わっているのかもしれない。

「ダメだ。ちゃんと聞かせて、ニナ」

「ヤ、だぁ……んぁ、っ！」

抵抗すればカリッと乳首に歯を立てるとか、なんていう鬼畜。甘噛みされたそこはじくじくと疼《うず》いている。執拗《しつよう》に舐められて弄《いじ》られて、きっとぷっくりと淫《みだ》らに腫《は》れているだろう。

身体の隅々まで舐めたいと宣言した通り、彼は全身にキスを落としながらなぞるように私の肌を舌で舐めていった。唇や手の感触の直後に、ザラリとした濡れた肉厚の感触。私の肌なんて舐めたって甘くもないのに、彼は鎖骨《さこつ》から胸、脇腹、臍《へそ》と、くまなく舐める。

そのたびに肌が敏感になっていくのが嫌でもわかった。

意識が舐められる箇所に集中する。手で触れられるより、舌の感触のほうが生々しいからか。臍《へそ》の窪《くぼ》みにチュッとキスを落とされて、腰が反射的にビクンと反《そ》った。

「J、もう、やめ……」

「ここは大事なところだから。ちゃんと愛《め》でないと」

下腹を円を描くようにそっと撫でられた。彼の言う意味がわからず首をかしげるが、目隠しがずれそうになったので慌ててもとに戻す。

彼が今どのような体勢でどんな表情をしているのか、気になるけれど見たらいけない。だって直視したら、きっと私の心臓がもたない——

と、このときまでは思っていたのだが。前触れもなくJが私のショーツを下ろしたことで、思わず上半身を起こしてしまった。

「きゃあ！　待って、まだダメ——」

「待たないし、もう十分待った」

肩をトン、と押されて再びベッドに沈む。ずれた目隠しに、視界が開けた。

私の足を持ってするりとショーツを脱がせたJは、凄絶《せいぜつ》なまでに色っぽくて、目を逸らしたいのに逸らせない。

ひんやりとした空気が、濡れた秘部を撫でる。今までの愛撫で私がどれだけ感じてしまっているのかを見られるのが恥ずかしくて、咄嗟《とっさ》に太ももに力を込めた。

Jに怪我をしていない左足の足首を掴まれ、そのままぐいっと膝を開かれる。思わず、色気のない悲鳴を上げた。

「ヤ、ちょっと、見ないでっ」

「それはできない。君の大事なところだ。ちゃんとじっくり観察して堪能したい」

もはや、ひとつひとつの単語さえ卑猥《ひわい》に聞こえる。

なんなのだこの変態男は。頭のネジをどこで落としてきたの。

ぐしゃぐしゃに丸まったショーツは、ベッドの端に置かれた。あれひとつの値段で牛丼が何杯食べられるかとか、考えちゃいけない。

私のほんの僅《わず》かな視線の動きに気づいたのか、Jは太ももの内側に吸いついたままくすりと笑う。

「後でちゃんと手洗いするから、問題ない。大丈夫だ」

「大丈夫ってなにが……。高級レースがダメにならないって？」

きつく吸いつき、紅い華を散らす彼を、キッと睨《にら》みつけた。

羞恥《しゅうち》が滲《にじ》んでいるためいくら睨《にら》んでも怖くないだろうが、無抵抗よりは断然いい。

Jは赤く色づいたそこをベロリと舐めて、私の太ももを掴む指に若干力を加える。

「ニナの下着をほかの人間に洗わせるわけにはいかないだろう。それは恋人の仕事だ」

「は？　え、なにそれ」

「うちの国ではそれが常識だ」

またしても文化の違いを持ってこられた。そこの国民はどういう常識を持ってるんだよ。本当かどうか確認できないのがもどかしい。

手洗いじゃないとまずい下着を身に着けたのはこれがはじめてで、自分でもどうしようかと思うけども。付き合いはじめたばかりの恋人が、甲斐甲斐しく自分の愛液でべっとり濡れたパンツを洗う姿を想像して、涙目になった。

「も、ほんと、マジ、勘弁して……ッ」

「涙目のニナも可愛い。ぞくぞくする」

掠《かす》れた低音の美声で、なんて残念なことを言うんだ。

変態度が加速する男は、蜜を零《こぼ》すそこを直接舌で舐めた。

「ああ……、ヤぁっ、ダメ――……っ！」

舌先で花芽を弄《いじ》った彼が強く吸いついて、体内で高まっていた熱がパンっと弾《はじ》けた。


これまでセックスで感じたことなんて、記憶にある限りほとんどなかった。

自分から抱かれたいと強く求めたことも、気持ちいいと思うこともない。相手はふたりしかいないから、言えるほど経験はないけれど。

自分が性欲は弱く、淡泊だと思っていたのも、今までの経験であまりいい思い出がなかったからだ。当然、絶頂というものも味わったことがない。

多くはない経験で、達したことも、感じまくって太ももにつたうほど蜜が落ちたこともないのに。

なんでこんなにJに触られるのは気持ちがいいんだろう？

キスだけでお腹の奥が疼《うず》いたり、身体が敏感に反応するなんて、今までは考えられなかった。

きっと私は、はじめての彼氏が自分の理想とは違っていたため、恋愛というものに憧れを抱かなくなっていたのだ。自分で勝手に理想像を作って相手を好きになったのだから、一方的に幻滅するのもひどい話だけれど。

あの頃の気持ちを否定するつもりはないが、その後の恋愛観に影響を及ぼしたのは事実だろう。

恋なんてこんなもの、セックスなんて所詮は男が性欲を満たせればそれでいいんだと、若い男の子の独りよがりなプレイに冷めた感情を向けていた。

つまりなにが言いたいのかと言うと、自分の欲を優先せずに相手に奉仕する男性と関係を持ったのは、これがはじめてなのだ。

身体の隅々まで舐めたいと言った通り、Ｊは私の恥ずかしいところまで舐めてくる。そんな行為も当然初体験。

花芽に強く吸いつかれて刺激されるのは、未知の経験だった。

身体の中で燻《くすぶ》っていた熱が一瞬ではじけ飛ぶあの感覚が絶頂というものなら、私は三十路《みそじ》直前でようやくセックスが愛情表現であり、気持ちいいものなんだと知ったことになる。

Ｊの経験値もあるんだろうけど、好きな相手に触れられていると思うだけで、感じてしまう。

自分の足の間に顔を埋《うず》める美形というのは、背徳感を伴う光景で、見ているだけで蜜がこぽりと溢《あふ》れた。

Ｊの柔らかなダークブラウンの髪が揺れる。

高い鼻が私の花芽を刺激するのはわざとなのだろう。

達したばかりで、身体がベッドに沈む。荒い呼吸を整える間も、Ｊの愛撫は止まらない。

「軽くオーガズムを味わったか」

「……っ、まって、ぁ……」

くたりとしている身体を、ひっくり返される。

うつ伏せにさせられてなにをするのかと思いきや、露《あら》わになった背中を、背骨に沿って、上からすーっと舐められた。うなじから腰の窪《くぼ》みまで、舌の先端を使って。

敏感なときにそんなことをされるのは、たまったものではない。縋《すが》るようにシーツを掴むが、ぴくぴくと無意識に腰が跳ねてしまい手にも力が入らない。

「や、んん、ぁあ――、ひゃあんッ」

Jは背中を舐めつつ、むき出しの肩をさわさわと撫でる。腰のラインやお尻の丸みまで、すべてをさらけ出した状態のまま、彼に丹念に舌で味わわれる。

手が、柔らかな双丘を掴む。

ぐいっと揉まれて、羞恥《しゅうち》から嫌々と首を左右に振った。

「ダメ、もう、やあ――」

「ダメじゃない、舐められて気持ちいいだろう？　ニナの身体は、どこもかしこも柔らかくてすべすべだな」

はあ、と背後で漏らす吐息が、熱くて色っぽい。艶《つや》めいた声は、普段以上の色香を孕《はら》んでいる。

腰を上げてとの要求に、身体が素直に従ってしまうなんて――

すでに私は、思考を放棄している。

快楽に従順になれ。理性なんて忘れてしまえばいい。

気持ちいいことを求めることは罪ではないし、快感に悶《もだ》えることだっておかしくない。

彼が言う通り、余計なことは一切排除して、感じるままに流されてしまえばいい。

肩甲骨《けんこうこつ》の下に口づけられたまま、「ニナ」と名前を呼ばれる。皮膚を通して身体の奥にまで、彼の声が届いた。低く掠《かす》れたバリトンに心が震える。

名前を呼ばれて胸が高鳴るなんて、私の身体は急速に作りかえられている。

「ふぁ、あ……、んっ」

「背中にもたくさん刻《きざ》みたい。ニナは俺のものだって証《あかし》を」

「んああ、噛んだぁ……ッ！」

チクリと、肌を吸われる痛みも、快感に変化する。

甘く噛まれた脇腹には、きっと歯型が残ったことだろう。

腰をグイッと高く持ち上げられて、Ｊの両手で身体が引き寄せられた。枕に突っ伏していた顔を上げて、肘《ひじ》で体重を支える。

お尻の柔らかな皮膚にまで彼は口づけを落とし、一際強く吸いついた。

「ンッ……！」

ああ、もう、どうしよう。僅《わず》かな痛みも気持ちよくてたまらない。

ざらりとした舌で肌を舐められる感触も、彼の唾液に濡れるのも。すべての神経が集中し、身体の熱を高めていく。触られる箇所が熱くて、もっと触れてもらいたくて。

人は本能に従うと、欲が際限なく溢《あふ》れるらしい。

「ジェ、イ……」

「ああ、いやらしくってたまらない。そんなに欲情した涙目で見つめられたら、今すぐほぐしていないニナの中に入れたくなってしまう」

ぎらつく眼差しの奥には、隠しもしない情欲の炎があった。

不敵に微笑む唇と、なにかに耐えるような眉間《みけん》の皺《しわ》。

すべてがセクシーで、見なければよかったと思った。

この眼差しで見られるだけで妊娠しそう……

まさしく生殖行為をしているのだけど、先ほどの彼の行動からちゃんと避妊は考えてくれているわけで。私の理性が失われてもそこは安心できると思っていた。

Jは、計画性のないことはしない。私が本気で嫌がることはしないと誓った通り、取り返しのつかない行為は避けてくれるはず。

コンドームの数に限りがあるため、Jはきっと一回で満足するだろう。

そう思っていたのだが……苦し気に息を吐きだす彼が「一度出すぞ」と宣言した。

「ニナ、足、閉じて」

「……え？　あ、なに？　……ひゃあ！」

足の間、私の秘所に密着して挟まれたそれは、先ほど間近で眺めていたJの楔《くさび》だ。

四つん這いになったまま太ももを閉じ、Jが己《おのれ》の屹立《きつりつ》をそこで前後にこする。性器同士が触れ合い、ビリビリとした電流が身体を駆け巡った。

「ちょ、これ――、あん、ああッ……！」

「まだニナの中には、入れない。とりあえず、気持ちよくなっておこう」

所謂《いわゆる》、素股。挿入されていなくても、疑似体験をしている気分になるアレだ。

されるのははじめてだよ！

心の中で叫びつつも、口から漏れるのは喘《あえ》ぎ声のみ。

熱い杭が花芽をこすって、刺激を与えてくる。十分に潤《うるお》っているそこは、さらに零《こぼ》れた蜜が潤滑油となって、滑《すべ》りをよくしていた。

「J、これ、ダメ――」

「ダメ？　何故」

「だって、気持ちいい……あ、ん、ああ――ッ」

「ああ、気持ちいいな。ニナの蜜がぬるぬるして動きやすい」

「ぬるぬる、って……も、バカぁ」

グイッとお尻を掴まれて、ぐにぐにと揉まれる。身体を支える腕が震えてきた。呼吸が荒く、口から自分のものとは思えない嬌声《きょうせい》が耳を犯す。

もっと足を閉じてと言われ、従ってしまうのは、もはや条件反射なのだろう。

ぐちゅぐちゅ響く水音が、淫靡《いんび》な空気に色をつける。音の威力は計り知れない。お互いの興奮を高める材料だ。

「ここに鏡がないのが残念だ」

熱っぽい声で吐き出す呟きに、疑問符が浮かんだ。

「後ろから貫かれて、快楽に悶《もだ》えながら腰と胸を揺らすニナの姿を堪能したい。ベッドルームに鏡がないのは残念だ」

――ちょうどいい位置にある部屋を探さなくては。

色香溢《あふ》れる声で呟くセリフが残念過ぎた。私は涙目で背後を振り返り、精一杯罵倒する。

「……ッの、変態！」

「ああ、ニナ――！」

掠《かす》れた低音ボイスで色っぽく私の名前を呼んだ直後、すっと楔《くさび》が股の間から抜けて、熱い飛沫《ひまつ》を背中に感じた。

「ひゃあ……！」

「くっ……」

どろりとした白濁の精が脇腹を伝い、シーツにぽたりと落ちる。

身体を支えられず枕に突っ伏す私を労《いたわ》りながら、Ｊが傍《そば》に落ちていたタオルを掴む。

もしやこういうときのために拭けるものを用意したのでは？　とか思うのは、あながち間違いじゃなさそうだ。

「はぁ、あ、ん……ぅ」

「すぐに綺麗にする」

クスクス艶《つや》っぽく笑いながらＪがタオルで白濁を拭うが、乾《かわ》いた布ではすべての残骸を拭きとりきれないようだ。完全に綺麗になるのはお風呂に入るまでお預けかと、ぼんやりした思考のまま思った。

まだ挿入されていないのに、疲労感がすごい。

お腹の奥の疼《うず》きは治まらないし、中途半端に高められた快楽は完全に満たされていないけど、もうこのまま寝てしまいたくなる。

しかし、当然ながら許されるはずもなく――

背中を拭かれた後、仰向けにひっくり返された。

「も、無理……」

「すまない。焦《じ》らし過ぎたか」

違う、そういう意味じゃない。

早く入れて、なんていうつもりで無理だと言ったのではなくて、何度も味わった痴態《ちたい》と絶頂に息も絶え絶えなんだよ。

Ｊは恍惚《こうこつ》とした顔で私を見下ろしてくるが、一度精を吐いたことで余裕が生まれたらしい。

私の両膝を立たせて、ぐいっと押し開く。無抵抗の私はただぼんやりと従うだけだ。

今まで舌で舐められてはいたが、直接手では触れていなかった蜜口に、指を一本くぷりと突き立てられた。

「んぁあ……」

「ニナの中、とろとろだ。随分解《ほぐ》れてきたな。確かに狭いが、これなら二本入りそうだ」

大丈夫か？　と顔を覗き込まれて確認された。

一本挿入された指が内壁をこすり、私の反応を探る。

久しぶりに味わうその感覚に、鼓動が速まった。

何度か軽く達して、少し休みたいと思っていたのに、快楽を呼び起こされれば疼《うず》きが強まる。

もっとほしいと本能が求めはじめるのを止められない。

私の表情を窺《うかが》いながら、Ｊはもう一本の指を慎重に中に入れる。圧迫感で、僅《わず》かに眉根が寄った。だがそれは痛みを伴うものではなくて、ただ押し広げられる感覚に対するものだ。不快感からきているわけじゃない。

「ふぁ、あ……、ジェ、い……」

「熱くて柔らかくて、吸いついてくる。ニナの中、もう少し解《ほぐ》れたら入れるぞ」

そうやって堂々と宣言するなバカ。羞恥心《しゅうちしん》というものがないのか。

視線だけで訴えるが、ないんだろうな……。いい加減私もわかっている。彼に恥じらいという概念が欠けていることを。

でも気遣ってくれる気持ちが嬉しい。

私が嫌がることはしないと言った通り、ちょっとでも拒絶したら、きっと彼は止めてくれるはずだ。

私が思っていた以上に変態だけど、紳士で、面倒見が良くて優しい。

出会って数日なのに、Ｊを受け入れている。長年の知り合いと同じくらい私の領域に侵入しているのに、それが心地いいと思うなんて、少し前までの自分なら信じられない。

未だに本名も彼の出身国も知らないのに、ここまで信用しているとか。どうしちゃったの、自分。

だけどもう、ここまできたら、騙《だま》されててもいい。

だって無理だよ、今さら彼の手を放すなんて。

甘えればいいと甘やかしてくれて、意地を張らずに誰かを頼っていいんだと、優しく抱きしめてくれる。

だけどこの先、帰国したらどうするつもりなんだ。私を散々甘やかしてダメ人間に拍車をかけたあとのフォローはなしか。

――でも、今はもうごちゃごちゃ考えられない。

先のことはわからないし、自分の気持ちに正直に生きられるほど、世の中簡単でもシンプルでもない。

けれど、ただ目の前の熱に縋《すが》りたくなった。

求められることが嬉しくて、その熱を共有したくて。もっと奥まで彼を感じたい。

私に覆い被さるJの背中に手を回す。僅《わず》かに目を瞠《みは》った彼が、甘く微笑んだ。

しっとりと汗ばんだ身体はお互いさまで、それがこの情交を夢なんかではなく現実なんだと伝えてくれる。

「ニナ……」

吐息まじりに私の名前を囁《ささや》く彼は、凄絶《せいぜつ》なまでに色っぽい。

扇情的でセクシーで、私の胸が張り裂けそうだ。

「J、キスして?」

下りてきた唇を受け止める。

柔らかく食《は》むようにお互いの感触を確かめ合うそれは、すぐに深いものに変わった。

唾液を口移しで呑まされても、嫌悪感を感じない。

もっともっとと、与えられる熱に溺れたくなる。己《おのれ》の舌を彼のものと絡めて、私もJを求めているんだと伝えたい。

いつも貪《むさぼ》られるばかりで積極的に主導権を握ろうとしたことはないけれど、今はちょっと頑張ってみる。Jは、器用にキスをしながらくすりと笑った。

上からも下からも、淫《みだ》らな音が鼓膜を犯す。もはや本能以外なにもなくて、ただ目の前の男にもっと愛されたいとだけ願っていた。

頬を片手で固定されたまま、お互いの吐息を奪うキスを交わす。その間Jの指が、ぐちゅぐちゅと私の蜜壺《みつつぼ》をかきまわしていた。

零《こぼ》れる愛液が、恐らく彼の指をふやかしている。

ざらりと内壁をこすり、一際感じる場所をいじられて、私の腰がビクンと跳ねた。

「ここ?」

「んああっ、そこ……、J、もっと……」

「ようやく素直になったな。可愛い、ニナ。もっと乱れて」

「アアッ!」

唇を離して、Jは胸の頂《いただ》きに吸いつく。私の大好きな彼の手が、反対側の胸をくにくにと弄《いじ》りはじめた。そして全体の感触を確かめてから、赤くぷっくり腫《は》れている胸の飾りへ指をのばす。

存在を主張するそこをつままれながら反対は口で愛撫され、もう片方の手で中の感じる箇所をこすられる。

「あっ、はぁ、んん、ぁあ――ッ、ひゃあ、んッ！」

こらえきれない嬌声《きょうせい》が、口から零《こぼ》れた。

絶妙なタイミングで、親指で花芽をグリっと押しつぶされる。ビリビリした電流が身体中を駆け巡り、強制的に再びイッてしまった。

もはや思考は奪われて、ただ気持ちいいことしか考えられない。

触れられるすべての場所が性感帯だ。

今までの自分じゃ信じられないほど、私は彼に与えられる熱に溺れている。

「オーガズムを味わっているニナはセクシーでたまらない。――もう、いいか？」

反射的に頷けば、額《ひたい》にキスが落ちてきた。

ずるりと中から指が抜かれる感触にさえ、小さな喘《あえ》ぎが漏れる。

蜜でテカる指を彼が舐めた。その仕草が色っぽくって、顔に熱が集まる。

埋められていた質量がなくなると寂しい。口で避妊具のパッケージを破るJの姿に、こくりと唾《つば》を呑み込んだ。

両ひざの裏を持ち上げられても、もはや恥ずかしいから見ないでとか、そういった羞恥心《しゅうちしん》は消えていた。

早く奥まで貫いてほしい。こんなに繋がりたいと心から思えたのは、これがはじめてだ。

「J、ちょうだい……」

「ニナ――」

蜜口に熱い塊が押しつけられた直後、想像以上の質量が中を押し広げていく。圧迫感に眉をひそめるが、苦しいと思っても、裂けるような痛みは訪れなかった。暫《しばら》くしていなかったけど、十分すぎるほど潤《うるお》してくれたからだろう。

隘路《あいろ》をぐぐっと進んでいき、私は必死に彼の背中に縋《すが》りつく。

「ふあ、あっ、んん、あああ――……ッ」

「っ、せま、……もう少し、リラックスして」

「む、りぃ……」

奥まで入ったと思ったら、まだ途中だったらしい。彼の額《ひたい》に汗が浮かんでいる。

Jも我慢しているのだ。私を壊さないように慎重に、丁寧に挿入していく。

人間の身体はタフだと言ったのは彼なのに、自分の欲を抑えて私を気遣うところが嬉しい。

しがみつく腕を緩《ゆる》めて、Jの頬をそっと撫でる。額《ひたい》に浮かぶ汗を手で拭《ぬぐ》い、荒い呼吸を整えた。

「我慢、しなくていい、から……もっと、きて？」

「……君は本当に、理性を壊してくれる」

苦し気に呟いた直後。ひと息に奥まで貫かれて、あまりの衝撃で息が止まった。脳天を貫くような震えが走り、酸素を求めた首がのけ反《ぞ》る。

「っ、あ、ああ……」

「はぁ、入ったぞ……」

ギュウッと挿入されたまま抱きしめられて、たまらない気持ちになった。苦しいけど、愛おしい。鼓動が、私の奥深くで響いているみたいだ。

肌を重ねて身体を繋ぐことで得られる充足感を、今、味わっている。満たされるという言葉がピッタリだと思った。

訳もなく泣きたくなる。

目を細めて私を見つめる彼の眼差しが、甘くて優しい。

「ジェ、イ……ジェイ……」

「ニナ……ずっと、こうしたかった」

色香漂《ただよ》う掠《かす》れた声でそんなことを聞かされたら、なにも考えずに頷いてしまう。

中の圧迫感が落ち着いて、彼の屹立《きつりつ》に慣れてきた頃を見計らい、Jが抽挿《ちゅうそう》を開始した。

十分に潤《うるお》っているため、滑《すべ》りはいい。内壁をこすられて奥を突かれる感触に、身体が反応する。

一際感じる場所を重点的に攻められて、私の口からは甘い嬌声《きょうせい》しか零《こぼ》れなくなった。

両足を抱えられて正常位で貫かれる。ついさっきまで、受け入れるのは絶対無理！ と思っていたのに、女体の神秘だ。

あんな大きなものが私の中に納まっているなんて、不思議でたまらない。そして身体が慣れてくると、自然と彼の精を搾り取ろうとする。膣壁が収縮し、彼を離さないよう絡みつけて締めた。真上から落ちる微かな喘《あえ》ぎに、胸が高鳴る。

「ッ……いけない、ニナ、あまり締めるな」

「わ、かんな……あ、んぁあっ」

ずちゅん、ぐちゅん。

淫靡《いんび》な音と香りが室内に充満する。獣のように興奮し、はぁはぁ零《こぼ》れる呼吸が荒い。

身体の奥から熱くてたまらない。

高まりすぎた熱を解放したいのに、ひとりでイクのは嫌だと思った。

その直後、繋がったまま身体が起こされて、気づけば抱きしめられている。

正常位から対面座位へ。

自分の重力で深々と彼の剛直を受け入れてしまい、子宮口にまで届いているんじゃないかというほど深くくわえ込んだ。

ぐいっとJが私のお尻を引き寄せて、余計その繋がりが深まる。

「あああッ、ジェエ……ん、んんっ」

「もっとニナを感じたい」

そう言って彼が、私の唇を塞ぐ。

この体勢だと、正面から抱きしめられることになる。口づけもしやすいし、より密着度が上がる。

胸全体がJの胸板に押しつけられて、潰される。

胸の先端が彼の筋肉質な胸板にこすれる感触も、気持ちよくてたまらない。

快楽で脳が麻痺《まひ》している。身体も心も、彼から与えられる甘い蜜に酔っていた。

気持ちいいという感情が脳を支配し、なにも考えられない。もっと、もっとと貪欲にJを求めて、与えられる口づけにうっとりと瞼《まぶた》を下ろした。

「ニナの好きなように動いていいんだぞ？　気持ちいいところ、あるだろ」

自由に動けと言われても、もはや自分の身体を支えきれない。快楽に酔いしれて、Ｊが抱きしめてくれる腕と目の前の腕に縋《すが》っている。

腕を持ち上げてなんとか彼の首に抱きついて、顔を左右に振った。しっとり汗ばんだ互いの肌の温もりが心地いい。

「むり……も、Ｊがうごいて……？」

好きにしていいという了承を得たと思ったのだろう。彼の瞳の奥が一瞬きらりと光った気がしたが、私にそこまで気づく余裕がない。

私の背中をさすりながらお尻を掴み、胸の感触を味わっているＪは囁《ささや》きを落とす。

「本当に、今夜は寝かせられない」

「ヤぁ、それもむり……」

腰を掴まれ上下に揺られて、私は両手を彼の肩に乗せたまま、荒波に流されまいと必死に縋《すが》りついた。

壊すギリギリ手前の加減で私を求めるＪに愛しさが募《つの》るとか、今の自分の乙女フィルターが半端ない。正気に戻ったら頭を抱えたくなるだろうが、このときの私はただただ快感に悶《もだ》えていた。

……好き。彼が好き。

一度認めてしまえば、もう後戻りはできない。

感情が溢《あふ》れて止まらず、自分でも制御ができないほど、私はすべてを奪われていた。

「すき……」

ぽろりと口から落ちた本音に、Jがぴたりと動きを止める。

瞼《まぶた》を下ろして縋《すが》りついていた私は、ゆっくりと目を開けて彼の視線を受け止めた。

「ニナ、今なんて」

無意識に呟いた言葉は嘘じゃない。恥ずかしさや意地などは捨てて、自分の心に素直に従う。

こういうときしかきっと言えない。正気のままじゃ、癪《しゃく》だから。

「好き。Jが好き……はなれたくない」

「……っ、ニナ」

再びベッドに押し倒されて、深く口づけられる。

そのとき彼からなにか言われたけれど、それが日本語だったのかほかの言語だったのかはわからない。ただJがくれるすべてを受け止めるのに必死で、私は自分の意識を保つのが精一杯だった。

抽挿《ちゅうそう》が速まり、中が収縮する。苦しそうな呻《うめ》きが聞こえた直後、薄い膜越しに彼の欲望が爆《は》ぜた。

「あ、ああ――……っ」

「はぁ、ッ……ニナ……」

呼吸を整えるまでの間、私はギュッと彼に抱きしめられていた。

その重みが心地良くて、夢の世界へ誘われる。

『もう離さないから、覚悟しろよ』

聞いたことのない言語で呟かれたけれど、やっぱり私には理解できなくて――

疲労感と充足感に満たされたまま、私は意識を失ったのだった。

Day 6 ――Saturday――

首筋にかかる規則的な吐息。素肌に伝わる温もり。身体の自由を奪う心地いい負荷《ふか》。

ひとり寝じゃ味わえないそれらを感じながら、意識がまどろみの底から浮上した。

どうやら私は、背後からJに抱きしめられているようだ。その体勢ははじめてじゃないのに、お互い衣服を着ていないせいか、存在をより近くに感じる。

密着する肌が熱く、心拍数が速い。

軽く身じろぎをすれば、私を抱きしめる腕の拘束が強まった。

もしかして、昨日枕を身代わりに押しつけられたことを覚えているのかもしれない。

首を回せば、寝ていると思っていた色気ダダ漏れな男は、私に視線を注いでいた。

「おはよう、ニナ」

抱き寄せられて、後頭部にキスされる。

リップ音が聞こえたわけじゃないのに気配だけで彼の行動が伝わって、私の顔が火照《ほて》った。昨夜の記憶が甦《よみがえ》り、余計顔が熱くなる。

思わず布団に顔を埋《うず》めた。

「お、はよう、J……」

なんだこれ。すごく気恥ずかしい。

不埒《ふらち》にも背後から私の胸をギュッと包む彼の手をつねりもせず、ただ素肌に伝わる体温を気持ちよく感じる。彼はくすりと笑って、私の耳の裏にキスをした。

ヤバい。情事の翌朝が甘々すぎて、そわそわする。

だんだん、昨夜の己《おのれ》の痴態《ちたい》が甦《よみがえ》った。記憶が鮮明になればなるほど、彼の顔を直視できなくなる。

あんなことやこんなことをされて一晩で私の経験値はうなぎ登りだ。

淡泊だと思っていた自分が、まさか気持ちよすぎて泣くほど喘《あえ》ぐなんて思いもしなかった。

恥ずかしくて後ろを向けない。

しかし、Jが動いたことで、私は自分の身体の異変に気づいてしまった。

違う、間違えた。異変というか、現状だ。

まったく把握していなかったのだが……どうやらこいつ、私よりずっと早く起きていたらしい。

そして、目覚めない私に悪戯《いたずら》をしていた——と。

「ちょっと、J？」

「ん？　なんだ、ニナ」

「百歩譲って抱き枕にされて胸弄《いじ》られるのは許せても、これっ、足の間っ……！」

「ああ、目の前においしそうなメインディッシュがあったら、我慢なんてできないだろう？」

「私は食べ物じゃな……ん、あッ」

背後から抱きしめられたまま、朝から雄々しくそそり立ったJの屹立《きつりつ》が、私の足の間に挟まっていた。後ろのお尻から股にかけての、素股状態。

目覚めたらまさか足の間にこんな凶悪なものを挟んでいるなんて思わないじゃないか。セックスが久しぶりすぎて、受け入れた後も少々違和感が残っている。そのうえ、性器同士をこすり合わせて目覚めるなんて、嬉し恥ずかしの甘酸っぱい朝が台無しだ。

胸を包んでいた手が大胆に動き、乳首を転がす。

徐々に芯《しん》を持ちはじめたそれは、彼の掌《てのひら》の中でたやすく踊りはじめた。

「あ、やぁ……ん、ああ……」

「朝から可愛い声で啼《な》かれたら、悪戯《いたずら》のつもりが最後までしたくなる」

「いたずら、って……タチ悪、い……ひゃあ、！」

Jの性器が花芽をこすり、ビリビリと電流が身体を駆け巡った。動きは緩《ゆる》やかなのに、何故か官能を呼び起こされる。こうなったら、快楽を拾いはじめるまでそう時間はかからない。

片足の膝裏をグイッと持ち上げられて、ゆっくりと前に倒された。秘所から愛液が滲《にじ》み、疑似抽挿《ちゅうそう》を手助けしている。くぐもった淫靡《いんび》な水音が布団の中から聞こえて、羞恥心《しゅうちしん》を煽《あお》る。余計にいけないことをしている気分になった。

「気持ちいい？　ニナ」

「んう、ダメ……」

「ダメじゃない。君のここはすっかり準備が整っているじゃないか。寝ている間も潤《うるお》っていたぞ」

寝ている私のどこを触っていたのよ！

しっとり湿っているのには気づいていた。

昨日はどうやって寝たのか覚えていないから、きっと途中で意識を失ったのだろう。その名残で潤《うるお》っているだけとも思ったが、絶対に違う。隣で寝ていた男が、私の身体をいやらしく弄《いじ》りまくった証《あかし》だ。

少しでも逃れようと身体をひねるが、すぐに元の位置に戻された。がっしりと拘束されて動けない。

その間もJは私の胸をふにふにと揉んで堪能し、時折指でくにゅっと胸の飾りを押しつぶす。

寝起きの頭がクリアになるどころか、再び薄い靄《もや》に覆われそうだ。

下腹部が疼《うず》きはじめて、体内に熱がこもるのを感じる。吐き出す息が熱い。

くちゅくちゅと粘着質な水音にも煽《あお》られて、私はこくりと唾《つば》を呑んだ。

彼の陰茎が蜜口を引っかき、甘い疼《うず》きが湧きあがった。

「あん……っ」

「ニナ、このまま入りたい。ダメ？」

耳元で、掠《かす》れたバリトンが誘惑する。

ダメに決まってるだろうと心の中で反論するのに、こすり合う性器の感触が気持ちよすぎてたまらない。

入り口を引っかかれ、緩《ゆる》やかに往復され、奥からとろりと蜜が溢《あふ》れる。

中が満たされない切なさが、私から理性を奪った。

一時の快楽に身を任せて判断を誤るなんて、愚かな行為だ。

でも、後悔しない道を自分で選ぶなら、それもアリな気がしてきた。

「——中には、出さ……ない、で」

とぎれとぎれに紡《つむ》ぎ出したのは、了承の言葉だった。

背後でJがその約束を守ると誓い、数回往復してから片足を持ち上げられる。ゆっくりと先端を私の蜜口に宛てがい、ヌプッ……と中に埋め込んだ。

「んぅ、ん……ふぁあ……」

「熱くてとろけそうだ。すごく気持ちいい」

不安定な体勢で隘路《あいろ》を押し進められて、昨夜味わった圧迫感が私の中を支配する。昨日感じたところとはまた別の場所が刺激されて、ぞわぞわとした震えが走った。

ぐいっと膝を曲げられて、より深くまで挿入される。

遮《さえぎ》るものがなにもないというのは、相手とより繋がった気がして、Jの存在をもっと近く感じる。

ドクドクと脈打つ屹立《きつりつ》の形まで伝わってくる。

零《こぼ》れた吐息が艶《なま》めかしく、お互い吐き出した息に熱がこもった。

「ん……きもち、いい……」

「ニナ」

きゅうきゅうと無意識のうちに締めつければ、背後で名前を呼ばれて苦笑された。

上半身を起こして私のこめかみに口づけて、「あまり煽《あお》るな」と苦言を零《こぼ》される。

布団を撥《は》ね除《の》けたJは一度私の中から出て、私を仰向けにしてもう一度挿入した。カーテンの隙間から朝日が差し込む部屋で情事に励む背徳感に、酔いそうになる。

密着した箇所から鮮明な音が響く。

正直、寝起きにヤルなんてあり得ないと思っていた。ボサボサの髪で寝ぼけた顔で、なんて。でも、ムードに完全には浸《ひた》れないが、それでも寝起きの美形はさらに色っぽくセクシーで、鼻血が出そうなほどだった。眼福だから、よしとしよう。というか、これだけでお腹いっぱいだ。

朝から目の毒……なんてエロエロしい。

絶頂が近い彼が私の奥を数回ノックした後、埋めていたものを抜いて私の胸からお腹にかけて吐き出した。

熱い飛沫《ひまつ》が肌を汚す。

どろりとした白濁と雄の匂いにくらりとした。身体にかけられるのは、これで二度目だ。

「ああ、そんな目で睨《にら》まれるとぞくぞくする」

「はぁ、はぁ……ん、バカ……」

精液が胸から臍《へそ》の窪《くぼ》みに垂れる様子を眺め、Jは指でそれをすくって胸の先端にこすりつけた。

甘い刺激に腰がぴくんと跳ねる。

私の肌を堪能しつつ、自分で吐き出したものを広げるってどういう心理なの。

「変態……」

「光栄だ」

「褒めてない、……って、待って、ちょっ――、ひゃう、んッ！」

一度出したら普通すぐには復活しないんじゃないの？　若い男の子ならまだしも。

だけどJは、再び芯《しん》を持ちはじめたそれを、あろうことか私の中に収めたのだ。十歳近く上かと思っていたけれど、実はすごく若いの？　何歳なのか、気にしたくないけど気になってしまう。

「出したのを、また入れていいとは……言ってな、……ああっ」

「ドロドロになったニナを見てたらまた興奮した。なんていやらしいんだ。責任持って綺麗に洗うから」

そう言うと彼は私を抱き上げ、繋がったままバスルームへ運んだ。

まさかの体勢……

この移動で、彼のものをより深く咥《くわ》えこんでしまう。体勢が不安定で、ついしがみついた。

Jの腰とお尻に、私の足が当たる。昨夜は恥ずかしくてしっかり彼の身体を観察できなかったけど、もう羞恥心《しゅうちしん》は捨てて、じっくり堪能してやろう。彼ばかり私に触れるのは不公平だ。

結局そのままシャワー室に連れ込まれて、じっくり彼を味わわされた。それからJに、泡立てたソープでお腹と背中を洗われる。

温かいお湯の中にふたりして入り、ようやくひと息ついたところで、朝に寝込みを襲うのは禁止と告げた。

不満そうに渋々了承したが、……油断大敵だな。

明日の朝も気をつけねば。

「ってか、妊娠してたらどうするのよ」

「コンドームだって避妊は完璧じゃない。中で出さなくっても妊娠するときはするし、俺はいずれ君との子供がほしい。だから妊娠したらそれはそれで大歓迎だ。すぐにできたらニナを独り占めできなくなるが、年齢を考えたら早いほうがいいだろうな」

本気で言ってるのか。冗談には聞こえない。

排卵日までは確か一週間ほどあるはず。それに、中でたっぷり出されたわけじゃないから多分大丈夫だとは思うけれど、妊娠する可能性がないわけじゃない。

向かい合わせに座ったまま視線を逸らした。

ああもう。こうやって人生設計の話をするなんて、少し前までの自分には考えられない。

現実を見れば、問題は山積みだ。

気持ちのまま動いてしまったけれど、楽観的じゃいられないことだらけ。

なにせ、彼と過ごせるのは明日が最後なのだ。Jは、月曜日の夜には帰国してしまう。

国際結婚とか、そもそも超遠距離恋愛とか、実感がわかない。不安しかない状況だ。

だけど、わからないなら今考えたって仕方がないと思うことにした。

たとえ未来がどうなろうと、好きになった人と一緒にいられるこの瞬間を堪能しないのはもったいないじゃないか。

急激に変化する自分の心に、我ながら戸惑う。

「J、コンドームなしは危険だからね。安易にしちゃダメだよ。私がもし病気持ってたらどうするの」

「暫《しばら》くご無沙汰《ぶさた》なニナに病気をうつされる可能性は低いと思うが。それに、ニナの色はとても綺麗だった。病気なんてないのはわかっていた」

……見ただけでわかるとか、医者か。

「見た目じゃわからないこともあるんだから危険でしょ。まあ、確かに性病なんてないけど」

「心配せずとも、俺もＳＴＤの検査は受けている。安心していい。それにコンドームなしでセックスしたのはニナがはじめてだ」

目をぱちくりと瞬《またた》かせる。しっかりＳＴＤ——性病・性感染症——の検査を受けているというところは、さすが欧米……と思ったが、ゴムなしでヤッたのは私がはじめてという発言が衝撃だった。

つまり、自惚《うぬぼ》れじゃなくて、それほど私に本気ということ？

「できてたら嬉しいし、喜んで責任を取ろう」

——とっくに責任は取るつもりだが。

私を愛《いと》し気《げ》に見つめて言う彼に、たまらず抱きつく。お湯がバシャンと跳ねた。

温かいお湯とＪの素肌に包まれ、羞恥心《しゅうちしん》は忘れてしばしＪを堪能する。

甘えられる時間はたっぷり甘えたい。先のことも大事だけど、今の一瞬も大事だ。

「J、お腹減った」

「そうだな。なにが食べたい？　ニナが好きなベリーとシロップたっぷりのパンケーキ？　焼きたてのクロワッサンも美味《おい》しいんだったか」

「Ｊと同じものが食べたい。私も和食にする」

「そうか。じゃあ食べに行こう」

彼はくすりと笑い、私をバスタブから抱き上げた。

◆◇◆

のんびりホテルの朝食を食べて部屋に戻ってから、出かける支度をした。

足首の痛みはすっかり引いている。外も問題なく歩けると言ったら、Ｊが観光案内をしてほしいと頼んできたのだ。

日本にきてから仕事仕事で、ご飯を食べるときしか街を見ていないと彼は言った。仕事の合間にバーで妙齢の女性を引っかけた奴がなにを言う、とも思わなくはない。

しかしそのおかげで知り合えたのだから、そんなことは言わないけど。

人との縁は、どこで繋がるかわからないものだ。

運命なんて言葉を使うのは痒《かゆ》いので絶対に言わないが、偶然やたまたま知り合った、という縁も不思議な出会いだと思う。

「どこか行きたいところってあるの？」

「ニナと歩けるならどこでもいい」

「案内する側にとってそれは一番困るんだけど」

「まあそうだな。君が面白いと思うところに連れていってほしい」

普段通りびしっとしたスーツスタイルのJは、夕方仕事に行く予定があるんだとか。

スマホで検索すると、ホテルとJの目的地の中間あたりにちょうどいいところがあった。

休日で混み合う電車に乗り、私は数年ぶりにデートというものを味わう。外でご飯を食べることは何度もあったけど、あれは普通に食事をしていただけだ。

気持ちが通じてからのお出かけは、当然デートと言うのだろう。

昨日あんなことがあったためか、それなりに乗客が多い電車に、彼は不快そうに眉をひそめた。

いや、警戒していると言うべきか。

見た目不機嫌そうでも、美形はやっぱり美形なんだなと改めて感じた。

笑うと色気が増すし、じっと見つめてくる顔は艶《つや》っぽいし、鋭さがあるときは凛々《りり》しいし、……ってなんだこれ。

不整脈と動悸に襲われて落ち着かない。

一度電車を乗り換えてたどり着いたのは、外国人観光客にも人気だという江戸東京博物館。

実は私も行くのははじめてで、いつか行きたいと思っていたのだ。

「江戸時代を紹介する博物館なんだけど、日本の歴史って興味あった？　勝手に選んじゃったけど」

「江戸時代……。それは面白そうだな。行こう」

休日の今日は、ちょうど海外からのツアー客で賑《にぎ》わっていた。

「ガイドは数カ国語でしてくれるけど、別に大丈夫だよね？　Jってどれくらい日本語堪能なの？」

ざっと見たところ、館内には日本語と英語の両方の説明があるようだ。

彼の母国語がなにかはわからないが、語学が堪能なこの男に通訳のガイドは必要なさそうだ。

「英語で書いてあるなら問題ない。日本語は基本話せるけど、あまり書けないな。読むのは多少はできる」

「書けないって、漢字が？」

「それはもちろん」

「ひらがなとカタカナも？」

「一応書ける。だが文字のバランスが悪い。子供が書いたような字になる」

「練習すれば？　誰も笑わないよ」

「ニナが見てくれるならやる」

「そんだけ日本語ペラペラなくせになにをまったく……。って、日本語話せるのも不思議なんだけど。あんまりアクセントの間違いもないし、難しい言葉いっぱい知ってるのはなんで？」

これらは、深く関わるつもりがなかったから、ずっと訊かずにいたこと。

彼のことを知ってしまったら興味がわいてしまいそうで、意地を張っていたのだが……今となっては、少しずつでいいからJのことが知りたいと思ってしまう。

でもこの先の未来はまだわからないので、急に知るのは怖いという気持ちもまだ残っている。三十路《みそじ》前の女心は、ときに臆病だ。加速する心にブレーキをかけなければ。もしも今転んだら、大けがしてしまう。この歳でそれは、精神的に辛い。

私がＪに出会ってから感じていた疑問に、彼はあっさり答えてくれた。

「四分の一、日本人の血が流れている。祖母が日本語を教えてくれた」

「ってことは、クオーターなの？」

「そういうことだな」

なるほど、道理で。

あとは学校で日本語のクラスを取って学び、日本の映画などをたくさん見まくって語学を磨いたんだとか。

自分から自主的に学ばないと、言語というのは身につかない。身内が傍《そば》にいるだけではダメなのだ。相手が話す意味は理解できても、自分で努力しない限り上達しない。

言っている意味はわかっても、喋《しゃべ》れないし、読めないままだ。そんなのはちょっともったいない。

そんな会話をしながら進み、エレベーターで上の階に上がる。

広々とした空間に展示されている江戸の風景は、遠目にも見ごたえがあった。ミニチュアの江戸の町と人形たちはとても細かくてリアルだし、街並みなんて細部まで再現されている。

「すごいな、こんなに小さな人形がたくさん。家や通りも。ディテールに凝《こ》っている」

「米俵《こめだわら》背負ってたりね。大人から子供までいてわかりやすいね」

あちらこちらで写真を撮る外国人が目に入る。

キュッと手を握られたまま、ふたりでゆっくりと館内を回る。

「あれは？」

Jが指差したのは、黒塗りで装飾が施《ほどこ》されている小さな乗り物だ。昔のお姫様が乗って担がれるような、いわゆる駕籠《かご》と呼ばれるものだった。

「公家《くげ》や武家《ぶけ》の人たちに使われていた立派なやつだね。前と後ろの人が肩に担いで、運んでくれる乗り物だよ。あ、中に入れるっぽいけど、入りたい？」

「遠慮する」

その後じっくり見て回り、人力車に乗って写真を撮ってもらった。

江戸時代は興味深くて、私自身もとても勉強になった。

博物館をたっぷり堪能した後、館内を出て外をプラプラと歩き、お蕎麦《そば》屋さんでちょっと遅めの昼食をとる。

楽しい時間はあっという間に過ぎて、はじめてのデートは終了した。

◆　◇　◆

自宅の鍵は未だにJが預かっているため、アパートに戻って掃除もできない。

そろそろ旅行前の荷造りを考えはじめないといけない時期だ。それなのに、以前ほどこの海外旅行に心が高揚していないことにふと気づく。

今月のはじめまでは、確かに楽しみにしていた。

世界遺産を巡る旅は、社会人になった私の、仕事の励みにもなっていた。

ひとり暮らしをして、自分で生活のやりくりをし、海外旅行用の費用を貯《た》める。

目標があれば仕事はいっそう楽しくなるし、しんどいときも頑張ろうと思えた。

寂しさなんて感じない。ひとりだって、今まで十分楽しかった。

なのに、目前に控えた海外旅行は、以前より気乗りしない。

確かに楽しみだったはずなのに、ひとりで旅行先にいる自分を想像したら、とてつもなく寂しく感じたのだ。

ただでさえ十二月なんて感傷的な気分に浸《ひた》る月なのに――。旅先で出会うだろう感動的な景色も美味《おい》しい料理も、誰かと共有せずひとり占めするのが、物悲しいような気がしてきた。

喋《しゃべ》りたいし語りたいし、思い出をたくさん作りたい。

誰となんて、言わずもがなだ。

先ほど別れたばかりなのに、冬の空気に触れる手がとても冷たくて、思わず眉間《みけん》をギュッと寄せる。

「どうしてくれるの。Ｊのバカ野郎……」

寂しいなんて感情を思い出させるなんて、ひどい男だ。

外で時間を潰し、適当に夕ご飯を食べてからホテルに帰った私は、気づけばソファで居眠りをしていた。

BGM代わりのテレビは、スペシャル番組のサスペンスドラマだ。

ちょうど事件を推理して犯人を暴いているクライマックスのシーンで、目を薄《うっす》らと開けてぼんやりそれをながめる。すると、電子音がピッと小さく響いた。

ようやくJが帰ってきたらしい。

「ニナ？」

薄暗い部屋でテレビだけをつけて、ソファで横たわる私のもとへ、Jが急ぎ足で近づく。

ゆっくりと起き上がり、「お帰り」と告げると、彼は安堵の息をついた。

「ただいま。一瞬ニナがまだ帰っていないのかと思った」

「ちょっと寝ちゃってただけだよ。着替えてきたら？　あ、手洗いうがいもね」

私を抱きしめようとするJを促《うなが》せば、すぐに彼は洗面所に向かった。ああ、でも折角スーツ姿でネクタイを締めててかっこいいのに、着替えちゃうのはもったいないかも。

寝起きの思考回路はいつもよりおかしい。欲望に忠実になる。

スーツのジャケットを脱いで、寝室のクローゼットを開けるJの背中に抱きついた。

彼は目を瞠《みは》り、振り向いた。

「ニナ？　どうした。嬉しいがこれじゃ着替えられない」

「いい。私が着替えさせてあげる」

普段なら絶対に言わない積極的な発言に、一瞬驚いたようだが、すぐに彼は微笑みを深めた。

お腹に回していた私の手を、彼がギュッと握りしめて持ち上げる。

くるりと身体を半転させ、私と向き合った。

「ニナが着替えさせてくれるならそうしてもらおうか」

「うん、任せて」

ネクタイに指をかけて、ゆっくりと解く。

中途半端に乱れた首元から覗く鎖骨《さこつ》がとてもセクシーだ。

背が低い私はヒールを履かないと、Ｊの肩にも届かない。すこし目線を上げた先に、ネクタイの結び目がよく見える。

ボタンを一個ずつ丁寧に外す。

スラックスに入っている裾を出して、しゃがんで最後までボタンを外すと、中に着ているシャツが姿を現した。

最後のボタンを外した後、そのまま顔を上げる。私を見下ろすＪの瞳の奥には、燻《くすぶ》る熱が見え隠れしていた。

薄《うっす》らとした笑みが男の欲情を物語る。

屈んだ私の頭をそっと撫でて、Ｊはうっとりした視線を私の頭上に注いだ。

少し顔を上げれば、Ｊの股間が目に入る。

張りつめているのかはまだわからないが、撫でてみたい欲求にかられた。

でも我慢。私の目的は、彼の上半身だ。

腕から手までの、綺麗な筋肉と筋のラインを堪能させてほしいのだ。

立ちあがり、Ｊの首筋に触れる。そのますっと掌《てのひら》を移動させ、シャツを片側ずつ脱がせた。

ぱさりと落ちるそれをそのままにして、中に着ているＴシャツの裾に手を侵入させる。

「お腹、硬い」

「鍛《きた》えているからな」

昨日散々堪能したはずなのに、もっと触って確かめたくなる。

ゆっくりと筋肉の溝をなぞり、指を這《は》わせてその硬い皮膚の弾力を味わう。シャツが半分まで捲《めく》れ、見事なシックスパックが晒《さら》された。

お腹に興味はなかったのに、Ｊの身体は別らしい。舌で舐めて、存分に触れたい。

ふいに彼が私の手首を握り、お腹にぺっとりと手を当てさせる。

「どうした、ニナ。俺がいなくて寂しかったのか？」

優しくて甘い問いかけ。とろりとした蜂蜜《はちみつ》みたいだ。

その眼差しは、ただただ私を甘やかすように蕩《とろ》けている。

タレ目を細めるとさらに色香が増して、彼が纏《まと》う空気に酔いしれそう。

ドクンと胸が高鳴った。

「寂しかったよ。どうしてくれるの？」

「それはすまない。なら君が寂しさを忘れるくらい、とことんまで付き合おう」

ギュッと抱きしめられて、頭頂部にキスを落とされる。

彼の匂いがふわりと鼻腔《びこう》をくすぐった。

この匂いはJの匂いだと、しっかり全身に刻《きざ》まれている。

こうして抱きしめてくれるのが明日までだと思うと、切なくなった。

だから寂しさなんて思い出しちゃいけないのに――。自覚してしまったら、後戻りはできない。

言葉と身体で気持ちを言わないと、相手には伝わらないから。だから、彼が恥ずかし気もなく言うように、私も自分の想いを伝えよう。あのときもっと言っておけばと、後悔しないように。

「好き。大好き」

「……ニナ、酒臭くはないが酔っているのか？」

「失礼な。まだ呑んでないよ」

私の心の奥まで見透かそうとする茶色の双眸《そうぼう》と視線がぶつかる。

外国人って相手の目をじっと見つめて話すから、顔のいい男性に見つめられれば女の子は勘違いしそうだ。

柔らかで温かい茶色の瞳に、情欲の影が差す。私のお腹が、期待でずくんと疼《うず》いた。

「ニナが素直すぎて、酒を呑んだか熱でもあるのかと。大丈夫ならいい」

「本心を言ったのに嫌ならもう言わない」

「誰が嫌だと言った。もっと言えばいいだろう」

「嫌」

「毎日でも好きだと言ってほしい。もう一度言って、ニナ」

「嫌」

「ニナ」

「恥ずかしいから言わない」

「俺は君が恥ずかしがる姿が見たい」

「本当にいい趣味してるよね？」

抱きしめられたまま身体を持ち上げられて、ベッドに下ろされる。当たり前のように私を押し倒したJは、私のパジャマを脱がそうとする。

そうはさせまいと、身体をよじって逃げた。

広い寝台の上を泳ぐようにして彼の下から抜け出し、興味深そうに私の行動を眺める彼の背後に回る。

「なんのゲームだ？」

「Jのシャツを脱がせるゲーム」

裾を捲《めく》り上げて、後ろからシャツを脱がせた。ベッドの端にぽいっと投げると、綺麗な背筋が露《あら》わになる。

じっくり背中を見る機会なんてこれまでなかったが、しなやかな筋肉が美しい。一体どんなトレーニングすれば、こんな理想的な筋肉が育つのだろう。

「なにかスポーツをしてたの？」

すっと指で背中の筋肉や肩甲骨《けんこうこつ》、背骨をなぞりながら問いかける。

「ああ、スポーツなら一通り。結構なんでもやったな。剣道もやってたぞ」

「え、凄いね」

背中は剣道で鍛《きた》えられたのかな。防具姿も似合いそうだ。

「それで、シャツを脱がせてどうするつもりだ？」

声が笑っている。

身体をひねり、私と向かい合わせになって問いかけるJは、私の次の行動を面白そうに待っている。

欲望を丸出しにして、いろいろと開き直った私に怖いものはない。

「とりあえず、喘《あえ》いで？」

「は？」

ドン、と肩を押して仰向けに寝かせると。さすがにちょっとだけ目を丸くした彼が視線を揺らした。

いつも余裕綽々《しゃくしゃく》の仮面が、虚《きょ》を突かれて剥《は》がれている。

ふふ、と口から笑い声が漏れた。

「Jが色っぽくセクシーに喘《あえ》ぐ姿を目に焼きつけたい。私の恥ずかしがる姿が見たいなら、Jも見せてくれるよね？」

「ニナ、それは男のプライドを揺さぶる発言だ。後で後悔するのは君のほうだぞ」

「後で悔《く》いるから後悔なんでしょ。今は悔《く》いてないから問題なし」

目をニンマリと細めて、口角を上げてみせる。

Jがすぐに余裕の笑みを取り戻したのがちょっと憎らしかったので、彼の唇を奪ってやった。

Ｄａｙ　７　――Ｓｕｎｄａｙ――

思い出を作ろうと言って迫った私は、なかなかの乱れっぷりだった。素面《しらふ》で誘惑したのなんてはじめてだし、そもそも男性を誘うなんてしたことない。

しかし気づけば組み敷かれていたのは私のほうで、何度Jと交わったのかもう覚えていなかった。

残り二個だったコンドームは早々に使い果たして、最後は快楽に溺れた思考で自分から強請《ねだ》る羽目に……

既に妊娠する可能性がある行為は昨日していたわけで、生で挿入を許した時点でもう同じだと開き直っていたのもある。

ぐずぐずに蕩《とろ》けて、理性がとっくにどこかへ飛んでいた私の判断力は、ないに等しかった。

でもぼんやりと、危険日ではないはずだと考えたことは覚えている。

快楽に流されていてもそういうことを思い出すのは、私が現実主義者だからだろう。

子供ができていたら嬉しいと言ったJの発言も、きっと頭の隅で覚えていたに違いない。

身体中が重くて怠《だる》い。指を動かすのも辛いほど、抱きつぶされた。

快楽が強すぎるっていうのも、ある種の拷問らしい。

「う、ん……」

抱きしめられたまま起きる朝は何度目だろう。これが日常になってしまったら、ひとりで寝るのが辛くなる。温もりを一度覚えてしまうと、それがなくなったとき暫《しばら》く切ない気分で朝を迎えなきゃならなくなる。でもそれもきっと、数日繰り返したら薄れていくはず。

無理やり自分を納得させて、受け入れる。

大丈夫、私は男がいないと生きていけない女じゃない。

世界は大好きな人を中心に回っているわけじゃないし、傍《そば》にいなければ泣き暮らすなんてことには絶対にならない。

たとえもし、この数日が〝いい思い出〟になったとしても、私はJを嘘つきと責めるつもりはないのだ。超遠距離恋愛に絶対的な大丈夫は存在しないことくらい、子供じゃないんだからわかっている。こんな風に朝を迎えるのは、明日の朝チェックアウトするときで終わりなのも。

Jの寝息を聞いて、伸びかけた髭《ひげ》を間近で見るのも明日の朝までだ。

いや、月曜日は慌ただしいだろうから、ゆっくり観察できるのは今日までか。

目を閉じたままそんなことを考えて、抱きしめられている胸の中で身体をずらす。

少し身じろぎしたところで、すぐに身体の違和感に気づいた。

「……え、ちょっと」

足を絡めて胸に抱えられたまま目覚めたのは問題ない。が、問題あるのは昨日散々繋がった場所……というか、まだ繋がっているのは気のせいじゃない？

「ちょ、まさかまだ入って……？」

串刺しにされたまま気絶するように寝ていただなんて、誰が思うの。

昨日は股の間に挟まっていた臨戦態勢のアレが、今朝はがっつり入っている。驚きはしても、もはやJだからと納得できてしまう自分も、この変態に毒されていると言えるだろう。――あり得ない。

今日も一日快晴らしいのに、少し身じろぎすれば粘着質な水音が布団の中から響くとかエロ過ぎる。

抜いてほしくても、しっかり抱きしめられている私には、彼が起きるまでどうすることもできなくて。薄《うっす》ら髭《ひげ》が伸びたタレ目の美形に、抗議の頭突きをしたくなった。

「J、起きて。ねえ、起きろー！」

『――、――……』

外国語でなにかをぼそりと呟いた彼は、私の背中をあやすようにポンポンと叩いた。

明らかに寝ぼけている行動である。

そして胸板にギュッと私の身体を抱きこんで、再び寝ようとした。

「待って、寝ないで。寝るなら私を解放してからにして……！」

――結局Jが本格的に目覚めるまでの三十分は、私にとって昨夜の痴態《ちたい》を思い出しては悶《もだ》えるという、羞恥《しゅうち》がまざった苦しい時間となった。

それなりに混雑しているホテルの朝食ビュッフェで、私は身体がしんどいので、あれもこれも取ってきてと、Ｊに何様だよな命令をした。にもかかわらず、Ｊは喜んで運んできた。無理をさせた認識はしっかりあるのだろう。

飲み物は、言わなくても私好みのものを選んでくれる。好みをしっかり把握してくれているのが嬉しいのは、私が彼に惚れている証拠だ。細かいところにも気をきかせ、私を十分甘やかすＪ。

「ニナは今日どこに行きたい？」

正直散々酷使された私は、できる限りじっとしていたいのだが——今日が自由時間の最終日だと思うと、それがもったいないことだというのもわかる。

白磁のコーヒーカップを持ち上げてたずねるＪは、何気ない所作も上品だった。カップを掴む手に視線が釘づけになったが、そっと視線をずらし彼を見つめる。

「それは私がＪに訊く質問でしょ」

「俺はニナと一緒にいられたら、ホテルから出なくてもいい」

それは私の身がもたないから却下。

ふたりでずっと部屋にいて、なにをするかなんて言うまでもない。

朝から晩までセックスしかしないとか、不健全すぎる。いや、朝から朝までか。うん、無理。

ふと、今週末がクリスマスなのに気づいた。暫《しばら》く会えなくなるどころか、また再会できるかどうかわからないのだ。それならば、貰ってばかりの私もなにか彼に返したい。本音を言えば、私という存在を物に込めて、物理的な距離が離れても忘れないようにしてやりたい。

「じゃあ、私の買い物に付き合ってくれる？」

「もちろん」

ふわりと微笑んだJが、さっと手を差し伸べる。その手に自分の手を重ねて、まだ身体のいたるところが痛む私をエスコートさせたのだった。

◆◇◆

時計、財布、アクセサリー、マフラーなど、思いつく限りの定番のプレゼントを脳内にリストアップするが、いまいちピンとこない。

ちらりとJの手首を見ると、有名ブランドの腕時計が存在感を放っている。となると、時計は難しいかも。選ぶならちゃんと使ってくれるものがいい。

「ニナ、どこに行くんだ？」

「えーと、銀座？」

「何故疑問形」

「いや、ほら銀座も東京を象徴する観光スポットだし、地方から出てきた人も一度は銀座に行きたいっていうほど有名だから、多分面白いかなって」

デパートもあるし、美味《おい》しいご飯もたくさん選べるし。

頷いたJは、私にしっかりマフラーを巻いて、「寒くないか」とたずねる。散々エロイことしているけど、時折お兄さんというか、お父さんというか。実際の兄貴や父よりも甲斐甲斐しく私の世話をしてくれる。

コートの下も厚着をしない彼は、生まれ故郷の冬が日本と比べものにならないほど寒いから、寒さには慣れているんだとか。ヨーロッパの冬は過酷なイメージだし納得する。

どこの国の人なんだろう。そう思いつつも、彼がどこの人でも関係ないと思い直す。

電車を乗り継いで銀座へ到着し、まずは歌舞伎座《かぶきざ》に向かった。日本の伝統芸能には、外国人も興味があるはず。

生憎《あいにく》舞台を見ることはできなかったけれど。Jは興味深そうに外観の写真を撮っていた。最近じゃ海外公演もあるそうだし、外国人の関心も高まっているんだろう。

「そういえば、知人がラスベガスで歌舞伎を見たと言っていたな」

「え、そうなの？　凄いね」

「ダイナミックで面白かったと言っていた」

あまり伝統文化には詳しくないので、私も自分の国を最低限説明できる知識は身につけたいなと思った。

観光客と買い物客で込み合っている銀座の中心部を歩きながら、デパートへ向かう。クリスマスのプレゼントを買いにきているらしき人たちがいる。

さて、ここまできたらもう隠す必要ないか。

周りにいる人の頭一個分は高いJの手を引っ張って、案内表示の前へ行った。男性向け売り場のフロアをチェックする。

「J、普段よく使うものってなに？」

「よく使うもの？　毎日かかさずっていう意味か？」

「そう。なにかある？」

国に帰ってもネクタイを締めるかはわからないし、靴は日本のものは明らかにサイズが合わなそうだ。ヨーロッパで買ったほうが、断然種類は豊富だろう。洋服も、足の長さが……。うん、衣類関係も難しいな。やっぱりアクセサリー類かと思うけど、見たところネックレスも指輪もピアスもしていない。あまり身につけるものは好まないかも。いろいろ考える私の横で、ともにしばし考えていた彼が、ぽつりと「シェーバー」と言った。

「え、髭剃《ひげそ》り？」

「髭《ひげ》は毎日剃《そ》るからな。君が伸ばしてほしいと言うならそうするが」

「いや、どっちも似合うけど、できれば剃《そ》ってほしい」

無精髭《ぶしょうひげ》姿は、それはそれで男らしい色気が出てしまいそうだから、危険だ。

それに、髭《ひげ》を生やした男性はセクシーだと考える女性は欧米人に多そうな気がする。今でさえ美形だというのに、今よりさらに女性から秋波を送られまくるのを想像したら……イラッとした。

よし、髭剃《ひげそ》りでいいか。

方向転換し、電器屋を目指そう。

予定を変更して、有楽町にある家電量販店に向かう。

日本の家電製品売り場で興奮するJを見たら微笑ましい気持ちにはなったけど、クリスマスプレゼントに髭剃《ひげそ》りというチョイスがどうなのかは、自分でもわからない。

結局Jがほかの商品に気を取られている間に、近くの店員さんを捕まえて、性能がよくて使い勝手がいい電動髭剃《ひげそ》りを教えてもらった。

値段はするけどぜひオススメですというのを二、三見せてもらい、その中から選ぶことにする。

少々かさばるけど、持って帰れるかな？

口コミランキングが一番高いやつを選び、購入を決定。電動シェーバーで諭吉さんが三人ちょっと消えたけれど、定番のプレゼントよりインパクトのあるものが選べて、私は満足していた。

Jはまだまだ時間がかかりそうなので、その間に購入したものをホテルまで郵送する手配をした。

お手洗いに行ってくると告げたので、戻るまで少々時間がかかっても不審には思われないはず。

すべてを完了したのち、さりげなくJの傍《そば》へ近づいた。背後から「なにかいいものあった？」とたずねると、彼が見ていたのは炊飯器だ。

「お米、向こうでも食べるの？」

「ああ。だが日本のお米より美味《おい》しくない」

「炊飯器で美味《おい》しさが変わるかもって？」

「米を殺すも生かすも炊飯器次第だ」

確かに、日本でしか買えないだろうし、一度購入すれば暫《しばら》く使えるものでもある。しまった、髭《ひげ》剃《そ》りよりそっちのほうが喜ばれたか、なんて思ったが、炊飯器を持って帰るのは重いから難しいだろう。

結局ここでは買わず、もし空港の免税店でいいのが売っていればそっちで購入すると言って、Jはその場を離れた。

そのあともJが気になるお店を巡って、三時のおやつに喫茶店でお茶にする。店内はレトロな内装で、クラシックがかかっている。雰囲気のある落ち着いた喫茶店は、隣のテーブルとほどよい距離感だ。それなりの広さもあり、落ち着いて会話ができる。

「ちょっと疲れたね。なに頼む？」

「コーヒー。ニナはケーキとか頼んだらどうだ？」

「うーん……最近食べ過ぎてるからカロリーが」

パタンとメニューを閉じて、ポットで温かいブレンドのハーブティーをオーダーする。オリジナルフレーバーティーは、女性に人気なんだとか。

心地いい音楽を聞きながら、静かにカップを傾ける時間をゆっくりと味わう。

目の前に座るJが明日の夜にはいなくなるのだと思うと、一抹《いちまつ》の不安と寂しさが込み上げた。

今の時間は今だけのもの。

いつでもふたりで手を繋いで出かけるなんてことは、この先できない。目を見つめて話すことだって、今後できるかどうかわからないのだ。

きゅう、と胸の奥が圧迫される。

「最後の晩餐《ばんさん》はなにが食べたい？」

「最後の晩餐《ばんさん》？」

ふっと微笑み、Ｊは片手で白磁のカップを持ち上げたまま、「ニナ」と言った。

「私は食べ物じゃないわよ。それに今日はダメ。もう身体がもたない。荷造りだってこれからしなくちゃいけないし、あまりゆっくりご飯なんて食べてる時間ないかも」

私だって、自分の私物が増えすぎた。Ｊがバンバンお金に糸目をつけずに買ってくるせいだ。自宅のアパートから持ってきたキャリーケースに全部入るかな……と少々不安になる。

「本当なら私が手料理を振る舞ってあげるって言うべきなんだろうけど、あの冷蔵庫を見たらそんなの無理ってことはわかるよね。そもそも食べ物ほとんどないしね、冷蔵庫に」

「ニナの手料理は次の機会にとっておこう。楽しみだ」

さらりと、「次の機会」と言う彼は、きっと私の心境に気づいていない。

そんな次が本当にくるのかなんて、言いたいけど言えるわけがなかった。

ただ小さく頷いて、「それまでに料理頑張っておく」と微笑んでみせる。

明日の今頃、私はどんな顔をしているんだろうと、頭の隅で考えながら。

早めの夕食を食べ終えてホテルへ戻ると、まだ夜の七時過ぎだった。お寿司を堪能して胃が満たされれば、あとは明日の撤収にそなえて準備するのみ。

正直、荷造りは嫌いじゃない。旅行好きな人間は、それなりに荷造りの経験をしているものである。

パジャマと明日着る服を避け、洗面道具なども明日の朝しまうとして、今ある荷物をキャリーケースにしまっていく。やっぱりなかなかの量だ。全部入りきらなかったら、紙袋に詰めればいいや。アパートへ送るという手もある。

「荷物、それだけ？　あれ、お土産《みやげ》買っても余裕に見える」

「クリーニングも利用しているからな。こんなものだろう」

中ぐらいのスーツケースひとつで楽々しまえるって、羨《うらや》ましい。滞在期間は結構長かったのに。

私よりも早く準備を終えたJは、お風呂に入る支度をはじめる。

「ニナ、一緒に入ろう」

「遠慮する。今朝だって入ったじゃない。夜はのんびりひとりで入る」

ごねるかと思ったけど、意外にも彼はあっさり引きさがった。若干拍子抜けしてしまう。

「気が変わったらいつでもこい」と俺様発言を残し、Jは浴室へ消えた。

ふう、と嘆息したと同時に、ホテルのフロントから連絡が入る。どうやら宅配便が届いたらしい。

部屋まで持ってきてもらい、Jへのクリスマスプレゼントを受け取った。

シンプルなラッピングは味気ないと言えば味気ないけど、まあいいだろう。これは後で寝る前に渡そう。

手早く残りの荷物を詰めて、キャリーケースの蓋を閉める。

「とりあえずJへのプレゼントを、邪魔にならないものにしといてよかった」

二十分ほどで出てきたJと入れ替わりにお風呂に入る。久しぶりにのんびりと、ひとりでホテルのジャグジーを堪能した。ほかほか状態で浴室から出たところで、彼に捕獲される。

「なんだ、髪乾《かわ》いてる」

「乾《かわ》かしたけど、なんで?」

胸板に顔を押しつけられて、ぎゅうぎゅうと抱きつかれるのはいささか苦しい。

後頭部を撫でてくる手は気持ちいいけれど、呼吸がしづらいじゃない。まだ湿った毛先を、彼の手がゆっくりと梳《と》く。

「ニナの髪を乾《かわ》かしてあげようと思ったのに。残念」

頭や肩、背中を撫でられて、お風呂で温まったのとは違う熱に冒されそうになった。

頭の上にキスが落ち、掠《かす》れた声で「ニナ」と呼ばれる。心臓がドクンと高鳴った。嬉しいのに、胸の奥にズキンと棘《とげ》が刺さったような感覚になる。

手放したくないな、と思ってしまう。

甘やかされて、甘えることを覚えてしまって。そんな存在に出会ったら、離れがたいのは当然だろう。

傍《そば》にいたい、ずっと隣にいたいと願う気持ちが膨らむ。

現実は、単純でも、甘くもないのに。欲望だけが高まって、望みは尽きない。

きっと私があと数歳若かったら、なにも考えずに彼の胸に飛び込めたんだろう。

もしJが、今すぐにでも私を連れて行きたいと言ったら、私はためらわず頷いていたはずだ。だけど、そんな若さは今の私にはない。それに、彼はあれから一度も私を連れて帰るとは言わないし、訊いてもこない。

私の希望がなんなのか、今後どうしたいのか。話す機会は、今夜しかないのに。

ゆっくりと顔を上げると、見慣れたタレ目が愛《いと》し気《げ》に私を見下ろしていた。眦《まなじり》を下げ、柔らかなダークブラウンの目を細めて、薄《うっす》らと笑みを浮かべる見慣れた美形。

再びJの口が動いた。その唇の形で、私の名を呼んだことがわかる。

「俺は今でも君を連れて帰りたい」

「っ……」

思考を読まれたかと思うタイミングだった。

強く抱きしめたまま、彼は続ける。

「ニナ、一緒にきてほしい。俺の国へきて、俺のことをもっと知ってほしい。まずは観光としてでいいから、一緒に行こう」

「……行けないよ」

その言葉に、私はゆるゆると首を左右に振った。

「何故？」

「急には無理だよ。仕事だってあるし。海外旅行は、何か月も前から予定を立てて行くものだから」

「仕事があって、急な話だから、行くのは無理なのか。それに行けないと言うものの、〝行きたくない〟とは言わないんだな」

「旅行は好きだもの。Jが生まれ育った場所なら興味はあるし、行きたくないはずがない」

だけど、普通は無理だ。いきなり海外旅行なんて、行けるわけがない。

学生ならともかく、仕事がある社会人の自由は、あるようで限られている。

「行ってみたいけど、仕事が休めないから無理。チケットも急には取れないから無理。そういうことか」

「うん、そう。現実問題は切実なんだよ」

それに、不安ももちろんある。今の時点ですでにJのことが好きなのに、さらに深く知ってしまったら、もっと好きになりそうで……。怖くて、彼のことをまだ詳しく訊けていないというのに、そんな状態で彼の国に行ったら、自分がどうなってしまうのか。

想像すると、面倒なことになりそうだと思った。

〝もう〟なのか、〝まだ〟なのか。

私は未だに、二十代最後の自分の立ち位置がわかっていない。

将来への覚悟を問われても、受け止める強さを自分が持っているのかもわからないのだ。

好きという気持ちだけで突っ走れるのは、傷ついてもすぐに立ち直れたあの頃だけ。体力と若さと勢いで、昔はもっとシンプルに生きられたのに、年齢とともにつくづく面倒な人間になったと思う。

「ニナの不安を一つずつ消したら、君は覚悟を決められるのか？」

問われた質問に一瞬呼吸を忘れたが、すぐに私は抱きつく力を強めて頷いた。

臆病でごめん。でもわかってほしい。

好きになるのに時間は関係ないと言うけれど、将来を決める時間はやっぱり必要なのだ。一週間やそこらで、未来への方角を定めることはできない。

私がこの一週間で選択した道は、はじめこそ強制的だったけれど、後は自分で選んだものだ。

特に後半の、Ｊとのことは。

新しい命が芽吹いている可能性だってある。でも後悔はしていない。大好きになった人と結ばれたことは、私の宝物になったのだから。

私を抱きしめたまま、Ｊはぽつりと「わかった」と告げた。

「ニナを手放すつもりはないし、君はもう俺から離れられない。だがそれでも不安だろうから、大事なものを預かっててもらおう」

「大事なもの？」

顔を上げる私の額《ひたい》にキスを落とし、Ｊはビジネスバッグからなにかを取り出した。ベッドに浅く腰掛け、私は彼が持つそれに視線を向ける。

「懐中時計？」

「そう。これは父から譲り受けたものだ。代々成人を迎えると、父から息子へ渡される」

アンティークの懐中時計からは、歴史を感じた。

掌《てのひら》に落とされたそれは、ずっしりと重い。

許可を得て蓋を開ける。チッチッチッチ、と正確なリズムを刻《きざ》む時計は、文字盤の時刻がローマ数字表記だ。小さな歯車がたくさんついて動いているが、どんな仕組みなのか私にはさっぱりわからない。

だけど歴史を刻《きざ》んできた重みが、小さな振動から伝わってきた。

「懐中時計なんてはじめて見たけど、小さな文字盤の中に世界が閉じ込められてるみたい」

たくさんのパーツを組み合わせて動く、複雑な仕組みだ。

職人がすべてを手作りしたら、どれだけの時間がかかるのやら。

代々受け継がれてきたものをあっさり私に預けて、彼は私の不安をひとつ消そうとしているんだろうが……はっきり言って、これは重い。

「壊したら怖いから返すわ」
ム、とJの眉間《みけん》に皺《しわ》が寄った。
「何故だ。それが手持ちのもので一番大事なものなんだが」

「だからだよ。そんなものを私に預けちゃダメでしょ」

「君だから預ける。ほかの人間に触れさせたことはないぞ」

「余計重い！　それにそんなものを簡単に預けないで。戦地に赴《おもむ》く兵士みたい。死亡フラグか」

「フラグ？　なにを言っている。わけがわからない」

グイッとJに押しつけると、渋々受け取ったが……めっちゃ不機嫌になった。

気持ちはありがたい。私の心を汲んでくれたわけだから。でもこれは無理でしょう、どう考えても。

「時計以外のなにか代わりのものにしてほしい」

そう言うと、なにやら考え込みはじめた。仕方ないので、彼が使っている万年筆を提案してみる。

「そんなものでいいのか？」

「十分でしょ。大事に使ってるじゃない」

「まあ、確かに気に入っているが……いや、ニナがそれがいいと言うなら、それを預かってもらおう」

黒に金色のアクセントがきいた、オシャレな万年筆。私の手には少々大きいが、Jが持つとピッタリに見えるとても上品なペンだ。これくらいなら、気楽に持っていられる。

甘い声で、それも大事なものだから必ず返すようにと言われて、頷いた。

次に会う約束が、口約束だけではなくて、はじめて近い将来に実現しそうに感じられた。

◇◆◇

抱き合うよりもたくさん話がしたい。熱を共有するだけじゃなくて、もっと思い出がほしい。

ベッドに入ったままお喋《しゃべ》りをする時間は、思えばほとんどなかった気がする。

今日は身体を重ねるのではなく、お互いを知りたい――

そう言った私を、Ｊは優しい目で抱きしめてくれた。

すっかり私の居場所になった彼の胸に顔を寄せて、子供の頃の思い出や家族の話などを語る。相《あい》槌《づち》を打つＪに質問をして、彼の幼少期の話を聞く。

彼にはお姉さんがいることを知った。きっと物凄い美女なんだろう。

睡魔に襲われる私の背中を撫でてもう寝ろと言うＪに、「寝たくない」と駄々《だだ》をこねた。

だって、彼にこうやって甘えるのは最後かもしれないのだから。

暫《しばら》く会えない日が続くのは、決定事項。また近い未来に会えると信じてはいるけど、それでもそれはすぐではないのだ。

瞼《まぶた》をこする手を止められて、ギュッと握りしめられた。

手を繋いだまま、最後の夜は穏やかに過ぎていった。

Ｌａｓｔ　Ｄａｙ

そして最終日の月曜日の朝。

昨晩渡せなかったシェーバーをクリスマスプレゼントと言ってＪに差し出したら、すごく喜ばれた。お礼に長いキスをされ、長すぎて私が窒息しかけた。

毎日使うと宣言してくれたので、私も満足だ。髭《ひげ》を剃《そ》りながら私を思い出してね、というのは微妙なので言わなかったが。

忘れ物がないか点検して、部屋を出るとき――

「ニナ、これは君に返す」

「アパートの鍵……」

見慣れたキーホルダーと、銀色の鍵。久々に手元に戻ったその感触を、掌《てのひら》に感じる。

「今さらだが、鍵を人質にとって君を引き留めたのは強引だったと思っている。でも後悔はしていない」

「本当、鍵を理由に脅すなんてムカついたけど、今さらだよ。それに、私も後悔してないし……」

キュッと鍵を握りしめる。質量的には軽いはずのそれは、何故かとても重く感じた。

「すまない。でも、傍《そば》にいてくれてありがとう」

ギュッと正面から抱きしめられて、Jの胸に額《ひたい》をあてる。

最後にこんな風にお礼を言うなんてずるい。

俺様で強引なくせに紳士なJは、すっかり私の心を奪っている。

そのまま私の心の一部を、国に持って帰ってほしい。

「今夜、見送りに来てくれないか？」

「羽田空港まで？」

コクリと頷かれた。

仕事を抜け出すのはなんとかなると思うけれど――。フライトって、何時だっけ？

「今夜の深夜便だな。オンタイムなら」

「そう、それならチェックインまで時間もあるし、大丈夫。行くよ。何時に行ったらいい？」

「何時に出られる？」

「多分、融通《ゆうずう》はきくから何時でも。仕事が終わってから出ても、七時前には着くと思う」

「では国際線ターミナルで。着いたら電話して」

「うん」

額《ひたい》にキスを落とされて、そのまま唇が合わさる。約束のキスは、とても優しい味がした。

Ｊのスーツケースと私のキャリーケースを持ったままエレベーターで降りて、フロントデスクへ向かう。チェックアウトの手続き中、Ｊが私のキャリーケースをアパートまで宅配サービスで送ると申し出た。

「荷物になるから邪魔だろう」

確かにそうかも。送ってくれるのは助かるので、素直に甘えておく。

しかし宿泊代からその手続きまで、なにからなにまでお世話になりっぱなしだ。

当初は無理やり連れて来られたのだから当然だと思っていたけれど、ここまでされると心苦しい。出張中の経費とかどうするんだろう……。なんでひとり分増えてるんだよって問題にならないのか心配だ。

恐らく、私の分は彼が自腹で払うのだろう。

「終わったよ。行こう、ニナ」

「あれ？　Ｊはスーツケースそのまま持って行くの？」

「ああ、今日は空港まで車で送ってもらうことになっているから」

タクシーでこのまま仕事に向かうというＪが私を事務所まで送ってくれると言ったが断った。電車で数駅の距離に身軽なまま出勤できるんだから、これ以上甘えるのはアウトだろう。

不満そうな気配を漂《ただよ》わせるＪを、そのままタクシーに押し込む。

「ニナ。必ず見送りにこいよ。絶対だ」

「わかってるから、ほら、早く行って。——運転手さん、お願いします」

タクシーを見送り、私も駅へ向かう。

隣に彼がいないことが不思議でもあり、寂しくもある。

「なんだかぽっかり穴があいたみたい」

手の温もりは消えている。

クリスマス間近の冬の風を浴びながら、私はコートのポケットに両手を突っ込んで歩き続けた。

◆◇◆

調べものや資料作成、事務仕事に励み、気づけばあっという間にお昼時間。

私の担当している弁護士の先生は、午後から出かけるらしい。同行せずにすんだのは幸運だった。外に出てしまったら、定時で上がれない可能性が高い。

パパッとデスク回りを片づけていると、来客を告げるベルが鳴った。私よりも先に、後輩の女の子が対応に向かう。

タイミングよく手があいたことだし、食事にいってこよう。

「お先にお昼行ってきます」

「いってらっしゃい」

所長である伯父や近くにいた従兄《いとこ》に声をかけて、バッグを手に外へ出た。お客さんがきているなら裏口から出よう。

遠くから先ほどの後輩が、従兄《いとこ》宛てに荷物が届いたと知らせている。来客のベルは宅配便だったようだ。頭を切り替え、今日のお昼ご飯に思考を移す。

「なに食べようかな」

Jはお昼になにを食べてるんだろう。

気づくと、彼は今どうしているのかと考えてしまう。

通りかかったお蕎麦《そば》屋さんを見れば、あの男は随分器用に箸を使って美味《おい》しそうにお蕎麦を食べてたな、などと思い出す。お寿司屋さんでもなんでも注文するし、食べたことがない魚にも挑戦しては美味《おい》しいと……

って、いけない。なんか感傷的な気分になってきた。

「久しぶりにイタリアンにしよう」

パスタのチェーン店に入り、ランチセットを注文する。魚介類たっぷりのスープパスタと、サラダとドリンクのセット。オーダーが届くまで、スマホの中の写真を整理した。くるくると画面をスクロールして、Jと一緒にいた間に撮った写真の少なさに苦笑する。

「あんなにずっといたのに、これしかない」

五枚にも満たない、Jとの写真。画像に残すよりも私の記憶に残したくて、ずっと彼の顔を見つめていた気がする。

帰りに近くのコンビニに寄り、のど飴やマスクなど、機内に持ち込んだら便利そうなものをかごに入れる。飛行機の中って乾燥しているから喉を痛めやすいし、風邪もうつりやすい。

ほかにもおつまみコーナーで、するめやサキイカなどを選んだ。肉類のジャーキー系は検疫《けんえき》の関係でダメでも、多分乾物のおつまみなら持って帰れるはず。

「いらなかったら今晩の私のおつまみにしよう」

そう自分で言っておきながら、一瞬手が止まった。

鞄の中にはしっかり鍵が入っている。今夜はようやく自分のアパートに戻れるのに、喜びがわかない。出てくるのはため息ばかりだ。

「……帰ってから掃除か」

でもJがやってくれたから、簡単にすみそうだ。

埃《ほこり》も、人がいなかったからきっとそこまでたまっていないはず。

どこを歩いても街中はクリスマスソングでうるさいけれど、もう感傷的な気分に浸《ひた》っている暇はない。コンビニのビニール袋をさげて、脳内で計算する。

旅行の準備に急いで取り掛からねば。来週はペルーなのだから。

「マチュピチュ旅行、キャンセルしろって言われてたけど、結局そのあとはなにも言ってこなかったな」

正直、前ほど楽しみでもないしワクワクもしていないけれど、このままどこにも行かずに年を越すのは嫌だ。

そうだ、写真をJに送ろう。

たくさん撮ったのをJにメールしよう。メアドは知っている。ただお互いの言語が通じるかが問題だ。でもひらがななら読めるはずだし、極力漢字をなくして送ればきっと大丈夫。英語で書いてあれば、私も一応理解できるはずだし。

自分の中でそう納得させて事務所へ戻る。そしてそのまま定時で上がった私は、逸《はや》る気持ちを抑えながら羽田空港へ直行したのだった。

◆ ◇ ◆

「――ニナ」

スマホで待ち合わせ場所を聞いた後、赴《おもむ》いた先に彼がいた。

入り口にほど近いベンチの前に座っていたJは、小走りの私に優雅に近づいて抱きしめる。

「待たせた？」

「いや、待ってない。よかった、きてくれて」

「ン……、ちょっ、J……人が」

「誰も見てない」

耳元で囁《ささや》いた男は、構わず私にキスをする。人通りが多いけれど、相手が見るからに外国人だから、気にする人は確かにいなかった。

合わさるだけのキスを二度堪能し、ギュッと抱きしめられたまま身体をJに預ける。

ああ、どうしよう。

自分が泣くとこなんて想像していなかったけど、これはちょっとぐっとくる。

離れたくないのは私のほうだ。一度温もりを知ってしまえば、寂しすぎて離れがたい。

本音を言うと、Jに連れて帰りたいと言われたのは嬉しかった。遊びじゃなくて、本気で私がほしいと言ってもらえたと感じられて。

彼が最初から本気だったのは、実はちゃんと私には伝わっていた。だからこそ私は答えを先延ばしにしていたのだ。今回連れて帰りたいと言われても断わったのは、常識的な思考から。

常識なんて関係ないのに、やろうと思えばできるのに――

こうしてJの胸に飛び込んでいても、臆病な私は、本当の意味では飛び込めていないのかもしれない。

「ニナ。君の不安を取り除こう」

「……？　どういう意味？」

見上げた彼は、妖《あや》しく微笑んだ。

その意味深な笑みに、久しぶりに脳が警戒音を発する。

ぞわっとした寒気が走ったのは、なんでだろう。

「J……？」

麗《うるわ》しく、愛しさ溢《あふ》れる笑みを見せてくれる彼は、私を惹《ひ》きつけてやまない。色気ダダ漏れの美形外国人だ。近くを通り過ぎる日本人女性が、顔を赤らめてちらちら窺《うかが》っているのがわかる。

と、そのとき。聞き慣れた声が遠くから聞こえた。

「にーなー！」

Jの腕の中でぐるんと身体をひねり、その声がする方を見ると……腕をぶんぶん振る、これまた華やかなオーラを放つ四十路《よそじ》間近の従兄《いとこ》の姿があった。

「いっちゃん？　え、なんでここに？」

従兄《いとこ》の名を呼ぶと、彼はニコニコ顔で目の前までやってきた。

カラカラと、床を滑《すべ》るものに視線が移る。従兄《いとこ》が引きずっているものは、今朝まで私が荷造りしていたキャリーケースだ。

……何故従兄《いとこ》が持っている。

「いやー間に合ってよかった。仁菜が事務所を出たあとに僕も車で追いかけたんだよ。ちょっと途中の道が混んでたけど、ちゃんと見つけられて安心した」

はい、とキャリーケースを渡されても、頭の中は疑問符でいっぱいだ。

そしてタイミングがいいのか悪いのか、私のスマホが着信音を奏《かな》でる。それは実家にいる母からだった。

『仁菜ー？　あなた旅行先と日程が変わったなら、ちゃんとこっちにも連絡しなさい。驚くじゃない』

「え、お母さんなに言ってるの？」

『なに言ってるのじゃないわよ。彼氏と旅行することになったって話、いっくんから聞いてるわよ。あんたはなにも言わないいんだから。で、一体いつ彼氏ができたの。お母さんは別にうるさく言わないけれど、イケメンなんだって？　早くお母さんにも紹介しなさいね。あと急に仕事休んで迷惑かけるんだから、ちゃんと皆さんにお土産《みやげ》買ってくるのよ？　私も楽しみにしてるわ』

——それじゃあ気をつけてね、と言いたいことだけ言って、母は電話を切った。

背後からJに腕一本で緩《ゆる》く抱かれたまま、私はスマホを凝視し、言われた言葉を反芻《はんすう》する。目の前に立つニコニコ顔の従兄《いとこ》は、私に「はい、パスポート」と言って海外旅行では欠かせないものを差し出した。

受け取ると、これ本当に私のだよ……って、なんでこれを従兄《いっちゃん》が持っている！

「なに、ちょっと待って、意味がわからない。どういうこと。ふたりとも、どういうこと！」

交互に顔を見合わせ、ふたりはしらっとした笑顔で私に真相を明かした。

「仁菜のお休みがほしいと彼に相談されて、僕と父さんが了承したんだよ。本来なら来週からだけど、まだ有休が残ってるからね。仕事もなんとかなるだろうと判断して。じゃないと仁菜ったら変なところでネガティブ思考だから、すぐに逃げ道を探そうとするし。自分の気持ちに素直になる行動力があと一歩足りない。仕方がないから一肌脱いであげようと思って、ね」

パチンとウィンクをする従兄《いとこ》は、似合っているけど可愛くない。

背後にいるJが従兄《いとこ》の言葉を引き継ぐ。

「ニナが無理だと言うから、相談したんだ。君が頷けない理由は、急すぎるからだろう？　だけどひとつずつ不安を取り除いたから、行けない理由はもうないな？」

「行けない、理由……」

いつJは従兄《いとこ》と知り合っていたんだよとか、言いたいことがたくさんある。

でもそれよりも告げられた言葉に、たらりと冷や汗が流れた。

この流れはつまり、つまり……

「私、もしかしなくてもこのままJの国に連れて行かれるってこと？」

「もしかしなくてもじゃなくて、その通りだよ。もう観念したら？　仁菜」

「じょ、冗談でしょ……だってチケットは？　ってか、そのキャリーケースとパスポートはどうやって手に入れたの」

「ニナの分のチケットはとっくに取ってある。キャリーケースは今朝送り先を事務所にして、パスポートは君の鍵を使って彼と一緒に取ってきた」

Jがしれっと答えた。

「は？　いつ!?」

「土曜日。仕事が終わった後に合流した」

「ふ、不法侵入……！　お巡りさん……！」

「あはは、仁菜が訴えなければ大丈夫だよ」

そんなんでいいのか弁護士。

従兄《いとこ》宛ての荷物が昼に届いていたのを思い出したが、まさかあれが自分のものだったとは。

「お邪魔虫はそろそろ退散するね。仕事のことは気にせず、ふたりでラブラブしておいでよ。帰ってきたらこき使うからよろしく。じゃあ気をつけてね」

ひらひらと手を振って、さっさと従兄《いとこ》は姿を消した。

唖然とする私は、手元に残ったキャリーケースとパスポートを交互に見つめて、Jを見上げる。

私の手をギュッと握って、彼は蕩《とろ》けるような微笑を浮かべた。

「将来どっちの国に住むかは、君がまず自分の目で俺の国を見てから決めればいい。今はなにも考えずに遊びにおいで」

握りしめる手を持ち上げて、私の指先にキスを落とす。

左手の薬指のつけ根を、親指でそっと撫でられた。

「エンゲージリングは向こうで購入しようと思っていたから、日本では探さなかったんだ。きっとニナが気に入る石が見つかると思う」

「エンゲージリング……」

顔に熱が集まる。鼓動が速く、動悸で胸が苦しい。

予想外過ぎる展開に頭がついていけない。けれど、胸の奥を占めるのは寂しさや切なさではなくて、表現しようがない喜びと温かさだ。

握られた手を、解けそうにない。

自然と笑みが零《こぼ》れた。

「昨日行けないって答えたら、わかったって言ったくせに」

「嘘つきなのは君だけじゃないはずだが？　ニナが言ったんだろう。騙《だま》されるのが嫌ならば、なにが本当でなにが嘘か、見極めてみろと」

「見極められなかったのは私のほう……って、なんか悔しい」

「俺と一緒にくるのは嫌？」

ずるい。こんなことをしておきながら最後にその質問はずるい。

どこに行くのかだって、聞いてないのに――

「……嫌、じゃないから悔しいの！」

抱きついた私に、Jは嬉しそうに笑い、背中を撫でる。

「さあ、チェックインをすませよう」

肩を抱かれて、航空会社のカウンターへ向かった。

――私がJの出身国と本名を知るのも、あと少し。

嘘の終わりは君への誓い

今年も残りひと月弱となった十二月。

縁はありつつも、なかなか赴《おもむ》く機会がなかった極東の先進国、日本にやってきて最初に言われたのは、半ば予測していた言葉だった。

「――すまんが、もう一度言ってくれるか？　ジャ、しか聞きとれなかった」

「Jarred Viktor Huberty」

「ジャル、エ……ヴィクトー？」

「……イニシャルのJ、とでも呼んでください」

ああ、それなら助かる。明らかに安堵の色を浮かべる警察庁の面々を見て、Jは小さく頷いた。

自分の後に自己紹介した後輩は、呼びやすいミドルネームのイニシャルを告げていた。彼のファーストネームであるFelicien《フェリシアン》よりも、David《ダヴィド》のほうが日本人には聞き取りやすいと判断したようだ。

JとDと名乗ったふたりは、各国からの捜査員の中でも、ひと際目を惹《ひ》く容姿をしている。長身ですらりとした体躯《たいく》は、荒事専門には見えない。

モデルもしくは映画俳優と言われたほうが納得できるほど端整な顔立ちのふたりだが、立ち姿には隙がない。見る人が見れば、彼らが一般人ではないことがわかるだろう。とはいえ、強面《こわもて》ではないので、比較的周囲に溶け込みやすいと言える。――いや、外見が整いすぎているため、やはり浮いてしまうか。

国際刑事警察機構（ＩＣＰＯ）は、通称インターポールとして知られる国際組織である。加盟国は一九〇ヵ国にも及び、国際犯罪の防止や情報共有、国際犯罪者の捜査などを各国で連携を取って行っている。

ＩＣＰＯの職員であるＪとＤは、サイバー犯罪に関する新たなトレーニングとシステムの導入を行うため、はるばる日本にやってきた。捜査能力向上のための訓練と情報交換をしに、今、各国の捜査員が日本に集結している。

約一週間半。長いようで短い滞在になるだろう。

どちらかと言えばＪたちは、日本の中央事務局、警察庁の人間に教える側にいる。日本語が不自由なく操れるため、彼らがこの出張を任されたともいえる。ふたりはこの仕事にはうってつけの人材だったのだ。

ドイツ語、英語、フランス語が飛び交うシンポジウムでサイバーテロ犯罪の複雑化に伴うシステムの強化に関する議論を交わした後、警察庁の数名と食事を終えたＪとＤは、そのままホテルへ戻る――ことはしなかった。

『さて、バーにでも行くか？』

『いいですね。ぜひ』

金曜日の夜だ。バーで一杯、お酒を楽しむくらいいいだろう。

夜でも喧騒《けんそう》のやまない東京の街。

他国に比べて安全な国だからだろうか。若い女性も、夜の九時を過ぎたというのにひとりで歩いている。

彼らの母国も、ヨーロッパでは安全な国として知られているが、それでも、女性が夜道を歩くのは好ましくない。

この国は、店も人も、二十四時間働いている。

終電を逃しても、朝の四時には始発が動く。つくづく不思議な国だ、と行き交《か》う人を眺めつつ、滞在しているホテルの最寄り駅周辺を歩いていた。

美形外国人のふたり連れは目立つ。

ほろ酔い気分の女性たちから熱い視線を向けられるが、JとDが彼女たちのほうを向くことはない。

『見つめてくるだけで、あまり積極性はないようですね』

『きっかけを探しているだけなんじゃないか？』

興味がなくそっけない返答をするJに、Dは苦笑を零《こぼ》す。

『日本人女性は慎《つつ》ましく奥ゆかしいと言われていますが？』

『フェリシアン、尻の軽い女でいいなら俺は止めない。かつては大和撫子《やまとなでしこ》と呼ばれた日本人女性だが、今じゃ海外旅行に行って自分から引っかかっているだろう。日本に行けばモテると本気で思っている男は大勢いるぞ』

『ええ、ネットで見かけますもんね。母国で女性に人気のない男性が、日本で恋人を見つけようとする話。本人たちが幸せならそれでいいのかもしれませんけど。日本人が海外で犯罪に巻き込まれるのは、危機感が足りないからでもあるのでしょうね』

『全体的に平和ボケしているんだろ』

辛辣《しんらつ》な言葉を返しつつ、Jはちらりと周囲を窺《うかが》う。

駅前の繁華街を抜けると人通りは減ったが、それでも突き刺さる視線が鬱陶《うっとう》しい。

男女問わず見られると、この国で秘密裏《ひみつり》に情報収集することは難しいだろう。

海外からの観光客が年々増加しているのだから外国人が珍しいわけではなく、このふたりが規格外だから視線を集めているのだが——、ふたりにその自覚はない。

たまたま目に入ったバーに入店する。

ジャズミュージックの生演奏が聞けるなら、悪くない夜だ。

そして目に入ったカウンター席にいる女性に惹《ひ》かれるとは——

数分前の二人には考えられないことだった。

◆　◇　◆

「離れたくない——」

そんな言葉を残して気を失った恋人の目じりには、涙の痕《あと》が残っていた。

ようやくニナから気持ちが返され、はじめて結ばれた夜。Jから与えられ続けた快楽と、そしてこの先の不安が、涙となって溢《あふ》れたのだろう。

Jの考えが非現実的だと喚《わめ》く彼女の気持ちは、十分理解している。

一応Jだとて、性急すぎだった自覚はあるのだ。

だが、ここでニナの手を放したら、ひとときの夢になってしまう。実に冷静に、残酷に、自分とのこの時間を思い出扱いする彼女の姿が目に浮かんだ。

『冗談ではないな』

そんなこと、考えるだけではらわたが煮えくり返る。

手に入れたこの愛しい彼女を、ほかの男に奪われる可能性など考えたくもない。

ならばどうするべきか。

答えは一択――ニナの不安をすべて解消すればいい。

仕事のことも今の日常も。

一歩が踏み出せないのなら、誰かが背中を押せばいい。その相手は自分でありたい。

『まずは観光しようと言って連れて帰って、今後のことはじっくり口説《くど》くか』

ニナをホテルの部屋に連れ込んだ、二日目の深夜。

上司に花嫁を連れて帰る宣言をした後、Jはすでに彼女用のフライトのチケットを手配していた。

連れて帰ることを相手が承諾してからでは遅い。そのときには席がうまっているかもしれないのだから。

有言実行。狙った獲物は最短距離で確保する。

Jの行動を、周囲の人間はわかっている。気づかないのは、囲い込まれている子羊本人のみだ。

運よく同じ便を確保できた。フランス経由で一緒に帰ることは、Jの中では決定事項だ。

『後はパスポートを探して、ニナの上司《ボス》に許可を取ることだな』

ニナの身辺を調べたときに職場の連絡先は入手してある。もちろん、いつでも迎えに行けるように、住所だってスマホに保存していた。

親戚が経営している法律事務所らしいから、伯父と従兄《いとこ》が彼女の雇い主になるのだろう。

航空会社のブラウザを閉じて、事務所の名前を検索する。

中小企業から大手企業まで、多くの会社の顧問弁護士をしている、社員数二十名ほどの弁護士事務所。

なかなか評判がよさそうだ。

メールアドレスと電話番号を控えて、実際に連絡を取ったのが木曜日のこと。

前日にニナの職場へ姿を現していたためか、昼休み中に事務所に電話をすると、すんなり彼女の従兄《いとこ》の携帯番号を教えられた。

本人に電話をかければ、その日の夜、折り返しの連絡が届く。

「仁菜の従兄《いとこ》の一樹《かずき》です。早速本題だけど、君、本気で彼女を母国へ連れて行く気？」

軽い言葉に潜《ひそ》む鋭利《えいり》な刃。電話越しのため表情は見えないが、それでもわかる。恐らく口許《くちもと》は笑っていても、鋭い眼差しをしているに違いない。それはすべて、Ｊの真意を探るために。

さすがのＪも緊張しつつ、だが迷いなく肯定する。詳しいことは直接会ってからと、土曜日の夕方に落ち合う約束をかわした。

仕事はこのまま順調に行けば、金曜日の夜には落ち着く。土曜日は午後に出席しなければいけない会議があるが、それも一時間ほどで終わるはずだ。

そして迎えた土曜日。ニナと博物館デートをして食事した後、Ｊは彼女の鍵を持ったまま、指定された駅へ向かった。

行先はニナのアパートがある最寄り駅。

駅前にあるコーヒーチェーンに入ると、華やかな印象の男が、Ｊに向かって手を振った。

「やあ、やっぱり君目立つね。すぐにわかったよ」

「そうですか。あなたも十分目立つと思いますが」

「そう？　照れるな。あ、飲み物オーダーしてきたら？　遠慮なくどうぞ」

自分よりも若そうに見える陽気な男だが、確か四十間近だったはずだ。

日本人の遺伝子はどうなっている？

半ば本気で十歳くらいサバ読んでいるのではないかと首をかしげたくなったが、顔には出さずブラックコーヒーを注文した。

あまり混んでいない店内の奥の席で、向かい合わせに座る。

冬でもアイスカフェラテを飲んでいた男は、Ｊが着席したときには半分ほど飲み終えていた。

「で、あの子は今日僕が君と会っていること、知らないんだよね？」

「ええ、もちろん」

「鍵は君が持っているからアパートの周辺にくることもない、と。っていうか、君よくこんな危険な橋わたるよね。一歩間違えれば訴えられるよ？　弁護士の身内だし、職場も法律事務所だし。君の立場だって危うくなる」

身分を証明してくれるＩＣＰＯのＩＤを見せて、何者なのか納得してもらってからのセリフだ。耳が痛い。

しかし強引な真似《まね》でもしなければ近づけなかったのだから、手段は限られていたと言える。

「ニナが嫌がることはしていません。すべて同意の上です」

「当然。最終的に君に落ちたみたいだから、僕もこうやってここにきてるんだよ。可愛い従妹《いとこ》があと一歩を踏み出せないなら、背中を押してあげたいから」

言っていることは頼りがいのある兄のセリフなのだが、どうも声に弾みがついている。隠しきれない好奇心が滲《にじ》み出ていた。

「ねえ、仁菜のどこが好き？」

「全部です」

「言い切ったね」

一樹の目が僅《わず》かに見開かれる。彼は喉の奥で笑いをかみ殺した。

「君、着火したら速いタイプでしょ。あれ？　もしかして自分では気づいてなかった？　そんなに蕩《とろ》けた目を見せられると、甘すぎて胃もたれしちゃうよ」

無意識に向けていた眼差しは、目の前にいる彼へのものではなくて、ニナを思い出していたからだった。

従兄妹《いとこ》だから面影はある。

人当たりがよくて人懐っこいけど癖のあるこの男と、目のあたりが似ているかもしれない。雰囲気は彼のほうがきらびやかだが。

「あの子の部屋に入ったんでしょ？　それでも仁菜が好きだという気持ちが変わらないなら、君は本物なんだろうね」

「……ありがとうございます」

彼女のあの部屋は、身内の中では既知のことらしい。

コーヒーを飲み終えて、本人の承諾なくアパートへ入る。不法侵入になるが、婚約者と身内なのだから恐らく問題ない。

「あれ、綺麗に片づいている？　泥棒でも入ったの？」

「……」

片づいているほうが不審に思われるだなんて。一体彼女は普段、どんな暮らしをしているんだ。

(やはり野放しにはできないな。なんて危なっかしい)

大丈夫。家事も掃除も自分が面倒をみればいい。

幸いなことに、Ｊは家事全般は不自由がない程度にできるし、やることに苦痛も感じない。

靴を脱いで、一樹は寝室にあるクローゼットを開けた。中には大量に押し込まれた服と、マフラーなどに埋もれたプラスチックの三段ケースがある。

その一番上を開けて――ビンゴ。お目当てのパスポートが、カバーケースに包まれて現れた。

「よく保管場所知ってますね」

「昔からなくしちゃまずいものは、常に目に見えているところに置いておくか、机の一番上の引き出しやクローゼットのケースに仕舞っておく子だからね。わかりやすいでしょ」

その後、ニナの荷物の手配の段取りや、有給休暇の調整をする。その場で一樹が父親に連絡してくれたので、すべて決着した。

世界遺産旅行のマチュピチュ行きはキャンセルさせてしまうが、代わりの世界遺産を自分の国で存分に見て回ったらいい。

首都の旧市街は街全体が世界遺産に登録されているのだ。見応えのある中世の古城も多くある。

そして母国は白ワインとチョコレートの国。どちらも好きなニナはきっと気に入る。

「ニナを釣れる餌《えさ》をたくさん用意しておかなければな。楽しみだ」

未だに自分について、本名も国籍も年齢も知らないままの、愛しい彼女。

自分の素性《すじょう》を明かしたらなんて言うだろうか。

恐らくそう衝撃的な隠し事はないつもりだが、国はきっとあてられないだろう。驚く顔が少しだけ待ち遠しい。

◆
◇
◆

「……深夜便、パリ経由のルクセンブルク行き……ビジネスクラス！」

「待て、今のはどこに驚いたんだ？」

航空会社のカウンターでチケットを発券し、セキュリティチェックを抜けたニナは、ようやく落ち着いて考えることができたらしい。

食い入るようにチケットを見つめている。その姿が面白い。

「ビジネスクラスを用意されているのも驚きだけど、ルクセンブルクってことは、Ｊってルクセンブルク人なの？」

「そうだな。生まれも育ちも」

「で、本当の名前は？」

「Jarred Viktor Huberty」

「え、なに？　ジャ、ルエ？」

「Jarred」

「じゃーる、えっと？　ごめん、ヴィクトールとラストネームはかろうじて聞き取れるけど……」

「いや、慣れている。だからＪでいいと言ったんだ」

「うん、じゃあこれからもＪでよろしく」

切り替えが早い。もう少し粘《ねば》ろうともしないとは。

まあそこが彼女のいいところでもある。そうでないと、押し切られてルクセンブルクまでこようとは思わないだろうから。

「つまり日本人用のニックネームだったのね。Ｊの名前ってルクセンブルク語読み？　ドイツ語読み？」

「発音はドイツ語だな。公用語のひとつでもある」

ルクセンブルクの公用語は、ルクセンブルク語のほかに、フランス語とドイツ語だ。

ヨーロッパの中央部に位置し、周囲をベルギー、フランス、ドイツに囲まれているこの国は、公的書類ではフランス語が用いられるため、Ｊは英語、ドイツ語のほかにフランス語も堪能である。

主要言語が使える理想的な環境で、そして国内経済は世界でもトップレベルの豊かさだ。

低い失業率に、低い税率。ひとり当たりのＧＤＰは、世界首位。

日本人にはあまり馴染みがない国だろう。案の定、よく知らないのか、ニナは熱心にスマホをいじって調べはじめた。

そして画面をスクロールしていた指が止まる。

「ねえ、Ｊ。ルクセンブルクでは、湯船がある家庭は少ないの？」

観光地や食べ物情報でも調べているのかと思いきや。

本当にニナは飽きさせない。

「そうだな。シャワーしかついていないところが多い。バスタブを探すのはそこそこ難しい」

「じゃあ、恋人や夫婦が一緒にお風呂に入るって言ってた文化は？　やっぱり嘘か！」

「むしろ信じていたのか？」

そっちの方が意外だ。

憤慨するニナは、顔を赤くしている。すぐに彼女を食べたくなってきた。

「そろそろ夕飯を食べに行こう」

深夜便なので、出発まで時間はたっぷりある。残念ながらニナを味わう場所はないが、ひとまず空腹を満たそう。彼女も腹が減っているだろうし。

レストランに入り、ゆっくり時間を過ごしてから、飛行機に乗り込む。飛行機は、時間通りに離陸した。

◆◇◆

「ニナ、具合悪い？」

疲れ切った彼女に先にシャワーを浴びさせ、次いで自分が浴びて寝室に戻ると、ニナがベッドの上にいた。

パリ経由でルクセンブルクに入り、半日以上かけて到着した我が母国。

ふたりはルクセンブルク市内を簡単に観光してから、Jがひとり暮らしをしているアパートにやってきていた。

彼女が自室にいる。

それだけで胸の奥から安堵感が湧き起こるが、無理をさせていたのかもしれない。

Jもクイーンサイズのベッドの端に腰を下ろした。

「ううん、ちょっと疲れただけ。時差ボケはあるけど大丈夫。そういえば旅行キャンセルしないと」

「キャンセルは俺がしよう。強引な手を使って悪かった。ペルーへは今度ふたりで行こう。必ず連れて行くと約束する」

ニナの小さな手を取り、指先に口づける。

寝返りを打ってJと向き合ったニナは、ベッドに寝そべったまま「絶対だよ」と呟いた。

「君との約束はやぶらない。今後も嘘はつかないと宣言しよう」

「恋人同士の文化の違いもね」

「今までの嘘は本当にすればいいだけだ。ふたりだけの秘密として」

眠そうな顔をしているニナの頬にそっとキスをする。その表情には嫌悪も怒りも見えない。それどころか、彼女は嬉しそうに相好《そうごう》を崩した。

可愛い。

ずっと腕の中に閉じ込めておきたくなるほど、愛おしい。

丸みを帯びた額《ひたい》に、小さな鼻。ダークブラウンに染められたふわふわな髪にも、ひとつずつキスを落とす。

好奇心に溢《あふ》れる丸くて黒い目に、自分の姿が映っているのを確かめて、瞼《まぶた》の上にも口づけた。

「くすぐったい」

眠気は完全に醒《さ》めていないようだが、ニナはくすくす笑いながらJにすり寄る。

この時期のルクセンブルクは寒い。だが家の気密性が高くセントラルヒーティングを使っているため、室内は暖かい。

「まゆりとDみたいに遠距離を選ばず連れてくるなんて、Jはこらえ性がないのね」

そう、Dことフェリシアンは、彼女を日本に残しての遠距離恋愛を選んだ。とはいえ、ずっとそのままでいるつもりはまったくないことをJは知っているのだが。まゆりがどう思っているのかは、わからない。

はじめに示した選択肢はなんだったのかと、くすくす笑いながらぼやくニナの頭にもキスの雨を降らす。

「そんなものはない。一日たりとも君と離れたくなかった」

「ふふ、仕方がないなぁ」

いつかのように、ニナはJの手を自分の頬にあてて、頬ずりした。彼女が両手で握ると、ちょうど彼の片手がカバーされる。

弾力と皮膚の硬さを確かめる行為は、好意だけではなく、情事のはじまりの合図でもあった。

「J……」

掠《かす》れた甘い声で名前を呼ばれた後、口許《くちもと》に持っていかれた手が、ニナの小さな唇に触れる。

親指が二度、三度と彼女の柔らかな唇を往復した。

ちろりと見せたニナの赤い舌が、Ｊの親指の先端を舐める。ぺろりとひと舐めしたのち、Ｊの指はニナの口内に招かれた。

チュッ、とリップ音が室内に響く。

親指はニナの舌と唾液にまみれている。時折、軽く甘噛みされた。

すっかりふやけているだろう己《おのれ》の指を想像し、愉悦《ゆえつ》を感じる。

横向きに寝そべるニナの胸は、服の襟元《えりもと》からくっきりとした谷間を見せていた。

その胸の前で、彼女は両手を使い、Ｊの手をいじっては舐め、口に含む。

愛しい恋人の扇情的な姿に、疑似的な奉仕を感じた。

意図的か無意識か。

本能のままに行動しているとしても、こうやって誘惑されればたまったものではない。

シャワーを浴びた身体に、内側から熱がこもる。下半身の昂《たかぶ》りを感じ、Ｊはうっそりと目尻を下げて、ニナを見つめた。

「おいしい？」

肩につくかつかないかのふわふわな髪を、そっと撫でる。彼女は無言でこくんと頷いた。

ニナの舌がもう一度親指を舐め、離れる。そして、四本の指の付け根と掌《てのひら》に、まんべんなく舌を這《は》わせた。掌の内側をチロチロと舐められるのは、くすぐったい。

唾液にまみれて、時折歯形もつけられた自分の手を見つめていると、ぞくりと高揚感がＪを満たした。うっとりと陶酔《とうすい》した視線を向けて、蕩《とろ》けるような微笑をニナに注ぐ。

（どこでスイッチが入るんだろうな）

夢と現実の間。眠気が強い状態のとき、彼女の場合、本能的な欲求が優先されるようだ。欲望に忠実になるのだろう。

それはなんとも、喜ばしい。

が、そろそろニナを可愛がりたい。

甘えられるのもいいものだが、こちらが主導権をもって甘やかしたいのだ。

「ニナ、そろそろ君を可愛がらせてくれ」

「あ……っ」

仰向けに寝かせ、彼女が着ているスウェットとキャミソールを脱がせる。

現れた豊満な胸に口づけた。

舌で鎖骨《さこつ》をなぞり、胸の付け根や心臓の真上にチュッ、と軽く吸いつく。

ふるりと揺れる彼女の胸は、見ていて楽しい。

「っ、ぁ……、J……」

「どうした？」

「キス、して？」

潤んだ瞳。上気した頬。唾液で濡れてうっすらと赤く色づく小さな口唇。

引力に惹《ひ》かれるように、Jはニナに覆いかぶさったまま彼女の唇を奪う。

可愛いおねだりには存分に応えてあげたい。

首に両腕を巻きつけ求められたら、Jももっとニナを求めてしまう。

積極的に舌を絡めてくる彼女の頭を優しくなで、キスをより深いものにしていく。

体重をかけないように気をつけながら、華奢《きゃしゃ》な彼女の肩を抱きしめる。柔らかな乳房とツンとした胸の頂《いただ》きが、服越しにだが己《おのれ》の胸板にこすれる感触もたまらない。

自分のテリトリーに連れ込んだ直後、彼自身も己《おのれ》の欲求に逆らえそうになかった。

ニナの身体に触れられるのは自分ひとり。その了承をもらえるのも、いつかできる子供を除けば自分だけだ。

片手で乳房を外側からすくい、赤く色づく蕾《つぼみ》を口の中で転がす。猫の鳴き声のような甘い嬌声《きょうせい》が、Jの劣情をさらに刺激した。

「ふぁ……胸、もっと……」

「こう？」

カリ。

少し強めに揉み、ぷっくりと膨らんだ頂《いただ》きを軽く噛んだ。ニナの腰がビクンと跳ねる。

「ん、ァアッ――……」

ハフハフと呼吸を整えている間にすべての衣服を脱がし、甘い蜜を滴《したた》らせる秘められた場所へ指を這《は》わせた。とろとろに蕩《とろ》けているのを確認し、ひたすらニナが快楽を感じるところを攻め立てる。

「ニナ、気持ちいい？」

「ぁ、うっ……、ひゃあッ！」

まともに言葉が紡《つむ》げないほど理性を溶かし、快楽に喘《あえ》ぐ姿を真上から堪能する。

首を何度も首肯させ、「ジェ、い」と呼ぶ姿がたまらない。

着ている衣服を手早く脱ぐ。

ベッドサイドの引き出しから、避妊具を取り出し装着した。

熱く蕩《とろ》けきって己《おのれ》の指を三本も呑み込んでいた蜜壺《みつつぼ》へ、ゆっくりと屹立《きつりつ》を挿入する。

「ン、んんっ…、ぁあ――ッ」

「ニナ、好きだ」

首をのけぞらせて無防備にさらけ出す彼女の首筋に、Ｊは赤い花を散らす。

その刺激も、快楽に変換されているのであろう。膣の中が収縮し、彼女は耐えるような艶《なま》めかしい吐息をもらした。

「ジェ……、キス」

「ああ、いくらでも」

唾液で濡れたニナの唇を食《は》むように合わせる。

上唇と下唇を舌でなぞり、喘《あえ》ぐ彼女の口の隙間に舌を差し込んだ。普段は逃げるくせに、今は積極的に舌を絡めてくるニナが可愛い。

快楽に従順で、欲求のまま動く彼女は、淫《みだ》らでセクシーだ。求められることに、Ｊは小さく笑みをこぼす。

「ニナ、動いてもいい？」

「ん……、動いて？」

とろんと熱を孕《はら》んだ眼差しが、Ｊの欲情を刺激する。ゆっくりと腰を動かし、彼女の内壁をこすり始めた。

赤みを帯びた肌も音にならない吐息も、彼女のすべてに色香がまざっているかのよう。それらを吸い込むと、ずくんと己《おのれ》の屹立《きつりつ》に熱が宿る。肥大化したそれが送る刺激はニナの快感に直結したようで、彼女の口からさらに甘い声が漏れた。

「ひぁん、や……ッ！」

「ああっ、その声は、クル……」

（――本当、どうしてくれよう）

狭くて締めつけてくる彼女の膣は温かい。

己《おのれ》の欲望を呑み込んだ状態の彼女のお腹に触れれば、そこはいっぱいいっぱいだった。そのまま柔らかな下腹を撫でながら、緩《ゆる》やかな律動を繰り返す。

途切れ途切れに喘《あえ》ぐニナの甘い声に誘われて、Ｊは再度彼女の口を貪《むさぼ》った。

「んぅ……っ」

赤く色づく胸の突起を軽くつまみ、たぷんとした彼女の乳房を片手で包む。

ずっと触れていたいくらい気持ちいいニナの胸は、Ｊのお気に入りのひとつだ。

裸のまま抱きしめて眠るのは、本当に心地いい。もちろん、ニナの胸を己の胸板で潰すのを忘れてはいけない。

彼女と繋がったまま胸を弄《いじ》るこの体勢は、身長差があるので少々辛いが、それでもニナに負担がかからないように、Ｊは愛撫を続ける。

もどかしいほどゆっくりねっとり中を刺激されて、ニナが物足りなさを訴える。

「もっと……」とさらに言わせたいからあえて時間をかけていると言ったら、嫌がられるだろうか。今までの変態的なプレイを受け入れている彼女を考えれば、そのくらいどうってこともない気がするが。

「なにがもっと？　どこが気持ちいいんだ？」

ニナの細い腰を両手で支えて、ぐるりと円を描くように自身を動かす。

猫のような鳴き声を口から漏らしてから、ニナはかすれた声でようやく一言呟いた。

「……奥」

知らずに口角が上がる。

感じすぎて涙目で見上げられるこの状況がたまらない。

望み通りニナの最奥を刺激すると、搾り取るようにキュウッと中が収縮した。唐突な反撃に、Ｊは眉根をギュッと寄せて耐える。

「ニナ、締めすぎだ」

「やぁ、わ、かんな……」

子宮口の入り口をノックすれば、一際甲高い声が上がる。

背筋が弓なりになった瞬間、ふるりと乳房が揺れた。それがなんとも扇情的で色っぽい。彼女は無意識に、煽《あお》るだけ煽ってくれる。

「アアッ……ン」

繋がったまま胸元に赤い花を散らし、汗でしっとりとした肌を味わう。

クラクラしそうな匂いを自身が発しているとは、気づいていないのだろう。ニナのすべてにJが酔わされているというのに、当の本人は未だに自覚がなさそうだ。

「ジェイ……」

「ニナ」

抱きしめるには体勢が苦しいが、彼女が伸ばした手はもちろん払わない。伸ばされたら掴むのみだ。自分に引き寄せて抱きしめて、離れないようにギュッと腕の中に囲んでしまおう。

ほかを見る余裕なんてなくていい。自分だけを見つめればそれでいい。

「好きだ、ニナ」

「ん、はぁ……う、ん……わたし、も」

律動を速め、お互いの快楽を高め合う。そろそろ限界が見えているのは、彼女も同じだ。

指を絡め合い視線を交える。熱を孕《はら》んだ眼差しは、同じ温度。そのことに安堵し、Jは艶《つや》めいた微笑を彼女に向けた。

「ニナ、俺を見つめながらオーガズムを味わって？」

ズチュン、と粘着質な水音が室内に響く。

ニナはまだ、中で達することができるほど慣れていない。

花芯をぐりっと指で刺激した。

「あ、ああ――……っ」

ニナの身体がビクンと一度震えて、それから弛緩する。

リクエスト通りに目を合わせながら達した顔を見せるニナが愛おしくて、すべてを食べたくなる。

何度もセックスしても、もっともっとと求める気持ちが治まらない。

どこまで手に入れれば満足するのだろう？

きっと何度抱いても飽きる日はこない――

彼女が達した直後に、Ｊも己《おのれ》の欲を解放した。

そのまま夢の世界へ旅立つ愛しい婚約者に、触れるだけのキスをする。

「エンゲージリングは明日にでも見に行こう」

彼女が自分のものだという証《あかし》が早くほしくて――

Ｊはニナの左手の薬指を、そっと撫でた。


翌日の正午、曇り空のルクセンブルクの街を仲良くふたりで歩く。

この国の冬は日本より寒く、そして長い。朝八時を過ぎてもまだ外は暗いのだ。

クリスマス前のマーケットはどこも賑《にぎ》わっている。防寒対策をして興味深そうに店の中を覗くニナは、定番のクリスマスのお菓子、シュトーレンを見つけて目を輝かせた。

「本場の味、食べたい」

「わかった。ほかの伝統菓子もあるから買っていこう。だがそれは後だ」

向かった先は、宝飾店。

婚約指輪を買いにきたことをはじめて知ったニナは、顔を真っ赤にして視線をさまよわせる。その姿が小動物を彷彿《ほうふつ》とさせて、なんとも愛らしい。

しかし何故驚くのか釈然としない。婚約指輪は国に帰ってから購入すると宣言したはずなのだが。

「だ、だって、着いて翌日にって、ちょっと驚いちゃって心の準備が……」

「それはニナは、俺からのエンゲージリングを受け取りたくないということか？」

「違うよ!?　なんでそうなるの」

リンゴのように赤い顔を見れば違うのはわかる。だが、ついからかいたくなるのも仕方がないだろう。ニナが可愛すぎるのがいけない。

必死に弁明する彼女に思わず笑ってしまう。

微笑ましい顔でふたりを見守っていた店員に、ニナの華奢《きゃしゃ》な指に似合う指輪をいくつか見せてもらう。

彼女の好みも聞きつつ選んだのは、ダイヤモンドの両脇に、希少なピンクダイヤモンドがあしらわれたものだ。

「石言葉は、永遠の絆《きずな》。そして可憐という言葉もある」

「か、可愛すぎじゃない？　めちゃくちゃ可愛いけど、私には可愛すぎる気が」

「だけどそれが一番気に入っただろう？」

それに、ニナは全部が可愛い――

そう囁《ささや》きかければ、潤んだ目で睨《にら》みつけられた。何故だ。

「そういうことは、外では禁止」

「そうだな、ふたりきりのときだけにしよう」

さらりと肯定し、ニナの指にはめてみる。目をキラキラさせるニナは、黙っていても喜んでいることがわかる。その姿に、自然と笑みが零《こぼ》れた。

「綺麗。でも、これめちゃくちゃ高い」

「値段は気にしなくていい」

「いや、気にするし。だってJ、日本で私のためにいくら使ったと思ってるの。あれ全部自腹だよね？」

「そうだな。だけど今後もお金で君に不自由させることはないから、安心していい」

口許《くちもと》を引きつらせた彼女を置いて、会計を進める。サイズが少し緩《ゆる》かったので、調整後に取りに行くことになった。

クリスマスまでにはでき上がるということなので安心する。

「あ、ありがとう……嬉しい」

「本物ができあがったらあらためてプロポーズするから、心の準備をしておくように」

「ちょ、プロポーズ予告！」

あたふたするニナを横目に見つめ、近くのカフェへ連れて行った。

外の寒さとは裏腹に、店内は暖かい。ニナがほっと息をついた。

ミルクたっぷりのカプチーノを飲みながら、目の前に座るニナから質問される。

「インターポールのお給料って、そんなにいいの？」

「さあ、一般的な平均年収よりは上なんじゃないか」

「なんでそんな曖昧《あいまい》なの。ご実家が事業でもやってるセレブだから、金銭感覚がおかしいのかと思ってたんだけど」

「ああ、確かに家族は会社を経営しているな」

この国に来ると決意してから、彼女はようやく自分に興味を抱いてくれたようだ。今までは職業しか知らなかったのだから、それを思うとこの変化は嬉しい。というより、なにも知らなかったのに自分についてきてくれたニナの決断力を、すごいとしか言いようがない。

「やっぱりセレブだったの。じゃないとあんな金銭感覚にはならないと思ってたけど。で？ご実家ってどこにあるの？挨拶《あいさつ》に行かないとまずいよね」

「両親は郊外に住んでいる。クリスマスにはニナも連れて帰ると伝えているから、そのときに紹介しよう」

「ありがたいけど、緊張する……そもそも言葉、通じるかどうか」

「祖母が日本人だから、会話は通じるはずだ」

Jの言葉にニナは安心したらしい。その横顔を見て、彼も小さく微笑んだ。

そして迎えたクリスマス。

Ｊの実家は、ニナの感覚からすると、城と呼べるほどの豪邸だろう。

彼女はそこで本物の執事に会って、驚きと感動がまざった顔をしていた。しかしＪの家が実は貴族だったことを知ると、その笑顔は瞬時に引きつったものに変わったが。

そんなニナが一番驚いたのは、Ｊの父親が彼の年齢を言ったときだった。

「三十三歳⁉　てっきりもっとおじさんだと思ってた！」

「何故そんなに驚く。君は俺のことをなんだと思っているんだ？」

そういえば年齢を言い忘れていたなと、ふたりしてやっと気づく。

祝いの席でＪは家族に呆れた眼差しを向けられつつも、機嫌よく笑う。Ｊの家族は皆、ニナを受け入れてくれたらしい。

チョコレートを美味《おい》しそうに食べる彼女は、案外順応性が高く図太そうだ。彼女ならどこででも生きていけるだろう。

将来どちらの国に住むかは、もう少しゆっくりしてから決めればいい。

「なるべく早くニナのご両親にも会いに行かないといけないな」

「え？　うちは別にいつでも」

「そうか、では新年が明けたらすぐに行こう」

「はやっ！」

戸惑って慌てる姿を見るのが楽しくて、愛しくて――

ついからかいたくなる、可愛い婚約者。

彼女の薬指にはめたエンゲージリングに、Ｊはそっと唇を寄せた。

――ニナの名前に横文字のラストネームが入るのは、それから半年後。彼女の誕生日前夜だった。

月城うさぎ（つきしろうさぎ）
乙女座の声フェチ。素敵な美声に癒やされたい。紅茶はストレート、コーヒーはブラック、チョコレートとヒーローはダーク派。正統派イケメンは当て馬希望。芯が強くて根性のある闘うヒロインが好み。

イラスト：虎井シグマ

本書は、「ムーンライトノベルズ」（http://mnlt.syosetu.com/）に掲載されていたものを、改稿のうえ書籍化したものです。

嘘《うそ》つきだらけの誘惑《ゆうわく》トリガー

月城うさぎ（つきしろうさぎ）

2016年 11月 30日初版発行

編集－城間順子・羽藤瞳
編集長－塙綾子
発行者－梶本雄介
発行所－株式会社アルファポリス
〒150-6005 東京都渋谷区恵比寿4-20-3 恵比寿ガーデンプレイスタワー5F
TEL 03-6277-1601（営業） 03-6277-1602（編集）
URL http://www.alphapolis.co.jp/
発売元－株式会社星雲社
〒112-0005東京都文京区水道1-3-30
TEL 03-3868-3275
装丁イラスト－虎井シグマ
装丁デザイン－AFTERGLOW
（レーベルフォーマットデザイン－ansyyqdesign）
印刷－図書印刷株式会社

価格はカバーに表示されてあります。
落丁乱丁の場合はアルファポリスまでご連絡ください。
送料は小社負担でお取り替えします。

ISBN978-4-434-22695-3 C0093